婿どの相逢席（あいあいぜき）

西條奈加

幻冬舎時代小説文庫

婿どの相逢席（あいあいぜき）

目次

第一章　逢見屋の婿

とうとうこの日が来たか――。

紋付袴を着込んで、鈴之助はひとり感慨にふけっていた。

霜月の末、冬も盛りを迎え、あいにくの雪もよいだ。それでも心の内は、春爛漫だった。

相思うた女子と、夫婦になる――。

それだけでも幸せだが、こんな大きな家に迎えられ、若主人に納まるとは。

小さな楊枝屋の四男坊には、果報が過ぎる。

「相手は三人姉妹の長女であるのだろう？　ゆくゆくはおまえが店を継ぐということか」

「男ながらに、玉の輿ではないか！」

「そんなうまい話が、この世にあるとはな。おれもぜひ、あやかりたいものだ」

三人の兄たちからはたいそう羨まれたが、鈴之助は決して、邪な気持ちで縁談を受けたわけではない。

「鈴さんに、折り入って話があって……女の方から申し入れるのは、とてもばつが悪いのだけれど……」

真っ赤になってもじもじするさまは、ことのほか可愛（かわい）らしかった。

白い富士額に、薄めの眉が行儀よく弧を描き、目尻が下がりぎみの一重の目と、こぢんまりした口許（くちもと）。

こんなにたおやかで美しい娘が、他にいるだろうか？　江戸のどこかにいたとしても、自分には縁がないものと思っていた。

もちろん夢想はするが、二十五歳にもなれば現実が見えてくる。

実家の楊枝屋を継げるのは長男だけ。辛（かろ）うじて次男には、西本願寺の境内にある出店（でだな）が与えられたが、屋台に毛の生えた程度のささやかな構えだ。三男と四男にいたっては、仕事を見つけてさっさと独立しろと、甚（はなは）だぞんざいなあつかいだった。

これといった才もなく、さほどの気概もなく、また裕福とは言えぬまでも、楊枝の上がりで一家六人の暮らしが賄（まかな）えただけに、とりたてて焦る気持ちもわかなかった。

しかし上のふたりが嫁をとり、さらに長男に二人目の子が授かると、さすがに肩身が狭くなった。末っ子以上にお気楽な三兄は、たいして意に介さなかったが、鈴之助は尻が落ち着かぬ気分を抱えていた。

お千瀬から申し出を受けたのは、そんな折だった。

「鈴さん、もし、もしよければ……『逢見屋』に来てはもらえませんか？」

最初はただ、遊びにこいとの話だと思った。

逢見屋は、新橋加賀町にある仕出屋である。

料理を作って届けるのが仕出しだが、料理人が出向いて客先で仕上げをすることも多かった。冠婚葬祭や節句の催し、また、花見や月見といった季節を愛でる会もある。

昨今は、貸座敷を設けて料理屋を名乗る店が多くなり、『八百善』や『平清』をはじめとして隆盛を極めていた。

逢見屋もやはり広い座敷を有していたが、未だに昔ながらの仕出屋を名乗っていた。

派手さはないものの、六代を数える暖簾の重みと、それにふさわしい店構えは、とはない。
鈴之助も重々承知している。外から眺めたことはあるが、店内に足を踏み入れたこ
「お招きいただけるのなら、喜んで。さぞかし美味しい料理が、あふれているので
しょうな。あ、いや、決して馳走になりたいなぞというさもしい考えではなく、
お千瀬さんの育った場所を、一度見てみたいと……」
「できれば、一度ではなく、ずっと……」
話の中身が、うまく掴めない。きょとんとすると、お千瀬は下を向いてしまった。
「逢見屋に、入っていただけないかと……私の、お婿さまとして」
あのときの気持ちを、どう表してよいものか。心悸の病のごとくばくばくと胸が
脈打ち、息がうまく継げず倒れそうになった。
「ほーほほ、本当に私で、よいのですか？」
喉が裏返り、下手な鶯のようなとんでもない声になったが、お千瀬は恥ずかしそ
うにこくりとうなずいた。
「私が添い遂げたいのは、鈴さんだけです……だから、思い切って打ち明けました
が……」

「喜んで！」

気持ちとからだが前のめりになり、思わず恋しい人の手をとって握りしめていた。

それが半年前のことだ。

後日、人を立て、逢見屋から正式に縁談が申し込まれ、それまでは半信半疑であった両親も、目を白黒させながら仲人に承知を伝えた。

婿養子の場合、結納は新婦の家から送られる。結納返しや婿入り道具の必要もなく、婚礼は逢見屋の座敷で、仕度も一切お膳立てする。婿どのには身ひとつで来てほしいと、まさにいたれり尽くせりのあつかいだった。

そして今日、遂に婚礼の日を迎えた。


夕刻から始まった婚礼は、滞りなく進んだ。

「高砂」が謡われる中、三々九度を交わし、主だった親戚や友人から祝辞が述べられる。

盃事が終わると宴会に移り、仕出屋の名に恥じず、膳には豪勢な馳走が並んだ。

鈴之助は花婿だけに、挨拶と盃を受けるのに忙しく、ろくに箸をつける暇もなかったが、となりに座す白無垢姿のお千瀬はあまりに美しく、時折ちらりと目が合うだけで天にも昇る心地がした。

「おまえ、色街には数えるほどしか通っていないだろ。床入りでしくじらぬよう、気をつけろよ」

三兄が、弟の盃に酒を注ぎながらよけいなことを耳打ちしたが、気心が知れた仲故だ。ひとつ違いの杉之助とはもっとも仲がよく、ちなみに長兄は五つ違い、次兄は三つ上になる。

対して逢見屋は三姉妹で、上の妹は十七歳、下はまだ十一歳だが、振袖を着て並んで座るさまは華やかだ。お千瀬の祖父はすでに他界していたが祖母は健在で、六十はとうに超えているはずだが、挨拶の口調はしっかりしていた。

やがて祝宴がお開きとなり、客は折詰を手に座敷を後にし、鈴之助の両親や兄たちも挨拶を済ませて帰っていった。花嫁が女中とともに席を立つと、鈴之助はしゃがれた声に促された。この家の婆やである。

「婿どのは、こちらにどうぞ」

白髪頭の小さな背中を追いながら、階段を下り廊下を渡った。

「やはり、思った以上に広いのですね。迷ってしまいそうですね」

話しかけても、何も返らない。濃い闇と沈黙が耐えられず、さらに声を重ねる。

「あのう、おすがさん、きこえてますか？」

前を行く足が止まり、肩越しにふり返った。手燭の灯りに、むっつりとした老婆の顔が映り、それ以上の軽口が喉の奥に引っ込んだ。

「こ、これから、よろしくお願いします」

やはり返しはなく、すたすたと奥へと進む。きこえぬように、ため息をついた。

お千瀬を除けば、この家で唯一の顔見知りと言えるが、あまり気に入られていないことは最初からわかっていた。

「こちらで、しばしお待ちを」

奥まった座敷に通し、着替えを手伝う。

「おすがさん、足の具合はいかがです？」

「……おかげさまで」

愛想のない老婆だが、お千瀬と出会うきっかけを作ってくれたのは、外ならぬおすがだ。その意味で、鈴之助は深く感謝していた。

一年とふた月前、秋の終わりであった。

その日、鈴之助は、西本願寺の境内にある出店に行き、いつものように次兄に品を届けた。鈴之助の生家は、『吉屋(よしや)』という。

竹、杉、柳などの爪楊枝は、噛(か)むと香気が立ち、邪気を払うと言われる。寺社の参道に楊枝屋が多いのは、そのためであろう。もっともいまとなっては、口の掃除に使われるのがもっぱらで、歯磨粉やお歯黒に使う五倍子(ふし)も併せて商っている。

住まいを兼ねた本店(ほんだな)は、築地(つきじ)の南小田原町(みなみおだわらちょう)にあり、仕入れや勘定などを合わせても、両親と長兄夫婦で十分に事足りる。

毎日、商い物を収めた風呂敷を出店に届けることだけが、鈴之助の唯一の仕事だった。

出店の売り子は、次兄の女房が一手に引き受けている。境内の楊枝屋といえば、愛想と見目のよい女を置くものだ。義姉もまた、最初は店のために雇われ、二年経(た)ったその年の春、次兄に縁づいた。美人の女房を得て、次兄はほくほく顔で、新婚のふたりを邪魔するのも忍びない。

品を渡してさっさと退散し、本店へ戻る前に町中をぶらぶらするのが鈴之助の日課だった。

いい歳(とし)をした男がたいした仕事もせず、日がな一日ぼんやりと過ごしている。情けない身の上は承知していたが、新たな商売を興(おこ)そうとの気概もなく、ことさらの趣味もない。色街通いや博奕(ばくち)などの悪癖を持たぬことが、唯一の長所と言えようか。

両親や兄たちも生来の呑気者(のんきもの)だから、ことさらずけずけと文句はこぼさぬものの、次兄が嫁をとり、長兄にはまもなく第二子も生まれる。家が手狭になるにつれ、居場所がなくなってきた。そろそろ三兄とともに安い長屋にでも引き移ろうかと考えていた。

家に近い鉄砲洲(てっぽうず)か、あるいは新橋を越えて芝(しば)の辺りがよかろうか……。そんなことを考えながら、西本願寺の境内を出ようとして、その姿が目に留まった。

山門の陰に、ふたりの女がしゃがみ込んでいた。ひとりは老婆で、もうひとりは若い娘のようだ。難儀をしているように見え、つい声をかけた。

「どうされました。大丈夫ですか?」

ふり向いたのは、何とも麗しい娘だった。

「婆やが参道でころんで、足をくじいてしまいまして……難儀しておりました」

娘がそのように説くあいだ、鈴之助はただ、きれいな顔に見惚れていた。当の婆やに睨まれて我に返る。

「それはお困りでしょう。駕籠を呼んで参りましょうか？」

「足が相当に痛むようで、駕籠の揺れがきついと申すのです」

「では、私でよろしければ、お送りしましょうか。家はどちらになるのですか？」

こたえようとする娘を、婆やが厳かにさえぎった。

「お嬢さま、怪しい者に、無暗に住まいを教えてはなりません」

「婆やったら……すみません、ご無礼を」

「ああ、いえ、婆やさんの言うとおりです。用心するに越したことはありませんから」

少し考えて、代案を思いついた。

「この先の木挽町に、腕の良い町医者がおります。そちらまで、お連れしましょう。婆やさんの足を診てもらい、手当てを受けて、帰りは駕籠を使えばよろしいかと」

「そうできましたら、助かります」

「では……婆やさん、どうぞ」

と、しゃがんで背中を向けた。頑固そうな年寄りは少々ごねたものの、娘に促され渋々鈴之助の背に身を預けた。

「大丈夫ですか、重うございましょ？」

「いや、何のこれしき」

小柄な年寄りひとりと高を括っていたが、力仕事はもとより向いていない。二町も行かぬうちに息が切れてきたが、娘の手前、見栄を張った。堀に架かる二ノ橋を渡り、大きな武家屋敷を過ぎる。町家にかかると北に曲がり、その頃には汗みずくで足許がふらついていた。木挽町三丁目の医家に辿り着いたときには、完全に息が上がっていた。

「これしきのことで情けない」

背中にいた婆やからは、礼どころか嫌味をこぼされたが、返す言葉もない。それでも、何度も有り難そうに娘に頭を下げられ、それだけで釣りがくる。

後を馴染みの医者に任せて、暇を告げた。

「きれいな人だったなあ……身なりもよく所作もたおやかだ。何よりも、お優しい。

世間にはあのような女子もいるのだな」

　ふわふわと浮かれた気持ちで家路についた。まさかその娘が翌日、吉屋を訪ねてくるとは思いもしなかった。

「急にお訪ねしてすみません。どうしてもお礼を申し上げたくて、先生からこちらさまをお教えいただきました」

　あの町医者とは長いつき合いだ。麻疹なぞにかかるたび、四兄弟で世話になった。

「うちの料理なのですが、せめてものお礼にとおもちしました。どうぞ皆さまで、お召し上がりくださ い」

　ずっしりと持ち重りのする包みを受けとった。中身は折詰のようだ。

「料理屋の、お嬢さんでしたか」

「うちは仕出屋を名乗っておりますが……新橋加賀町の逢見屋と申します」

　加賀町なら、そう遠くはない。医家のある木挽町からもう一本堀を越え、城の方角に七、八町、お曲輪に近い一等地だ。

「私は、千瀬と申します」

「住まいや名を、明かしてよいのですか？　婆やさんに叱られますよ」

「構いません。こちらさまのことは、先生から伺いましたし。ただ……」

言い辛そうに、しばし口ごもる。

「できれば、お名を教えてくださいまし……」

楊枝屋の三男か四男だと、医者からは甚だ雑な説明を受けたようだ。奥ゆかしく問われ、柄にもなく顔が熱くなる。

ふと見ると、両親と兄夫婦の興味津々な眼差しがこちらに張りついている。ばつが悪くなり、お千瀬を外に連れ出した。

「私は吉屋の四男で、鈴之助と申します」

「鈴之助さま……」

整った顔がぱっとほころび、何とも幸せな心地になった。

「婆やさんのお加減は、いかがですか？」

「おかげさまで大事には至りませんでしたが、おすがももう歳ですから。六十半ばで、たしか私の祖母よりも、ひとつ上になるときさました」

おすがは千瀬の母親の乳母として雇われ、忠義者故に長く勤めている。愛想に欠け融通も利かないが、お千瀬のことは掌中の珠のように大事にしているという。

「婆やさんにとっては、さしずめ私は悪い虫というわけですか」

「ひと月は出歩かず、養生するようにと先生が……そのあいだは、こうして気兼ねなく出掛けられますので」

そのひと月のあいだに、ふたりの仲は急速に深まった。

日を決めて、寺社の境内や町中の茶店で待ち合わせ、あれこれと語り合う。気持ちは雲雀のように高く舞い上がり、まさに地に足がつかない有り様だった。

おすが婆が復帰すると、機会はぐっと目減りしたが、月に二度と限りを決めて、おすが付き添いの下で会うことが叶った。

「よく婆やさんが、承知してくれましたね」

「ああ見えて、私には甘いのですよ」

「とてもそうは見えませんが……あの眼力ときたら、いまにも呪い殺されそうです」

少し離れたお堂の石段に腰を下ろし、一瞬たりとも目を離すまじと、じいっとこちらを睨みつける。かなり窮屈にはなったものの、お千瀬と会えるだけで、鈴之助は幸せだった。

「昨夜、兄弟四人で呑んでいた折に、富くじの話になりましてね。もしも富くじで千両を当てたら何に使うか、との他愛ない話です」

富くじは、寺社の修復や再建の名目で行われ、谷中感応寺、目黒不動、湯島天神は、「江戸の三富」と呼ばれてことに有名だった。大方は、最高額が百両の百両富であったが、まれに千両富もあり、たられば話なだけに妄想は大きい方が盛り上がる。

「長兄は、吉原に千両そっくり落とすというのです。総揚げするのが夢だそうで、十日のあいだ居続けて、きれいさっぱり使い切ると」

しっかり者の長男には似つかわしくない、俗で豪儀な使いっぷりだが、得てしてそういうものかもしれない。次兄は日頃、お調子者のくせに、千両を投じて西本願寺の境内に、立派な出店を建てるとのたまった。

「三兄は、兄弟の中でも変わり者でしてね。まずは旅に出るというのです」

「旅というと、伊勢や京ですか？」

「いえ、西の果ての長崎に行きつき、さらにその先を目指すそうです」

「西の果てより先……というと？」

「大きな声では言えませんが……長崎から異国船に乗って、外つ国に渡りたいと」

「……ですが、法度とされておりましょう？」

こそりと告げた鈴之助に慣い、お千瀬も声を潜める。

「大枚の賂を渡して、密かに抜けるというのです。賂が効かぬ役人は、この世にいない。三百両もわたせば、たとえ長崎奉行とてころぶに違いないと」

「まあ！」

いわば三兄流の落し噺であり、長崎も外つ国も前置きの枕であろう。いかにも落語好きな三兄らしい。

密航という、いまの世では物騒な前ふりだ。緊張が解けて、お千瀬がころころと笑い出す。

これが見たかった。お千瀬の笑顔と軽やかな声は、千両の金子より、鈴之助にとっては価がある。笑いを収めると、少しくだけた調子でお千瀬はたずねた。

「鈴さんは、何を？　千両あったら、何に使うの？」

「花火だよ。大川に、花火を打ち上げたいと思ってね」

花火師にいかほど積めばよいのか、相場はまったくわからないが、千両あれば叶うだろう。きいたお千瀬が、目を輝かせる。

「とても素敵！……でも、どうして花火を？　何か思い出があるの？」

「それはもちろん、お千瀬に見せるためさ」

「……私に？」

「前にお千瀬が言ってたろう。一度も花火を見たことがないって。だから、見せてあげたくてね」

大川の川開きを皮切りに、夏のあいだ、江戸の夜空は花火に彩られる。川開きはいわゆる町人花火だが、大名らが打ち上げる武家花火も盛んに行われ、見物の町人でにぎわった。

しかし人が出掛ける折には、仕出屋はことのほか忙しい。店の手伝いで忙しく、お千瀬は花火には縁がないという。

「お千瀬が喜びそうなものを、あれこれ考えたのだがね。着物や簪なたくさんもっていようし、女子の好みなぞもわからなくて。だから、花火にしたんだ。店が休みの折に、花火を上げれば、お千瀬も、それに逢見屋のご一家も楽しめると思って……」

　お千瀬の目尻に涙が光り、袖に顔を埋める。泣かれたことなど初めてで、顔面から一気に血の気が抜けるほどに、鈴之助は慌てた。

「す、すまない、他愛ない夢語りで、かえって傷つけてしまったか。ありもしない金で、できもしない御託を長々と……このとおり、幾重にも詫びるから、どうか許してくれまいか」

「違います。嬉しくて……」

　目尻を拭って、顔を上げる。目許が、少し赤らんでいた。

「ありがとう、鈴さん。こんな嬉しい贈り物は、ほかにありません」

「いや、絵に描いた餅に過ぎぬし、贈りようもないのだが」

「いいえ、そのお気持ちだけで、千瀬には十分です」

　潤んだ瞳が、こちらを見上げる。目を合わせているのが息苦しくて、視線を下に落としたが、かえっていけなかった。咲きかけの花のような唇から、目が吸いついて離れない。

　思わず顔を近寄せそうになったが、耳障りな咳払いが、軽はずみを既のところで止めた。

「お嬢さま、そろそろお戻りになられないと」

その存在を完全に忘れていたが、少し離れて見守っていた婆やのおすがが、当然のように水を差す。がっかりと安堵がないまぜになって、ふたりが去ると、その場にへたり込みそうになった。

それでも、惚れた娘のさまざまな表情を拝むことができて、まさに夢見心地のひと時だった。お千瀬への思いを、はっきりと自覚したのもこのときからだ。

ただ、家付きの跡取り娘だときいてからは、正直、先々のことは諦（あきら）めかけていた。逢見屋ほどの身代となれば、長子の結婚は家の利が第一義だ。お千瀬がどんなに望んでも、しがない小店（こだな）の四男坊なぞ、逢見屋の両親が承知するはずはない。

だからこそ、お千瀬の婿入りの申し出に、誰よりも驚いたのは鈴之助だった。もちろん否も応もなく承知を伝えたが、果たして自分に逢見屋の若主人が務まるのだろうか、との不安はいまも拭えない。

「お嬢さま、いいえ、若女将（わかおかみ）が参りますまで、御酒（ごしゅ）をお召しになりますか？」

「ああ、いいえ、お酒はもう結構です。それより、おすがさんに伺いたいことがありまして」

「今日より、どうかおすがと呼びつけになさってくださいまし」

「え、急に言われても、それはちょっと……」

「逢見屋の若旦那さまになられたのですから、何卒。他の者にも示しがつきませんので」

「いや、そこなんですが……若旦那というのは、何をすればよいのですか？　旦那さまのお手伝いでしょうか？　それとも、若主人にはそれなりの役目がありましょうか？」

以前、お千瀬にもきいてみたのだが、家に入ってからおいおい覚えていけばよいと、はぐらかされた。仮にも若主人となるなら、仕出屋や料理屋のいろはくらいは身につけねば恰好がつかない。この半年のあいだに、料理屋番付を買い求めたり、人の噂を拾ってみたりしたが、付け焼刃に過ぎない。不安はむしろ増すばかりだった。

おすがは、妙にきっぱりと言った。

「旦那さまのお手伝いは、要りません」

「さようですか。では、若主人の役目は？」

返事の代わりに、値踏みするように鈴之助を正面からじっと見る。

ふと、おすがが笑ったように見えて、どきりとした。この婆(ばば)の口角はついぞ上がったことなぞなく、見間違いかもしれない。

「明日になれば、わかります。それでは、私はこれで」

ていねいに辞儀をして、白髪の婆は去っていった。何故(なぜ)だか背筋がぞわぞわし、よけいに落ち着きの悪さを覚える。ふいに、このまま築地の実家に逃げ帰りたい思いも芽生えたが、新妻が部屋に入ってくると、一切の心配が霧散した。

寝衣姿(ねまきすがた)のお千瀬は、白無垢よりも美しい。

「鈴さん、いえ、鈴之助さま。不束者(ふつつかもの)ですが、幾久しくよしなにお願いいたします」

「こ、こちらこそ！」

ちらと浮かんだ三兄の揶揄(やゆ)は、新妻の甘い匂いに押し出され、消えていった。


目覚めたとき、新妻の寝顔を見て、馥郁(ふくいく)とした幸せに包まれた。

顔を洗うときも着替えのときも、お千瀬はかいがいしく世話をしてくれる。日の本一の果報者だと心底思えた。

身支度を済ませてから、逢見屋の両親のもとに挨拶にいくという。

寝間を出ようとすると、後ろから声がかかった。

「あの、鈴さん……」

「うん？」

「私、鈴さんに言ってないことが……」

先を続ける前に、おすがが現れた。

「お迎えに上がりました。皆さまはすでに、お揃いになってらっしゃいますので」

「それは大変だ。お待たせするわけにはいかないね」

何か言いたそうにしていたお千瀬は口をつぐみ、婆やと鈴之助の後ろに従った。

座敷に赴くと、すでに逢見屋の一家五人が顔を揃えていた。ただ、何か妙だ。

下座右手には、ふたりの妹たちが行儀よく座っている。それはいい。しかし娘たちの向かい側、左手には、主人であるはずの義父が控えている。

そして上座には、床の間を背にして義母と祖母が、でんと座を占めていた。

「遅い！　さっさとお座りなさい」

口を開いたのは、祖母のお喜根であった。

いきなり叱りつけられて、ぽかんとする。すかさずお千瀬が、詫びを告げた。

「すみません、大女将。明日からは気をつけます」

「よろしい。おまえも、席にお着きなさい」

お千瀬が、すまなそうな眼差しで、鈴之助をふり返る。腰を下ろしたのは、祖母のとなり、つまりは上座だった。

「何を突っ立っているのです。さっさとお座りなさい」

「あのう、私はどこに？」

「婿どのは、こちらにどうぞ」

招いてくれたのは、義父の安房蔵だった。大人しく、義父のとなりに腰を下ろす。

この図は、何だろう？

女三代が上座に着き、主人と若主人が下座に控える。何とも奇妙で、理屈がつかめない。

「鈴之助、今日からはおまえも、立場上は逢見屋の若主人です。ですが、それはあくまで建前のみ。何事も、最初が肝心ですからね。婿どのにも、しかと伝えておきます」

鈴之助の物問いたげな表情に応えてくれたのは、上座にいる義母のお寿佐であった。

「この逢見屋は代々、女が家を継ぎ、女将として店を差配してきました。つまり、ここにいる大女将と、女将の私、そして若女将のお千瀬が、いわばこの家の主人です」

逢見屋を開いた初代は、遣手の商人だった。油や雑穀、飛脚の問屋を次々と成功させ、その儲けで仕出屋を始めた。しかし残念なことに、息子と孫はその商才を受け継がなかった。二代と三代が主人に就いたほんの二十年ほどで問屋はすべてが潰れ、初代の築いた莫大な財は粗方失う羽目になった。しかし仕出屋だけは、その憂き目から免れた。

「何故か、わかりますか？　仕出屋だけは、妻たる女将がまわしていたからです」

逢見屋の歴史をたっぷりと説いてから、お寿佐はそのように結んだ。その後を、大女将のお喜根が引きとる。

「二代と三代は、商いの才に恵まれなかった上に道楽者でした。男とは得てして、そういうものです。そこへいくと女は、酒癖も博奕も女遊びも無縁です。ちなみに三代目は私の父ですが、若い女と駆落ちしましてね。そのときに、母は決めたのです。唯一、残されたこの仕出屋は、この先も女将に継がせると」

すぐ脇に、手焙り(てあぶ)が置かれているのに、手指の先がだんだんと冷たくなってくる。きけばきくほど怖(おそ)ろしい。まるでこの逢見屋には、不甲斐(ふがい)ない男への恨みつらみが凝り固まってでもいるようだ。

そして三代目女将の決心を固持するように、それ以降、不思議と逢見屋には女児しか授からなかった。四代目と五代目が目の前にいる大女将と女将であり、六代目がお千瀬というわけだ。

「ですから、四代目以後の主人は皆、婿養子であり、女将の添え物に過ぎません。鈴之助、おまえの立場がわかりましたか?」

よくわかった。わかったけれども、別の疑問が頭をもたげる。

「では、この逢見屋で婿の役目は?」

「まずは、子を生(な)すこと。玉のような女の子を望んでおりますよ」

当然のように大女将がこたえる。

「他には？」

「何もありません。店に出ることも、しなくてよろしい。むしろ、板場や座敷をうろついたり、よけいな差し出口はお控えなさい」

「では、日がな一日、私は何をしておれば？」

「この母屋で、好きに過ごせばよろしい。月に二分だけは渡しますから、それでやりくりなさい」

まるで飼い殺しの種馬さながらだ。親に似て呑気者を自負してはいても、これはさすがに承服しかねる。

「ですが、私は……」

「鈴之助、そなたをどうして婿に迎えたか。お千瀬のわがままを、大女将と私が何故許したか、わかりますか？」

女将のお寿佐が、低くたずねた。鈴之助への問いではなく、すでにこたえは出ている。

「逢見屋の婿に、打ってつけだったからです。これといった取柄や才もなく、人柄はありふれていて、尖った山気や意気地もない。平々凡々の、つまらない男です」

「お母さん、それはあまりに……！」

お千瀬が庇うように声をあげたが、祖母のひと睨みで封じられる。

「重ねて言いますが、子作りに励むより他は、くれぐれもよけいな真似をしないように」

「となりにいる義父上が、おまえの手本です。よく見習って、一日も早く逢見屋の家風に馴染むのですよ」

お喜根とお寿佐に達せられ、鈴之助は悄然とうなだれた。


祝言の翌日に、隠居を申し渡された――そのようなものだ。さほど物事を深刻にとらえない性分だが、さすがにこれは応えた。

なまじ天にも昇るような心持を、ふわふわと味わっていただけに、一気に地上に落とされて、勢いで地中に深くめり込んだ心地がする。

取柄もない才もない、意気地なしの凡庸な男――。義母に言われた事々も、とうに自覚している。ただ、他人の口からきかされると、何ともきつい。

並の両親から生まれ、四人の兄弟も性質の違いはあれど、どんぐりの背くらべだ。それがどんなに恵まれていたか、いまさらながら思い知った。愚痴(ぐち)や小言(こごと)を食らうことはあっても、誰も鈴之助を否定しなかった。

築地の実家恋しさに、ひとりになると、ほろりと涙がこぼれた。

挨拶が済み、若主人だけが夫婦の部屋に戻された。お千瀬は若女将として、忙しく立ち働いているのだろう。

考えようによっては、悪い話ではない。何もせず、月に二分もいただけるのだ。

二分は一両の半分。文銭(もんせん)に直せば、三千二、三百文といったところか。

鈴之助は平土間(ひらどま)しか縁がないが、歌舞伎の桟敷(さじき)席は三千五百文ときいた。大福餅がひとつ四文、握り寿司一個が八文、蕎麦(そば)一杯が十六文、草双紙が一冊二十文、髪結いは二十八文。

ちなみに実家での小遣いは、二分の四分の一に過ぎなかった。

二分もあれば、大好きな寿司を四百個も食べられる――。しかし四百個の海老(えび)や小鰭(こはだ)や穴子を並べてみても、気持ちは沈む一方だ。

他人の家が、これほど心地の悪いものとは。

嫁や婿は、誰しもこんな侘しい思いを味わうのか。婚家の家風に従えとは、裏を返せば、実家で育った年月を捨てろと強いるに等しい。世の女たちの大半は、こうまで情けない気持ちを抱えて舅姑に仕えねばならぬのか。

鈴之助が悲しかったのは、己のためではない。吉屋の両親が、自分の家族が、貶められたように思えたからだ。

塀の上に集う雀のように、平凡で呑気で、明るい家だった。兄弟の中から鷹が生まれるわけでもなく、燕のような俊敏さも、遠くに渡る雁のごとき覇気もない。

だからこそ、幸せだった。

障子越しに届く冬の陽射しは、だんだんと陰り、座敷は薄暗くなっていた。いまの鈴之助の心を、そのまま映しているかのようだ。

「鈴さん……」

お千瀬が入ってきたときも、ふり向くことすら億劫だった。妻の手が、背中にかかる。

「もう、夕刻かい？」

「まだ、昼過ぎですよ。空が陰って、暗くなっただけです」

「そうか……仕出屋は、これからが書き入れ時なんだろう？　私のことはいいから
……」

「いいわけが、ありません！　鈴さんは、誰より大事な旦那さまなのですから」

鈴之助の前にきて、正面から見詰める。その視線を受け止めることすら、いまはできない。

「もういいんだ、お千瀬。私のことは、構わないでくれ」

母親の前でごねる子供と同じだ。我ながらまったく情けない。

「ごめんなさい、鈴さん……おばあさまから固く口止めされていて……」

妻の弁明が、かえって辛かった。顔を伏せたままの夫に、妻が続ける。

「いいえ、それは言い訳ね……逢見屋の家風を知ったら誰だって、私と夫婦になろうなんて思わない。だから怖くて、言えなかった。だって私はどうしても、鈴さんと一緒になりたかったから！」

膝の上にある夫の手を、きつく握りしめる。

「わがままだと、わかってた。鈴さんにこんな思いをさせると端から知っていたの

に……ごめんなさい、鈴さん、ごめんなさい」

「お千瀬……」

「せめて、私の気持ちは疑わないで！　私は鈴さんだから、夫婦になった。鈴さんとだけ、添い遂げたかったの」

　顔を上げ、初めて妻と目を合わせた。逆にお千瀬が、恥ずかしそうに目を逸らせる。

「ただ鈴さんを、好いていたから……いちばんの本音は、それだけなのだけど」

　頬が上気して、瞳が潤んでいる。抱きしめたいほどに、可愛らしくてならない。それでもいまは、素直に受け止められない。

「私なんぞを、どうして？」

「鈴さんは、勘違いしている。私は鈴さんの才を高く買っているの」

　あれだけ無能呼ばわりされた後で、才と言われても皮肉としかきこえない。しかしお千瀬は真剣だった。

「最初に会ったときのことを、覚えてますか？　鈴さんは、おすがを背負ってくだすった。私は心底驚きました」

「あのくらいの親切なら、誰だって……」

「そうではなく、あのおすがが、知らない男の背に、黙って背負われたことに驚いたのです」

話の要点が、よく呑み込めない。

非常に疑り深く、他人を安易に信用しない。そんなおすがが、鈴之助には実にあっさりと従って老体を預けた。とても信じられない光景だったと、お千瀬は語る。

「そんな大仰な。足を痛めていたのだから、他人を頼るのはあたりまえだろう」

「いいえ、我慢と用心にかけては、おすがの右に出る者はおりません」

「つまりは、頑固ということか……」

あの折も、逢見屋まで使いを頼んで、店から人を呼んでこよう――暇はかかるが、安心が何より――くじいた足はみるみる腫れてくるのに、それくらいのあいだは我慢が利くと、おすがは言い張っていた。

「私ですら、おすがの考えを曲げられなかったのに、鈴さんは容易くやってのけた」

「だから、大げさだよ。おすが婆は、熊でも虎でもないんだから」

「やっぱり鈴さんは、わかっていないのね。人の気持ちを和らげて、その懐にするりと入っていく。それが鈴さんの、たぐいまれな才なのですよ」

　にっこりと微笑まれても、さっぱりぴんとこない。

「いや、そのくらい、誰にだってできるだろう。才でも何でもない」

「そうですね……女子なら、ままおります。でも殿方には、まず滅多におりません」

　見栄と意地、面子と建前。男らしさを裏打ちするのは、いわば外に向かっての体裁で占められる。それが潰えると、ぐちぐちと恨みがましく世間を呪ったり、果ては暮らしが荒れて酒や博奕に走ったり、あるいは色に溺れ自堕落になったりと、甚だ面倒なことになる。

　世間に認められ、己を誇示してこそ、初めて満足を得る。それが男という生き物だ。

「私は祖母や母から、そう教わりました」

「なるほど……」

　何やら、ぐうの音も出ない。

「そう言われると、まさに私のような意気地のない者は、この家の婿にふさわしいというわけだな」

いじましい卑下は、唇に当てられたお千瀬の指でふさがれた。

「言ったでしょ、鈴さんには才があると……おすがを御した鈴さんならきっと、祖母や母にも太刀(たち)打ちできる」

お千瀬の目はひたむきで、尚(なお)のこと怖気(おじけ)が先に立つ。

「いやいやいや、おすがを御したとは未だに思えぬし、ましてやおばあさまやお義(か)母(あ)さんときたら……あれは紛れもなく、熊と虎だろう」

「たしかに……」

くく、とお千瀬が笑いをこぼす。

「だから私と一緒に、熊と虎を相手に、戦ってください」

「……戦う？　どうして、お千瀬が？」

「私はいまの逢見屋に、得心がいきません。だって、おかしいでしょう？　たとえ女将が表に立つにしても、つれ合いをないがしろにするなんて、そんな理屈は通りません」

にわか雨の降る前のように、ふっとお千瀬の顔が陰った。

「私は昔から、父が可哀相でならなかった。とても優しい人で、私たちのことも可愛がってくれました。店の仕事で忙しい母よりも、幼い頃はよほど懐いていて……」

「そうか……お千瀬はお義父さんが、大好きなんだね」

「父はいつもいつも、どこか寂しそうで……あんなあつかいをされていたら、あたりまえね。それがどうにもたまらなくて」

「お義父さんのために、熊と虎退治を？」

「それだけではないの。このままでは逢見屋は、あと十年ももたないかもしれない」

「そんな、まさか……」

単なる杞憂ではないと、お千瀬は真顔で告げた。十一代将軍の治世は長く続き、すでに子の数は四十人を超えている。お気楽な天下人を反映するように、世は爛熟を極め、贅と奢はもはやあたりまえとなった。

仕出屋や料理屋も、例外ではない。むしろその風潮に真っ先に乗り、これまでにないほどの繁栄を築いていた。

御上は町人の奢りにたびたび目くじらを立てるが、この気風を押し上げたのは、外ならぬ武士である。

「留守居茶屋は、知っているでしょ？」

「大名家の江戸御留守居役が、しばしば集まるという料理茶屋だろう？」

茶屋と称しているが、いわば料亭である。

留守居役は、幕府との相談や他藩との交渉など、いわば藩の外交を司る。一方で何よりも大事な務めは、情報の収集にあった。

このためにも他藩とのつき合いは重要で、とはいえ、しかつめ顔で膝をつき合わせたところで相手の本音はつかめない。酒を酌み交わしながらゆるりと談笑するのが慣いとなった。藩の面子をかけて他藩に侮られまいとするあまり、豪奢に傾くのは必然で、藩主ですら滅多に口にできないような料理が供された。

この留守居茶屋が、いわば江戸の料理屋を牽引した。

それまで数多くあった仕出屋が、次々と料理屋を名乗るようになり、一皿にいかに贅を凝らすかを競い合う。珍品や値の張る材がもてはやされ、高価であればあるほど評判を呼び、店の株は上がる。

これに拍車をかけたのは、いまや天下の金を牛耳(ぎゅうじ)っている豪商たちだ。武家にすり寄るための接待に、あるいは商家同士の相談にと盛んに利用し、料理屋の繁栄をもたらした。

「いうなれば、料理屋のお得意は、武家や商人。つまりは仕事のつき合いというわけか……派手になるのも道理だね」

仕事のつき合いとはすなわち、男だけの宴席を意味する。贅を尽くすのは料理に限らず、芸者を揚げてどんちゃん騒ぎ、終(しま)いには色街へと流れるのが相場だった。

鈴之助もそのくらいの噂は、よく耳にする。

「それじゃあ、逢見屋も？」

「いいえ……大女将は、おばあさまは、そういう慣いを好もしくは思っていません。どんなに富があっても所詮は一見(いちげん)、ふりの客に過ぎないと。むしろ古くからのお得意さまを、大事にすべきだと」

「逢見屋の馴染みというと、どのような？」

「まずは、お寺さまですね。法事の折に、仕出しを頼まれて」

新橋を渡った先には、増上寺(ぞうじょうじ)がある。その周囲に林立する寺のうち、十ばかりに逢見屋は出入りを許されているという。

「でも、もっとも多いのは、何代にもわたって贔屓にしてくださる、ご一家ぐるみのお得意さまです。家には必ず、冠婚葬祭がつきものでしょう？　祝儀・不祝儀にかかわらず、節目節目に逢見屋を頼ってくださる」

富もうと貧しかろうと、どの家にも慶事や不幸は訪れる。誕生、七五三、元服と、子の成長を見守り、婚礼を迎える。一方で、やがては死に逝くのも人の慣い。葬儀、四十九日、一周忌、三回忌と、仏事もまた途切れることがない。

「お祝い事でもお仏事でも、同じことがひとつあるの。鈴さんには、わかる？」

「いや……何かな？」

「親類縁者が、顔をそろえること。皆が打ちそろうことって、なかなかないでしょ？」

日々の事々に忙殺されて、同じ江戸の内にいて互いに訪ね合っていても、たとえば兄弟姉妹がすべてそろう機会には案外恵まれないものだ。中には遠方にいて、数十年ぶりで懐かしい顔に出会うこともある。

そうした家族や縁者がつどう場を仕立て、美味しいものを食べながら、くつろいでもらいたい。大女将が掲げる、逢見屋の身上だった。

「いいですね、とてもいい！」

思わず、ぱん、と手を打った。

「知己や縁者が、互いに会う……相逢う席というわけですね。いっそ相逢席とでも、呼びましょうか」

「相逢席……まさに、そのとおりです！」

優しい面立ちが、ぱっと華やぐ。

「私は、鈴さんと一緒に、相逢席を取り持ちたい。私一人では難しいことも、鈴さんがいてくれたら、きっと凌げます」

「難しいこと……？　お千瀬、何か憂い事でもあるのかい？」

「はい……気がかりなことが、いくつかあって」

ふっと華やぎが消えて、屈託が浮かんだ。

「この続きは晩に。そろそろ戻らなくては」

励ますように夫の手をきゅっと握り、また若女将の顔に調えて仕事に戻った。

お千瀬から続きをきかされたのは、翌日のことだった。

新婚の夫婦には、他にすべきことがあるからだ。

「ええっと……今年半季の仕入れは、売り上げの三割二分といったところか……並の年よりもやや多いな」

婿入りして、すでにひと月。鳴かぬ鈴虫のごとく、ひっそりと暮らしていたが、決して無聊を託っていたわけではない。

鈴之助はずっと、大福帳をはじめとする帳簿と、にらめっこを続けていた。読み書き算盤も、出来はやはり並だった。決して得手ではないのだが、投げ出すことはせず懸命に食らいついた。すべてはお千瀬のためだ。

妻の抱える気掛かりとは、ひとつは売り上げのことだった。

「芳しくないのかい？」

「五年ほど前から、少しずつ目減りして……派手な料理屋に、目移りするお客さまも中にはおりますから」

「このところ、雨後の筍のように、料理屋が増えているからね。客の奪い合いが起こるのも、仕方のないところか」

「このままでは先細りしていくばかりで……新しいお得意を増やしたいのですが、接待がらみの宴席を避けるとなると、なかなか難しくて」

ほうっと、お千瀬は物憂げなため息をつく。

毎度、仕出屋を使うような家だから、逢見屋の贔屓客は、ほどほどの小金持ちと言えるだろう。とはいえ、豪商のごとく金がうなっているわけではなく、接待なぞにくらべればよほどつましい宴席だ。そのぶん儲けも限られてくる。

それでも接待の席を頑なに拒むのには、それなりの理由がある。

まず何よりも騒々しさだ。逢見屋の貸座敷は、襖を立てれば二、三の間に隔てられるが、男同士の席は、酔いっぷりも笑い声もはばかりがない。隣座敷に配された馴染み客は、たいそう迷惑な思いをすることになる。

もとより芸者衆を呼ぶような店ではなく、それだけでも不興を買おう。また、料理の味には自信があっても、目新しさには欠ける。それを侮られ、悪い噂でも立てば、まさに踏んだり蹴ったりだ。

「ふむ、そのあたりは、大女将の言い分が正しいね。どのみちその手の客は、浮気者が多い。一、二度来て店を荒らされて、また他所（よそ）に移られては割に合わない」

「ええ、おばあさまも同じことを……一見に留（とど）まらない、新しい上客を得たいのですが、これといったやりようが思いつかなくて」

たしかに、一朝一夕では難しい。ひとまず逢見屋の商いを、学ぶことから始めた。


これらの帳簿も、お千瀬が祖母や母の目を盗んで、わざわざ運んでくれた。

さすがに今月今日の帳簿は、義母の女将ががっちりと握っているだけに動かしようがないのだが、どのみち魚問屋や八百屋への支払いは年に二度、盆と暮れに限られる。

商いの一切を見るには、過去の帳簿の方がわかりやすい。

「それにしても、商いにこれほど元手がかかるとは、思いもよらなかった」

実家も小売業なだけに、商いのいろはくらいは弁（わきま）えているつもりでいた。

吉屋の大福帳なら、目を通したこともある。ただ、逢見屋とは比較にならぬほど、薄っぺらい代物だった。

掛かりといえば大方は仕入れの品であり、十種ほどある爪楊枝に、歯磨粉と歯黒の五倍子。あとは西本願寺の出店に置いている、鳩豆くらいだ。寺社の境内には鳩が多く、餌となる鳩豆はよく売れていた。

本店と出店、二軒の店賃はかかるが、たいした額ではない。ただし南小田原町の本店よりも、境内の屋台ほどの出店の方がよほど高くついた。

女手が足りないために、台所女中をひとり雇っているが、給金のかかる使用人はそれだけだ。洗濯は三日に一度ほど通ってくる、洗濯人に頼んでいた。

案外嵩むのが、薪炭や油である。ことに西本願寺の方は、吹きさらしの床店だけに寒さもひとしお、晩秋から桜の頃まで火鉢が欠かせない。この炭代と勝手の竈の薪代、灯明のための油は、吉屋ではもっとも割高な掛かりとなった。

これらすべてを合わせて売り上げと比すると、利は四割五分といったところか。もっとも商い額が小さいだけに利もささやかで、米味噌や衣類など、暮らし向きにほぼ費やされ、贅沢を慎んでも蓄えらしきものはほとんど残らなかった。

対して逢見屋の帳簿の景色は、まるで違う。

「利がわずか一割五分とは……何とも掛かりが多い。よくもこれでやっていけるものだ」

仕出屋だけに、食材に気張るのは当然として、雇人の給金はそれ以上に嵩張る。それぞれ売り上げの二割五分と三割五分、合わせて六割が、食材と人使いで消えてゆく。その事実に、まず驚いた。

板場に十五、六人、仲居が三人と下足番もいる。母屋付きの女中や下男も加えると、ざっと数えて二十人以上という大所帯だ。給金の費えが大きいのもうなずける。実家と同様なのは、店賃くらいか。江戸では持家がごく限られていて、大店ですらほとんどが借家である。逢見屋もまた店借りだが、家賃相場が安いために負担は軽く、五分にも満たない。

逆に薪炭や油は、たいそう豪勢な使いぶりだが、これも考えれば仕方のないことだ。

なにせ板場では、竈の薪も焼き物の炭も絶やすわけにはいかない。加えて、夕刻にかかる宴席もままある。行灯を座敷にいくつも灯し、使う油も臭いのきつい鰯油ではなく、上等の菜種油。冬場の火鉢も同じく、一部屋にふたつは置いて座敷を温める。

意外としわ寄せが大きいのは、皿小鉢などの瀬戸物である。年に二度は買い足しており、しかも結構な額だ。この理由は、お千瀬が説いてくれた。

「お酒が入りますから、粗相をされるお客もいて、皿小鉢や盃がよく割れるのです。中には気に入った瀬戸物を、持ち帰ってしまう方もおられるのですよ」

逢見屋ともなれば、瀬戸物にも相応の気を遣う。決して安物ではないのだが、よほどの名品ではない限り、たいがいは大目に見るという。

「お酒で気が大きくなられて、あるいは引出物代わりに土産になされる方も……私が覚えている限りでは、返してほしいと催促に行ったのは一度きりです」

何と床の間に置いてあった、値打物の壺が消えていたという。このときはさすがに女将が客のもとに出向き、向こうも酔狂が過ぎたとたいそう恐縮しながら返してくれた。

それでもまだ、逢見屋の客は行儀が良い方で、接待の席では傍若無人もより極まる。はばかりがなくなって、物の壊れよう散らかしようも遠慮がない。

妻の話で、遅まきながら気がついた。

床の間に飾る、絵や軸物、壺や花瓶なども、購う頻度は少ないものの額が大きい。

花器に飾る花も毎日替えねばならないし、畳と障子もまめに張り替える。椀や膳も塗りの上物で、板場の鍋釜、使用人の着物まで、雑費のたぐいが実にさまざまかかるのだ。

これらが合わせて二割五分。食材と使用人の給金の六割を合わせて八割五分。残る利が、一割五分となる。

「人気の料理屋では、引札や土産物にも力を入れますから、さらに利が薄くなるともききました」

引札はちらし、つまりは店の宣伝に使われる。

わざわざ高名な絵師に画を描かせ、文もやはり名の知れた書家や狂歌師に依頼する。

たとえば八百善ともなれば、絵師は酒井抱一、谷文晁、葛飾北斎、渓斎英泉、文人は狂歌師の大田南畝、書家の亀田鵬斎、戯作者の柳亭種彦と、まさに綺羅星のごとき顔ぶれが宣伝に関わっている。

この手の文人墨客とのつき合いもあって、昨今の料理屋の主人には、粋人と呼ばれる趣味人もめずらしくはないという。

俳句、詩歌、舞、三味線、活花、茶の湯と多趣味を極め、また主人自らが板前以上に料理に精通し腕もある。

そんな話を妻からきかされると、だんだんと不安になってくる。三味線は少々たしなむが、他はまったく縁がない。

「茶の湯でも、始めるべきだろうか……」

「茶道はよろしいかもしれません。逢見屋では、膳の終いに女将が茶を点て、菓子と一緒にお客さまにお出ししています」

お千瀬ももちろん、子供の頃から茶道に親しみ、いまでは若女将として、たびたび客の前でお点前を披露する。作法も身につくし、習っておいて損はないとお千瀬は勧めた。

大福帳とのにらめっこも、そろそろ飽きてきた頃だ。あくまで趣味として、茶道を習いたいと女将のお寿佐に願い出た。

「構いませんよ。ただしお稽古代は、小遣いでやりくりなさい」

条件はついたものの、案外あっさりと承諾された。ただ、その先も、すんなりとは進まなかった。

「嫌よ。どうして私が、面倒を見なければいけないの？」

十七の娘が、瞳に浮かべる嫌悪はあからさまで容赦がない。

「でも、女将からは、お丹ちゃんに乞うようにと……」

「だから、嫌だと断っているでしょ」

とりつく島もない。茶の湯の師匠の元には、お千瀬の妹たちも通っている。次女のお丹に顔繋ぎを頼めと女将には言われたが、力いっぱい拒まれた。

祖母と母を見習うように、初めからお丹は頑なだった。突然できた義兄を受け入れようとせず、侮りを隠そうともしない。姉のお千瀬に叱られてから、いっそう意固地が増したように思う。

若い娘の直情は、鋭さも段違いだ。ある意味、お喜根やお寿佐のあしらい以上に、ぐさぐさと胸に応える。

「お桃に頼めばいいでしょ。茶の湯の師匠は同じだもの」

「そうか、姉妹で通っているんだね」

針先でも刺さったように、こめかみがぴくりとした。いかにも気の強そうな、はっきりとした顔立ちに、ほんの一瞬、冷ややかな陰がさした。

「一緒には、通ってない。日が違うもの」

「そうなのかい？　どうして……」

「お桃は私のことが、嫌いだもの。私もあの子が大嫌い！」

捨て台詞のように投げて、背を向けた。廊下を遠ざかる姿が、いつになく小さく見えた。

「お丹は気性が激しくて、言い出したらきかないところがあって……お桃は逆に、口が重くて顔にも出ない。それはそれで心配で」

お千瀬は長女として、ふたりの妹が気がかりのようだ。

三人の姉妹は、顔立ちも性質も見事に似ていない。歳も二十一、十七、十一と、若干離れているし、跡継ぎの長女と、次女や三女では、しつけの違いもあるだろう。

何事もゆるやかであった吉屋ですら、「上の兄ちゃんばかりずるい！」と、子供時分には長兄をうらやんだこともあった。

しかし他所の家では、もっと露骨に区別されるのだと大人になってから悟った。

小遣いの額が倍ほども違ったり、長子のみ評判の良い手習所に通わせたり、何かと待遇に差がつくものだ。

逢見屋でもやはり、お千瀬と妹たちでは、まず膳の景色がまったく違う。

朝餉は台所女中が拵え、献立も、炊き立ての飯に汁、納豆に香の物といたって質素だ。朝餉の刻限も、世間とは変わりない。

日の出の少し前に、明け六つの鐘が鳴り、江戸では大方の店が、この時分から動き出す。商家の小僧なぞは、日の出よりよほど早く起き出して掃除を済ませる。棒手振りなぞも仕入れに走り、長屋の朝餉に間に合うよう納豆や豆腐を届けた。

この頃には風呂屋も髪結いも開店し、実家の吉屋も同様だった。

逢見屋は、世間よりは遅いものの、昼の一時前には暖簾を上げる。

午前中の客は、ほとんどが法事をはじめとする仕出しの客だった。昼の膳として間に合うように仕立てて、寺まで運ばねばならない。板場はすでに早朝から慌しく、開店と同時に岡持ちを提げた板前たちが次々ととび出してゆく。

「料理の店だけに、てっきり夜がいちばん忙しいものと思っていたよ」

「留守居茶屋などと違って、うちはほとんどお身内同士の席ですから」

店に足を運ぶ座敷客は、午後から訪れる。子供や年寄りも多く、店内は昼過ぎから夕方までが立て込み時となる。

三女将はもとより、お丹は習い事、お桃は手習所へと、朝から出掛けてゆく。暇をもてあましているのは、やはり義父と鈴之助だけだった。

それでも朝餉と昼餉だけは、一家七人そろって食べるのがこの家の慣いだった。妹たちも出先からいったん戻ってくるのだが、この昼餉の膳に、かっきりと差がつくのである。

三女将の前には、これから客に供されるものと同じ美々しい膳がしつらえられ、対して主人と若主人と妹たちの膳は、いたって地味だ。

これには理由がある。板長がその日に仕立てた献立を、午後の客に出す前に、女将たちが己の舌で確かめるためだ。いわば女将の役目だった。

「この玉子半辨は、出来が良いですね」

「ええ、すりおろした山芋と玉子の按配がちょうどよく、蒸し具合も上々です」

「いまの時節柄ですと、葛あんをかけてもよろしいかもしれませんね」

美しい朱色の蒸し茶碗を手に、女将たちが料理を吟味する。

玉子半辨が、鈴之助の膳に載ったのは、同じ日の晩だった。

「これは、旨い！」

口に入れると、舌の上でふるりととろけ、思わず声になった。

「山芋ときいて、舌にざらりとくるものと……山芋の風味が豊かでありながら、舌ざわりはなめらかですね」

夕餉の席につくのは、三女将を除いた四人だけだ。客を帰した後も、女将たちには後片付けや帳簿付けがあり、終わってから茶漬けなどで軽くすませる。

上座の風通しが良いせいか、となりに座る義父も気を抜いている。鈴之助に向かって笑顔で応えた。

「玉子半辧は、卓袱料理でね」

「卓袱料理というと、長崎の？」

「江戸にも卓袱料理屋は増えてきたが、昨今は指南書も出ていてね。どこの料理屋でも盛んに取り入れているんだよ」

長崎に伝わった唐人料理をもとにして、卓袱料理は完成した。和蘭料理の影響も受けているために、和華蘭料理とも称される。

銘々膳ではなく、円卓の中央に大皿を並べ、好きな料理に箸を伸ばす。大陸風の食事風景が目新しく、江戸でも人気を博していた。

「お義父さんは、お詳しいのですね」

「いや、どれも受け売りでね」

この家でさまとつくのは、大女将のお喜根だけだ。鈴之助も妻に倣って、お義父さん、お義母さんと呼んでいた。

安房蔵は穏やかな人物で、気も合いそうだ。こうして夕餉の折などに話が弾むこともあるのだが、必ず水をさされる。

「ばっかみたい。たかが残り物で浮かれるなんて」

次女のお丹がさえぎり、小馬鹿にするように呆れてみせる。

残り物だが、客の食べ残しではない。手違いがあったときのために、料理は余分に作られる。それを大鉢で蒸して、ひとすくいずつ分けたのだろう。おたま一杯分ほどのかたまりが皿の上でひしゃげていた。

「茶碗にも入っていないのに、どこが茶碗蒸しよ！」

悔しそうに、皿を睨みつける。お丹には、ひしゃげた蒸し物が自分のように思えるのかもしれない。お丹の言動は、祖母や母をよく映している。本当は、姉のように上座に座り、朱の茶碗でいただきたい。しかし姉がいる限り、決して叶わない。

父や鈴之助に悪態をつきながら、そう叫んでいるように思えて仕方がない。

姉のように大事にあつかわれず、情けない父や義兄と同じ立場にいることが、我の強いお丹には理不尽でならないのだ。若い娘にはありがちだが、己の気持ちを持てあまし、怒りの形でぶつけることでしか発散できない。ある意味わかりやすく、正直な娘だ。

安房蔵もおそらく、察しているのだろう。

決して言い返さず、叱ることもしない。口をつぐんで、やり過ごす。それもまた、いっそうお丹の気を逆撫(さかな)でする。

「ごちそうさま」

お桃だけは我関せずで、飯を済ませると、さっさと座敷を出ていった。

本当は末の妹に、頼みたいことがあった。

また機を逸してしまったかと、小さな背中を見送った。

翌日、お桃が手習いから戻る早々、鈴之助は切り出した。

「私も茶道を習うことにしてね。お師匠さまへの顔繫ぎを頼みたいんだ。今日がお桃ちゃんの、お稽古日なんだろう？　私も、連れていってくれないか」

どうして私が、と口には出さないが、尖らせた口と眉間に寄せたしわで、顔いっぱいに抗議する。

「すまないけど、頼むよ、このとおり！」

拝み手を繰り返すと、嫌々ながら承知した。

「……帰りは別で」

ぽつりと、釘(くぎ)をさす。そんなに嫌われていたのかと、内心で少々傷つきながらも、十一歳の少女の後ろについて、ともに逢見屋を出た。

「あっ！　ほら、お桃ちゃん、餅つき屋が来ているよ」

世間はすっかり師走(しわす)の様相で、煤払(すすはら)い用の長い笹竹(ささだけ)を担いだ男が通り過ぎ、往来で餅をつく餅つき屋の姿も見受けられた。

「お桃ちゃんは、餅は好き？」

無表情のまま、お桃はこくりとうなずく。

「逢見屋では、餅つきをするのかい？」

もう一度おざなりにうなずかれ、話はさっぱり弾まない。

「私の実家では、餅は菓子屋に頼んでいたんだが、近所の長屋では、店子の皆でさっきのような餅つき屋を頼んだ。見物に行くのが毎年楽しみでね」

相変わらず返しはなかったが、一度だけ、お桃の表情が動いた。

羽子板を売る、出店の前を通ったときだ。

人気役者の姿が象られた華やかな羽子板を仰ぐ目が、きらきらと輝いている。

「お桃ちゃんは、どの役者が贔屓だい？」

決めかねているのか、熱心な視線はあちらこちらにさまよう。

「よかったら、私が買うよ。どれがいい？」

「いらない」

間髪を入れず断られた。この少女の、こんなにきっぱりとした返事は初めてだ。

拒まれたことよりも、その事実に驚いた。

まもなく茶道の師匠の家に着き、無事に入門が許された。その日は挨拶だけですぐに帰るつもりでいたが、稽古を見ていくよう促され、案外長っ尻になった。

子供と大人では、座敷や師匠が違うようだが、終わったのはほぼ同じ刻限だった。

ともに師匠宅を辞去したが、「帰りは別」と、お桃は先に行ってしまった。

「まだ、ひと月だからな。慌てない慌てない」

このところ、独り言が増えた。義妹に邪険にされた気づまりを、まじないめいた独り言で払い、自分を励ます。

幸い、活気にあふれた師走の町は、どこもかしこもにぎやかだ。床店の注連縄売りに、見上げるほどに大きな門松と、物見には事欠かない。

江戸の門松は、薪を束ねた土台に、葉の繁った高い笹竹を数本植えて、葉のない下半分に松を巻きつける。門松の高さは家の財を示すといわれ、大きな商家では二階の屋根を越すほどの大竹が飾られた。

「あと幾日かで、今年も終わりか……」

ついため息がこぼれた。お千瀬の後ろ盾があるとはいえ、先行きは何とも暗い。せめて新たな身内との関わりを築きたいところだが、それも難しい。義父は優しい人だが、いまひとつ踏み出せず、ふたりの義妹には冷たくあしらわれる。祖母と義母にいたっては、とっかかりさえつかめない。十年後もやはり、犬猫以下のあつかいを受けそうだ。

　正月に向けて浮かれた町から、自分ひとりだけ取り残されたような気分になった。逢見屋へと帰る道を辿ると、急に足が重くなる。

　その足が、ふいに止まった。見覚えのある店の前に、見覚えのある姿がある。

「あれは……お桃ちゃん？」

　羽子板を売る出店の前に、お桃がいた。その表情に、思わず目をこすりたくなった。

　お桃が、笑っている――。瞳を輝かせ、名のとおり頬を桃色に染めて、いかにも楽しそうだ。あんな表情は、家内では一度も見たことがない。

　お桃は誰かと話をしている。斜め前を塞いでいた物売りが横道に逸れ、となりに立つ者の姿が捉えられた。

「お義父さん……」

　娘に笑顔を向けているのは、安房蔵だった。

　逢見屋の内では常に背を丸め、居場所に事欠く鼠のように縮こまっているが、やはり別人のように表情が明るい。

　帰りは別、と言い張ったお桃の気持ちが、ようやく呑み込めた。

逢見屋の内では周囲の目がうるさく、何よりもお丹の癇癪が煩わしい。

お桃はきっと、優しい父が大好きなのだろう。

安房蔵も、決して強くはない。次女との衝突を避けて、こうして逢見屋の外で三女と語らうことをえらんだ。

「そうか……あのふたりは、仲の良い親子だったのだな」

深い安堵がわいたものの、同じほど切なくなる。本当なら、食事をしながら毎日の出来事を語り合いたい。けれども、お丹の存在が、いや、たぶん逢見屋のしきたりが、それを阻むのだ。

お桃が、一枚の羽子板を指さした。押絵で象られた、美しい藤娘の羽子板だ。店の若い男がそれを取り上げ、お桃に渡す。安房蔵がお代を払い、お桃は大事そうに、藤娘の羽子板を胸に抱いた。

親子の大事なひと時を、邪魔したくはなかった。

鈴之助は、目立たぬようにその場を離れた。

騒ぎが起こったのは、翌日だった。

夕餉の席に、お丹がなかなか現れない。いつもなら刻限にうるさいのはお丹の方で、飯時に少し遅れただけで、文句をこぼされる。

「お丹ちゃんにしては、めずらしいね。何かあったのかな？」

鈴之助の何気ない一言に、お桃がはっと顔を上げる。兎のように機敏な身ごなしで、座敷を出ていく。待つほどもなく、お桃が走っていった廊下の奥から、甲高い声が響いた。

「これはどういうこと？　いったい何なの？」

鋭い問い詰め口調が、くり返し廊下を伝う。

「あれは……お丹ちゃん、ですね？」

「おそらく、あの子たちの座敷だろう」

安房蔵とふたりで、姉妹の部屋へと急いだ。辿り着いた部屋では、お丹が仁王立ちになり、その前でお桃がうずくまっていた。

「こたえなさいよ、お桃。その羽子板は、誰にもらったの？　今年は羽子板は買わないと、おばあさまに言われたはずよ。なのにそんなものがどうして、ここにあるの？」

お桃は庇うように羽子板を抱きしめて、畳に丸まっている。泣きもせず抗いもせず、じっと堪えている姿は、固い巌を思わせる。

「お丹、もうその辺で……」

「お父さんは黙ってて！　お桃はこの羽子板を、押し入れの奥に隠していたのよ。昨日からどうもこそこそして、ようすがおかしいと思ったら……お桃！　この羽子板の出所を言いなさい！」

「すみません！　私です！」

声を張った鈴之助に、お丹が怪訝な目を向ける。

「あんたが、お桃に？」

「そのう、昨日のお礼に……ほら、茶の湯の師匠に引き合わせてもらった、その礼に」

お丹以上に、驚いているのは安房蔵だ。じっと婿を見詰めたまま、微動だにしない。

「たぶん、お桃ちゃんは、私に買ってもらってきまりが悪かったんだろう。姉さんに見つからぬよう、隠したんだ」

嘘は決して上手い方ではないが、辻褄は合っている。お丹にみなぎっていた怒気が失せ、呆れたように妹を見下ろす。

「なるほどね……こそこそするのも道理だわ」

「もちろん、お丹ちゃんにも買うつもりでいたんだよ。ただ、どの羽子板が好みか、わからなくてね。後で一緒に買いにいこうと……」

「私は結構よ。子供じゃあるまいし、羽子板ごときで喜びやしないわ」

つん、とそっぽを向き、さっさと部屋を出ていく。その背中が廊下の向こうに消えるのを待って、鈴之助は口を開いた。

「すみません、よけいな真似をして。昨日、羽子板店の前で、おふたりを見かけて」

「そうだったのか……」

「お丹ちゃんには、嘘をついてしまった」

「いや、助かったよ……」

と、安房蔵は、少し悲しそうな顔になった。

「お丹も昔は、よく懐いていたんだがね。十を過ぎた頃からか、私を遠ざけるようになった」

お丹の目には、祖母や母の姿がことさら眩しく、そのぶん父はくすんで見えるのだろう。

案外、それが悲しくて、父に冷たく当たるのかもしれない。子供ではないとお丹は言ったが、駄々をこねているようにも映る。

「お桃、大丈夫か？」

父親が声をかけると、お桃はそろりと頭を上げた。その顔を見て、安房蔵と鈴之助の口許が弛む。

「お桃、おまえも藤娘になっているぞ」

よほど強く押し当てていたのか、左の顎にくっきりと藤の花の跡がついていた。

目を細める父と鈴之助をながめて、お桃が呟いた。

「ありがとう」

とても小さな声だった。

第二章　閻魔の休日

年が明け、新年を迎えた。

鏡餅を飾り、屠蘇（とそ）を呑み、雑煮をいただく。

さぞかし豪華な正月料理かと思いきや、意外にも実家とそう変わらない慎（つつ）ましさだった。出世を祝う芋頭（いもがしら）、邪気を払い無病息災を意味する黒豆に、子孫繁栄を願う数の子など、定番のものばかりだ。

正月料理だけは、家人や板前、使用人を労（ねぎら）う意図から、三女将が自ら腕をふるった。

「鈴さん、お口に合いますか?」

「うん、とても美味しいよ。ことに甘くてつやのあるこの黒豆が……」

「黒豆は、おばあさまが作りました」

ごほん、と思わずむせたが、向かい側に座るお喜根は、にこりともしない。

今日ばかりは、上座と下座に分かれることなく、一家七人で膳をともにした。となりにお千瀬がいるだけで、気分が上っ調子になる。

「ええっと、この芋頭は……？」

「はい、私が拵えました」

「この芋も、いい味だ。お千瀬の料理がいただけて、私も幸せだよ」

里芋の親芋を芋頭といい、出世の縁起物である。この屋の内では出世は望めそうにないが、相変わらず妻との仲だけは、砂糖を煮含めた豆よりも甘い。

「お雑煮は、いかがでした？」

「旨かったけれど、味噌の雑煮は初めて食べたよ。餅も、丸餅なんだね」

「初代と二代の女将が、京の生まれで。あちらでは白味噌に丸餅が雑煮のしきたりです」

いまでも逢見屋では、その伝統を守っていた。

「逢見屋が仕出しにこだわるのも、やはりそのためなのですよ」

京には、仕出し専門の料理屋が数多く存在すると、お千瀬は語った。

「何でも、町内ごとに一軒はあるとか。酒の肴ひと品でも届けてくれて、たいそう重宝されるそうです」

「たしかに、それは使い勝手がいいね」

初めてきく話に、興が乗る。めずらしく、義母のお寿佐も話に加わった。

「京の仕出屋は、ご町内一軒一軒の好みを知り抜いていて、味加減も按配して調えるのです。家々の内情にもどこよりも通じており、縁談事は仕出屋にきけと言われるそうです」

「縁談事に仕出屋とは面白い。江戸で流行らぬのが、不思議なほどです」

「江戸は、人の移り替わりが激しい土地ですから。馴染まないのだろうね」

むっつりと、お喜根が告げた。いつもと同じしかつめ顔だが、いくぶん寂しそうにも見える。お喜根は本当は、京風の仕出屋を――客との距離が近しく、顔を見れば即座に好物が浮かぶような――そんな仕出屋を営みたいのかもしれない。

大名やその家臣は毎年参勤交代に明け暮れ、田舎からは食い詰めた者たちがひっきりなしに流れてきて、また頻発する火事も、江戸の地図を塗り替えるのに一役買っている。人の出入りの多さでは、まさに天下一のこの江戸では、叶わぬ夢だ。

お喜根に感じる寂寥を、鈴之助はそのように解釈した。

「馴染み客を大事にしたいとの、大女将のご存念が、改めて呑み込めたような気がします。良きお考えだと思います」

感銘を素直に口に出したが、

「私の存念など、婿どのは斟酌しなくてよろしい」と、お喜根はにべもない。

それでも元旦は、一家団欒に初めて加わったような気安さを覚え、翌二日は、久方ぶりにお千瀬と並んで街歩きをした。

大方の商家は二日が帳始めであり、馬や荷車を美しく飾り立てた初荷が行き交う。見物には事欠かず、帰りに吉屋に寄って新年の挨拶もした。

「よ、どうだ？　逢見屋の住み心地は？　まあ、きくまでもないか。美人のかみさんに、立派な店構え。料理屋の若旦那となれば、左団扇で暮らせるもんな」

「たしかに……左団扇は本当だがね」

いかにも羨まし気な三兄の突っ込みは、苦笑いで凌いだ。

逢見屋は三日から店を開け、鈴之助にとってはふたたび無為な生活が始まった。

　正月七日までを大正月、十五日を小正月という。

小正月までが松の内であり、門松や注連縄はこの日まで飾る慣いであったが、門松については徳川幕府の命で、七日にとり払われるようになった。丈高い門松が往来の邪魔になるとの配慮か、あるいは正月気分を早々に払ってさっさと働けとの遠まわしなお達しか。

御上の意図まではわからないが、門松を七日でとり払う風習は、江戸とその周囲だけにしか広まらなかったようだ。京・大坂をはじめとする西国では、いまでも小正月まで門松を飾ると、上方出の商人にきいたことがある。

もっとも月半ばまで正月気分が抜けぬのは江戸も同じで、やたらと派手な身なりの者が往来を行き交っている。恵方万歳、宝船売り、猿回し、暦売りなど、大方が季物売りや芸人だった。商家は人出を当て込んで、商いに精を出しているが、やはり一月二日を仕事始めとする職人なぞもまだまだ呑気で、鈴之助としては何がしか気が休まる。

日頃は暇な身であることが世間に申し訳なくて、つい肩がすぼむのだ。

「まあ、そのうち慣れるさ。逆に見れば、世間からうらやましがられるご身分とも言えるからね」

義父の安房蔵からは、そう励まされた。あの羽子板の一件で、安房蔵とお桃の信頼を勝ち得たことが、ただひとつの拠り所と言える。とはいえ日がな一日、義父に張りついているわけにもいかず、お桃も気さくとは程遠い。

「お桃ちゃん、遊びに行くのかい？」

それでも話しかけるたびに、しかめっ面を返されることはなくなった。声にふり向いて、こくりとうなずく。古い羽子板を手にしているのが、何やら微笑ましい。父親に買ってもらった藤娘の羽子板は、大事に飾っているのだろう。もっとも押絵羽子板は、羽つきをするには向いておらず、もとより飾るためのものだ。

子供のお桃ですらも、手習いに遊びにと出掛ける先があり、十七のお丹はさらに忙しい。

「暇そうでいいわね。私は休みなんて無縁だもの。本当にうらやましいわ」

縁側でお桃を見送った後、とどめを刺すようにお丹から嫌味を食らった。

娘盛りのお丹は、お茶にお花に歌舞音曲と、いわゆる花嫁修業に余念がない。習い事のたぐいは、松の内が過ぎるまで指南を行わないのが常で、年末にせっかく入門した茶道も、未だ最初の指南を迎えていない。かわりに初釜だの踊り初めだの催しが多く、お丹は毎日のように、晴れ着を着込んで出掛けていく。

逢見屋の内も、年始から客が途切れず騒々しかったが、小正月を過ぎてふっつりと静かになった。

正月十六日、藪入りである。

藪入りは年に二度、正月と盆にあり、もとは「家父入」と書いたといわれる。

この日、住み込みの奉公人には休みが与えられ、主人から贈られた新しい着物や履物を身につけ、手土産をもたされて、それぞれの実家に帰される。実家が遠い者は、小遣い銭をもらって芝居小屋や盛り場などに遊びにいく。

「鈴さん、昼までに閻魔参りを済ませてきますから、それから一緒に出掛けましょうね」

一月十六日は、閻魔堂の初縁日であり、世に「えんまの斎日」と呼ばれる。

「地獄の釜の蓋もあく」とは、一月と七月の十六日で、地獄の鬼さえもこの二日だけは罪人を責め苛むのをやめて休息すると言われる。故に、奉公人の休日とされた。

逢見屋では、母屋の奉公人は住み込みだが、店の板前や仲居は通いの方が多い。それでも藪入りだけは、すべての奉公人に休みを与える慣わしだった。

そしてこの日は、女将が打ちそろって、芝増上寺の閻魔堂に参拝するのがしきたりであった。お千瀬が大女将と女将とともに出掛けていき、相前後して安房蔵や義妹たちもそれぞれ用があるらしく他出した。

ひっそり閑とした家に、ぽつんとひとり残される。

寂しいというよりも、何やら不思議な心地がした。暇だけは、いつもと同じだ。

「どれ、茶でも淹れてこようかね。茶請けも欲しいところだが……」

「お茶なら私が仕度します」

独り言にいきなり返されて、ぎゃっと叫んでいた。

隣座敷とのあいだの襖は、開け放されている。その陰に、小さな老婆がちんまりと座っていた。

「お、おすがか……脅かさないでくれ」

心の臓が、ばくばくする。ひとりの自由を満喫していただけに、完全に気を抜いていた。

「おすがは、実家(さと)に帰らないのかい？」

「お宅をからっぽにするわけには参りませんから、母屋は私が留守居を務めます」

店の方にも二、三人、通いの者を留守番に置いていると、おすがは告げた。

「それはご苦労さまだね。おすがもたまには、身内の顔を見たいだろうに」

「別に……帰る家など、ございませんから」

おすがは腰を上げたが、あたりまえのような口ぶりが、逆に心にかかった。台所に向かう老婆を追いかけて、その背中にたずねた。

「おすがは、ずっと独り身かい？」

「いいえ、若い頃に一度、所帯を持ちました」

「そのご亭主というのは、どんな人だい？」

「ここの板前でしてね。私が二十五の歳に早死にしましたが」

「じゃあ、子供や孫は？」

途中でおすがの足が止まった。金魚の糞(ふん)さながらについてくる鈴之助を、じろりとふり返る。

「若旦那、そう不躾(ぶしつけ)に、あれこれきくものじゃございませんよ」

「いや、すまない。だって、気になるじゃないか」

あきらめのため息をつき、また歩き出す。

「娘がひとり。いまは一緒になった亭主の都合で、上方におります」

「そうか、上方ではちと遠いね。孫は何人だい？」

「三人ですが……若旦那、どこまでついてくるおつもりですか？」

「おすがとこうしてゆっくり話すことなぞ、案外ないからね。せっかくだから、お勝手までつき合うよ」

「勘弁してくださいましな」と、露骨に眉間にしわを寄せる。

「そう邪険にするな。娘さんが小さいうちは、仕事はどうしていたんだい？　いっときお暇をもらったのかい？」

「いいえ、お寿佐さまの乳母を仰せつかりましたから……娘は乳姉妹として、こちらでともに育てました」

へええ、と少なからず驚いた。大女将のお喜根が十五のときに、おすがは十六で逢見屋に奉公に上がった。最初は下女として雇われ、ほどなくお喜根の世話役に据えられたという。そしてお寿佐が生まれると、その乳母に抜擢された。

おすがの娘は、お寿佐より半年早く生まれ、またおすがの乳の出もよかった。乳母に就いた理由を、おすがはそう説いたが、それだけではあるまい。乳母は幼子の養育に携わるだけに、相応の教養や礼儀が求められる。故に下女から乳母に上がる例はめずらしい。

「乳母など過ぎた器だと、私にもわかっておりますよ」

鈴之助の、へええ、が耳に障ったのか、謙遜(けんそん)めいた嫌味が返る。

「いや、むしろ逆だよ。先代の女将たちが、おすがを頼みにしていた証(あか)しだろう？　きっと誰よりも慈(いつく)しんでくれるに違いないと、赤ん坊であったお義母さんを託したんだ」

当時はまだ、二代目や三代目の大女将も存命だったという。実に五代にわたる女将たちを傍らで見守ってきた。お喜根と並んで、まさに逢見屋の生き字引に等しい。

「勘定すると、ざっと五十年近い年月になるね」

「いまさら勘定は余計です」

「おすがにとって、いちばんの思い出といったら、どんなことだい？」

白髪頭の内に、五十年の年月を思い浮かべたのか。少しのあいだ考えて、おすがはこたえた。

「やはり……お千瀬お嬢さまが、お生まれになったときのことです」

おすがにとって、お寿佐はまさに娘同然、お千瀬は孫のような存在だ。おすががお千瀬に甘いのもうなずける。

「さぞかし可愛い赤ん坊だったのだろうね」

「そうですね、とても……とても可愛いらしい赤さんでした」

しわに埋もれた目が、ふっと遠くを見る。懐かしさとともに、何か別のものが一瞬浮かび、すぐに消えた。上方にいるという、娘や孫を思い出したのかもしれない。

とっつきにくい婆(ばば)だけに、内側が見えづらかったが、ずいぶんと人らしく思えて、これまで以上に親しみがわいた。ついにっこりすると、鬱陶(うっとう)しそうな顔をされる。

「若旦那、お茶はお持ちしますから、座敷でお待ちになってくださいまし」

「茶請けは、何かあるかい？」

「増子堂(ましこどう)の羊羹(ようかん)と、下野屋(しものや)の柚子(ゆず)餅がございますが」

「羊羹と柚子餅か。じゃあ、両方で」

鈴之助の欲張った求めにも、仏頂面ながらかしこまりました、とこたえる。

婆やが台所の方角に立ち去ると、鈴之助は庭に降りた。町中だけに決して広い庭ではないが、手入れは行き届いている。梅の木が数本植えられて、蕾がふくらみ始めていた。

「春になったら、さぞかし華やかだろうな」

独り言に、誰かの声が重なった。相槌をくれたわけではなく、何事か声を潜めて話しているようだ。少し離れた垣根の向こうから、声がする。そろそろと近づいた。

庭を仕切った垣根は、ちょうど鈴之助の目の高さだ。こちら側は庭木の枝葉が繁っているために、見つかる心配もなさそうだ。

不躾に覗いたのは、話し声がいささか剣呑であったからだ。中身まではわからないが声の調子からすると、喧嘩というほどではなくとも決して楽しい話題ではなさそうだ。

鈴之助は、垣根の上から目だけを出して、耳をそばだてた。

垣根の向こうはがらんと殺風景で、どうやら板場の勝手裏にあたるようだ。

　ふたりの男は、思った以上に若い。片方は上背に恵まれて頭半分ほど背が高いが、顔はまだ幼い。十五、六といったところか。もうひとりはからだは並みほどだが、三つ四つ年嵩（としかさ）に見える。

「兄貴、本当に帰らねえつもりなのか？」

「しつこいな。品川にはおまえだけで行けと言ったろう」

「だってもう、一年近くも顔を見せていないんだぜ。去年の盆の藪入りにも里帰りを蹴っちまって……母ちゃん、きっと待ってるぞ」

　話の具合からすると、実の兄弟のようだ。

「だからこそ、だよ……板前に上がった矢先に、あんな騒ぎを起こして……また裏方に逆戻りだ。こんな情けねえ姿、母ちゃんに見せられるものか」

「あれは、兄ちゃんのせいじゃない！　『伊奈月（いなづき）』のあの野郎が……」

「やめろ、幸吉（こうきち）！　この話はもう言いっこなしだ」

　兄にさえぎられたが、弟の側には口に出したい鬱憤（うつぷん）があるようだ。唇が不満そうに引き結ばれた。

「ほら、さっさと行ってこい。母ちゃんによろしくな」

言いおいて、兄は向きを変えた。弟に背を向けたとたん、兄の横顔が泣き出しそうに歪んだ。

喧嘩に負けて帰る子供のような、悔しさが強く滲み出ていて、少なからず胸を打たれた。

残された弟も、その場を動こうとしない。こちらはしょんぼりとして、飼い主に置き去りにされた大きな犬を思わせる。

そのままにしておくのが忍びなく、鈴之助は声をかけた。

「こんにちは」

こういうとき、何と声をかけるべきなのか。挨拶以外、思いつかなかった。

人がいるなどとは、思ってもいなかったのだろう。若い男は大げさなまでに驚いてみせる。

「うわっ、誰だ！」

「ごめんよ、脅かして。決して怪しいものじゃないから」

垣根から目だけ出して覗き見する姿は、十分怪しい。

「若女将の亭主の、鈴之助です」

「あ、ああ……若旦那さんでしたか」

板場の衆や仲居に対しても、顔合わせだけは済ませている。数が多過ぎて、板長と仲居頭くらいしか頭に留めていないが、幸い相手は、鈴之助の顔に覚えがあるようだ。

「こんなところで、何を？」

「いや、庭歩きをしていたら、話し声がきこえてね。それで、つい……」

「いまの話、きかれちまいやしたか」

「終いの辺りだけだがね。さっきの人は、お兄さんかい？」

「はい、兄の泰介です。おれは弟で、幸吉といいやす」

兄は二十歳、弟は十六歳の兄弟だった。

「ちらりと耳に入ったんだが……『伊奈月』と、言ったね？　もしや、去年の花見の……」

「兄貴は悪くない！　あれは向こうが……」

兄の忠告を思い出したのか、辛そうに顔をしかめて唇を噛みしめた。十六といえば、血気盛んな歳だ。激情を必死に堪える姿は、ひどく健気に映った。

「おまえの兄さんには、喧嘩っ早い風情がどこにもなかった。むしろ生真面目で物堅い気質に思える」

「そのとおりでさ」

「去年の花見の騒ぎは、私もきいている。あの一件には、何か事情があるんだね？良ければ、くわしくきかせてもらえまいか？」

「でも、兄貴が言うなって……」

「他言はしない。騒ぎを蒸し返すような真似も、するつもりはない。私のことは、立木か火の見櫓とでも思えばいい」

「火の見櫓……」

幸吉の頬のあたりが、初めて弛んだ。実際、鈴之助には、何をどうする力もない。ただ腹に溜め込んだ鬱憤を、少しでも吐き出してほしかった。

「話します。でも、店内ではちょっと……」

「じゃあ、外で待っていてくれるかい？」

ひとまずその場で別れ、母屋に戻ると、ちょうどおすがと廊下で鉢合わせした。

盆の上には、茶と菓子が載っている。

「すまない、おすが。ちょっと出掛けてくるからね。その菓子はおまえが食べておくれ。ああ、昼までには戻るから」

「さようですか、いってらっしゃいまし」

慌しいさまには顔をしかめたものの、特に文句をつけることもなく、常の調子で婆やは鈴之助を送り出した。

去年の花見騒動は、前にお千瀬からきいていた。

「もうひとつ、心配事があって……甚だ面倒な、商売敵がいるのです」

表情から察するに、よほど厄介な相手のようだ。

「浅草北馬道町にある、『伊奈月』という料理屋です」

北馬道町は、浅草寺の東隣になる。この辺りには無数の寺がひしめいていて、伊奈月は料理屋の看板を掲げているが、実質は寺を上客とする仕出屋であるようだ。

とはいえ、あちらは浅草寺、こちらは増上寺界隈だから、得意先が被ることもない。どこに面倒があるのかと、首を傾げた。

「実は……伊奈月と逢見屋のあいだで、ちょっとした悶着があったの。今年の桜の頃だから、半年以上前になるわ」

「悶着、とは？」

「墨堤の花見の席で、互いの板前衆のあいだで、喧嘩沙汰が起きてしまったの」

隅田川に架かる東橋の北、向島の岸辺は墨堤と呼ばれ、春になると桜が満開となる。毎年、大勢の花見客が訪れ、仕出屋にとっては稼ぎ時となる。

大方の者は、手弁当を片手にささやかな花見を楽しむが、大掛かりな席もめずらしくない。仕出屋から板前を呼んで、その場で花見料理を作らせ、桜の木の下で賞味する。

桜が見頃のあいだ、板前衆はほぼ出ずっぱりのありさまで、墨堤に詰めて、日に四つ五つの席を掛け持ちで務める。その最中に騒ぎは起きた。

「若い板前のひとりが、伊奈月の板前と揉めたのです。料理をお客に運ぶ折にぶつかってしまったようで……」

「まあ、桜の頃の墨堤は、人の出が生半ではないからね。おまけに酔客もたんとい る。小競り合いや喧嘩沙汰が起きても、さもありなんというところか」

「いまの板長は、ことに厳しい親方で、若い者の仕込みも行き届いています。おかげでここ十年ほどは、こんなことは一度もなかったのに……」

騒ぎをききつけてとんできた板長が仲裁し、詫びを入れ、どうにかその場は収まった。しかし相手の怪我（けが）が、思った以上にひどかったようだ。翌日になって、伊奈月の番頭が、主人の代理として逢見屋を訪ねてきた。

「もちろん、心を込めて先さまにはお詫びしました。ですが、伊奈月のご主人は、よほど腹に据えかねたようで……」

三女将が打ちそろって頭を下げ、見舞金や詫び料もほのめかした。しかし金で片をつけるつもりかと、かえって相手の不興を買った。

「向こうがあまりにひどいことを求めるので、とうとう大女将も堪忍できなくなって、物別れに終わりました」

「求め、とは？」

「板長の権三（ごんぞう）を、やめさせろと……」

「それはひどい！」

鈴之助が、我が事のように憤慨する。

板場や板前の責めは、たしかに板長が負うものだが、喧嘩は両成敗が鉄則だ。伊奈月の板前にも非はあろう。片方だけが責められるのは呑み込みがたく、お喜根は堪忍袋の緒を切らし、番頭を追い払ってしまった。

「ああ見えて、おばあさまは案外気が短くて……」

相手の粗忽を知ると、不思議と人間味を感じる。怖いばかりであった大女将が、何やら近しく思えてきた。

「大女将はからだを張って、板長を守ろうとしたのでしょう。上に立つ者として、まことに良き心掛けです」

あれほど悪し様にあつかわれても、祖母を擁護する夫を、妻は好もしそうにながめる。

ただ、それ以来、両者のあいだには遺恨が根差した。伊奈月ははばかりなく逢見屋をそしり、悪い噂は得意先の耳にまで届いた。幸い長のつき合いが勝り、二、三の客からは気をつけるようにと忠告を受けるに留まったが、次に何を仕掛けてくるのか、お千瀬は先々を案じていた。

「料理屋の主人にしては、こすからい真似をするものだね」

「伊奈月は、二年ほど前にご主人が床に就き、いまは若旦那が店をまわしているそうです。歳が若いぶん容赦がないのだろうと、母は申しておりました」

若旦那の歳は、二十四、五。ちょうど鈴之助と同じ年頃だという。

「ちなみに、伊奈月の構えは？」

「人の噂では、うちと同じくらいかと」

浅草まで足を運んだことはないが、他の料理屋からきいたところによると、料理人の数や貸座敷の広さなどは、逢見屋とほぼ同等と言えるようだ。

「浅草からわざわざ新橋まで、意地悪を仕掛けに来るとは、相当に了見の狭い男だね」

「祖母や母は、放っておけというのですが、私はどうにも落ち着かなくて……」

こちらも難題だが、ひとまず相手の出方を見るしかない。

この細い肩で、いったいどれほどの重責を担っているのか――。

迂闊なことに、鈴之助は気づいていなかった。立派な仕出屋のお嬢さまとして、大事に育てられた苦労知らずの娘だと、どこかで侮っていた。

鈴之助は、急に恥ずかしくなった。長々と気落ちしていたことすら、甘え以外の何物でもない。

あの祖母と母を見ればわかる。お千瀬は長女として跡取りとして、厳しくしつけられたに違いない。

お千瀬にくらべれば、婿入りしたばかりの鈴之助は、生まれたての赤ん坊のようなものだ。

赤ん坊には何もできないが、代わりに果てのない未来が広がっている。

「お千瀬、決めたぞ！　私にも手伝わせてくれ」

妻の両手を、きつく握った。

「どんなときでも、お千瀬の味方に立つ。何があろうと、精一杯力になる！」

「鈴さん……」

「そうは言っても、素人の上に非力だし、まだまだ役には立てないが、そのうちきっと……」

「頼りにしています、誰よりも！」

妻のその一言が、何よりの励みとなり、鈴之助は、婿修業にとり組んできた。

伊奈月の名に、心覚えがあったのはそのためだ。

おそらく喧嘩沙汰を起こした板前というのが、先ほど見かけた幸吉の兄、泰介であろうが、兄弟の口ぶりからすると、何か仔細がありそうだ。鈴之助は、それを確かめたかった。

「これから品川に帰るんだろう？　ひとまずそちらに向かって歩こうか？」

幸吉とともに東海道に出て、道を南にとったが、ほどなく職人風の男に声をかけられる。

「すいやせん、この辺に紺屋町はありやすかい？」

「ああ、もう少し先ですね。紺屋町は西と南がありますが、どちらです？」

「西紺屋町です」

「西は四丁目までありますが……」

「四丁目もあるんですかい？　参ったなあ、丁目まではわからなくて」

「だったら四丁目の角にある、砧屋という店でたずねてみては？　紺屋町のことなら何でも耳に入るというお内儀がいますから」

「そいつは助かりまさ。さっそく訪ねてみやす」

紺屋町までの道筋をていねいに教えて、男と別れた。

東海道を南にいくと、まもなく新橋にかかる。橋を渡りしな、ふたたび道をたずねられた。今度は方角が外れていたので、橋を戻って西に曲がるよう促した。

「すまないね。こうたびたび止められちゃ、さっぱり歩が稼げないね」

「いや、それは構いやせんが……若旦那の案内は、手慣れてやすね」

「どういうわけか昔から、往来を歩いていると、よく人に道をきかれるんだ。しっかり者には、とても見えないはずなんだがね」

人畜無害ぶりが一目でわかり、声をかけやすいのだと、三兄にはよくからかわれた。

「ちょっと、わかる気がしやす」と、人懐っこい笑顔になる。

立場は主人であるだけに、幸吉も最初は緊張していたが、新橋までのわずかな間にすっかりほぐれたようだ。

「先へ行っても、また止められるのが落ちだから、その辺で茶でもどうだい？」

新橋の南詰にあった茶店に、腰を落ち着けることにした。

「へえ、お母さんは、品川の旅籠（はたご）で働いているのか」

父親を早くに亡くし、母親は兄弟を女手ひとつで育て上げたと、幸吉は語った。

「いつか兄弟そろって立派な板前になって、小さくてもいいから店を持って、母ちゃんに楽させてやりたい。それがおれたちの夢なんでさ」

にこにことそんな話をしたが、手にとった三本目の団子が口の前で止まる。

「なのに、その夢が遠ざかっちまったって、兄ちゃんはえらく気に病んでいて……」

人前では兄貴と呼ぶが、気を抜くと昔通りの呼び名が出る。

「逢見屋で六年修業して、ようやく去年の初め、兄ちゃんは板前に上がったんだ。なのにあんな騒ぎになって……また裏方に落とされちまった」

泰介は、十三の歳に逢見屋に入り、追い回しから始めた。商家の小僧にあたり、掃除や洗い物など雑用の一切をこなす。三年のあいだ、兄弟子たちの命令にまさに追い回されて、ようやく焼方に上がった。最初は天ぷらなどの揚場を担い、それから魚や野菜の炙り具合をからだに叩き込む。

板場の内では、この焼方までは板前とは呼ばない。その上にある煮方に上がって、ようやく板前と名乗れるようになり、焼方までは裏方のあつかいだ。

煮方の次が椀方、その上が、脇板、さらに上が板長である。

「六年も修業に耐えたのに、板前になってたったふた月で、騒ぎを起こすのは解せないね……さっき見た限りじゃ、お兄さんは、短気にも無鉄砲にも見えなかった」

「はい、とても真面目で、我慢強い兄ちゃんです。おれと違って、子供時分から殴り合いなぞ一度も」

幸吉は子供の頃はやんちゃが目立ち、たまに手が出ることもあった。十四で逢見屋に入ったとき、どんなに腹が立っても決して乱暴は働くなと、外ならぬ兄から戒められた。板場は男の世界だけに、荒っぽいところがある。性の合わない兄弟子から理不尽なあつかいを受けたり、尻を下駄でどつかれることなど茶飯事だ。

それでも耐えろと言った兄が、どうして花見の席で派手な乱闘に至ったのか。

若女将のお千瀬ですら、理由はわからない。当人たる泰介が、頑なに口を閉ざしたからだ。

「先に手を出したのは、お兄さんの――泰介の方だときいた。それは間違いないかい？」

「はい、違いありやせん……おれもその場にいやしたから。でも……兄貴が殴ってなかったら、代わりにおれが殴ってやした」

「つまり……殴られるだけのことを、相手がしたんだね？」

　鼻の穴をふくらませ、幸吉がうなずく。

「たとえば、悪態をつかれたとか……？」

「兄貴もおれも、てめえらがどう言われようと堪えてみせやす。もう子供じゃねえんで」

「てことは……他の誰かだ。大事な人を悪く言われて、後先を考えず手が出てしまった……だろ？」

「すいやせん、いくら若旦那でも、これ以上は……」

「お兄さんに、口止めされたためかい？」

「それもありやすが……あんな糞みてえなこと、てめえの口から吐くのはご免でさ」

　言葉にすることを厭うほどに、汚い罵りだったに違いない。罵られた相手とは、誰だろうか？

　兄弟にとって、誰より大事なのは母親だろう。だが、伊奈月の板前が、兄弟の身内を知っているとは考えづらい。

となれば、やはり逢見屋の内の誰かだろう。

空になった団子の皿に気づき、鈴之助は茶汲みをしていた娘を呼んだ。茶の代わりと、ついでに追加の茶請けを頼む。

「饅頭はあるかい？」

「はい、となりの菓子屋に頼みますから、ふかし立てで美味しいですよ」

「じゃあ、それをふたつもらおう」

「はーい。親方！　饅頭ふたつね」

娘がとなりに向かって声を張り、あいよ、と威勢のいい声が返る。

そのとき、ふと、閃いた。喉にかかった小骨のように、引っかかっていたことがある。

泰介は、板前から裏方に降格された。さぞかし板場の内では、居心地の悪い思いをしているに違いない。悶着を起こした張本人として、兄弟子からは睨まれ、同輩や弟弟子からも遠巻きにされる。そんな境遇に耐えているのは、どうしてなのか？

焼方まで務め上げた腕があるなら、他の料理屋に移った方がよほど楽になる。江戸には料理屋があふれているのだから、店を移ろうと思えば造作はないはずだ。

それとも、弟のためだろうか？　いや、幸吉は未だ追い回しの身分であり、他所(よそ)で一から始めるのも悪くはなかろう。

泰介には、どうしても逢見屋に留まりたい理由がある。

よくよく考えれば、その理由はひとつしかない。

「はい、お待ちどおさま。お饅頭です」

蒸し立ての饅頭を載せた皿が、ふたりのあいだに置かれた。鈴之助が手にとり、幸吉も倣う。熱々の饅頭に、幸吉はふうふうと息をかけながら頰張ろうとした。

「悪口を言われたのは、うちの板長だね？」

幸吉の目が大きく見開かれ、饅頭がぽとりと膝に落ちた。そのようすだけで、十分にこたえになった。

板長は、板前たちから親方と呼ばれる。茶店の娘が叫んだ声が、きっかけになった。

「いや、すまない。熱いうちに、食べてしまおう」

膝に落ちた饅頭をとり上げて、幸吉の手に載せた。しばし無言で、饅頭を頰張る。濃い酒粕(さけかす)の香りと熱い餡(あん)が美味だった。

逢見屋の板長は、権三という。愛想とは無縁な無口な男で、歳はもう二、三で五十になるという。見た目もいかつい男だが、料理だけは驚くほどに繊細だった。

「板長に言わせるとね、目に見えないところに、どれだけ手間をかけられるか。それが料理の肝なのですって」

お千瀬はそう言って、お喜根やお寿佐も、権三の仕事ぶりには全幅の信頼を寄せている。

自他ともに厳しいが、無暗に板前を怒鳴りつけたり、筋違いな叱り方はしない男だともきいていた。

饅頭を呑み込んだ幸吉の喉が、ひくりと鳴った。

「死んだ親父も板前で……だからおれたち、板長を親父みたいに思ってて……」

「そうか……」

「厳しいけど、優しい人なんだ……板前や裏方のひとりひとりにちゃんと目をかけて、ちょうど親方の料理みたいに、目につかない形で気遣ってくれて」

顔をくしゃくしゃにして、泣きながら語る。からだが大きいだけに、かえって幼さが際立つ。

「板長を悪く言われて、兄ちゃんは我慢が利かなかったんだ。板長の料理は古いだの泥くさいだの、散々にけなしやがって……」

花見では、多くの客から仕出しの注文が入る。そのすべてを賄うために、板場の衆は総出で墨田堤に出張ることになる。

下拵えを済ませた食材に椀や皿、十台ほどの七輪に、調理台代わりの大俎板まで、大八車と舟で運んでいく。墨堤の一角に幔幕を張り、仕上げはその中で施す。汁を温め、最後の仕上げを施し、きれいに盛り付けて、墨堤の方々に散った客のもとまで運ぶのだ。

兄弟は客に料理を届ける途中で、伊奈月の板前に絡まれたという。

「食ってもいいねえのに何がわかるって兄ちゃんが返したら、客に出す皿からひょいとつまんで口に入れやがった。それをぺっと吐き出して、不味いって言いやがったんだ！」

両の拳で、己の腿を強く打つ。幸吉を通して、泰介の憤りが伝わるようだ。

「よく、わかったよ。おまえの兄さんが、手を出したのもあたりまえ……いいや、よく相手を叩きのめしてくれた。私からも、礼を言うよ」

「若旦那……」

涙と鼻水でどろどろの顔が、さらに情けなく歪む。

「泰介が事のしだいを語らなかったのは、相手方の罵詈雑言を、板長の耳に入れたくなかったからだね？」

幸吉が、こくりとうなずく。親を悪く言われるのは、子供にとって何より辛い。ちょうどそれと、同じことだ。相手を殴った理由を問い詰められても、親には決して明かさない。

だが、そのために泰介が、いま辛い立場に立たされていることが、鈴之助には何とも忍びない。

冷めた茶を飲み干して、幸吉が人心地つくと、最後にもうひとつふたつたずねた。

「諍いが起こる前、何か別の悶着は？　兄さんと伊奈月の板前が揉めた、そのきっかけは何だったんだい？」

「それが……」と、幸吉が戸惑い顔になる。

「肩がぶつかったと、向こうがいちゃもんをつけてきて」

まるで無頼者のやり口だ。

「おれ、兄貴の後ろにいたから見えたけど、明らかにあっちからぶつかってきたんだ」

「本当かい？」

「間違い、ありやせん」

かっきりとうなずく。板前たちは、互いに店の紋を染めぬいた法被（はっぴ）を羽織っていた。向こうが先に伊奈月だと名乗り、誰何（すいか）されて逢見屋だと名乗ったという。

「そうか、相手が先に名を明かしたか……」

「伊奈月の焼方で、竜平（りゅうへい）って野郎で」

「ちなみに、その男に見覚えは？」

「おれも兄貴も、まったくの初見でさ」

「ということは……狙いは端からこの兄弟ではなく……」

きこえぬように口の中で呟いたが、考えがまとまる前に幸吉が腰を上げた。

「すいやせん、おれ、そろそろ行きます」

「ああ、長く引き止めて悪かったね」

「いえ、若旦那に明かして、すっきりしやした。それに……兄貴の意気を認めてもらえて、嬉しかった」

目は未だ腫れぼったいが、表情は明るかった。

「くれぐれも、板長の耳には入れねえようにお願えしやす」

「うん、約束するよ。それと……これは手間をとらせた詫びに」

二朱銀を一枚、握らせた。月に二分の小遣いの、四分の一だ。

「いや、とんでもねえ。いただけやせん」

「お母さんへの土産代だよ。何か旨いものでも食べさせておあげ」

幸吉は有り難そうに礼を述べ、大事そうに銀貨を懐に仕舞った。

品川の方角に遠ざかる後ろ姿を見送って、ふたたび新橋を渡った。店へと戻る道を辿りながら、なおも考える。

「狙われたのは、板長……いや、端から逢見屋じゃないか？」

と、明るい声が、鈴之助の思考を払った。

「鈴さん！」

「お千瀬、早かったね」

「鈴さんと早く出掛けたくて、おばあさまとお母さんを置いて先に帰りました。鈴さんは、どちらに？」

「うん、新橋向こうの茶店にね。旨い饅頭があったんだ。次はお千瀬と一緒に行こう」

お千瀬の屈託のなさは眩しく、幸吉との約束もある。伊奈月との悶着の真相を、妻に告げることは躊躇(ためら)われた。

代わりに、話のついでのふりをして、ひとつだけ確かめた。

「板長の権三さんは、どこか他の料理屋に雇われていたことがあるのかい？」

「いいえ、この逢見屋で追い回しから始めた、いわば叩き上げです。たしか脇板になる前に、三年ほど修業のために上方に出されたそうですが」

上方から戻って脇板になり、引退した板長の跡を継いで、花板と称される板長に上った。権三の人柄からしても、他所(よそ)の板前の恨みを買うとは考えづらい。つっかけてきた伊奈月の板前は、二十代の若い者だというから、歳も合わない。

残るのはやはり、逢見屋しかない。

伊奈月の竜平という板前に確かめるのが早道だが、若主人たる鈴之助が出ていけば、よけいな厄介を生む。

この一件は、しばらくのあいだ鈴之助の胸に仕舞われた。

第三章　井桁の始末

一月も末にさしかかり、梅が見頃となった。

日が落ちるまでには間があったが、あいにくと曇天だ。手許が暗いから帳簿改めにも向かない。座敷で暇をもて余していたが、何やら子供の声がする。つい、耳をすました。

「兄ちゃん、どこまで行くの？　もう戻ろうよう」

「おまえひとりで、戻ればいいだろ。おれはあんなとこにいるのはご免だ」

「帰り道、わからないもん。姉ちゃん、連れていってよ」

「あたしもまだ、戻りたくない。喧嘩ばかりで、嫌になっちゃった」

どうやら三人いるようだ。女の子の声がふたつと、男の子の声もする。鈴之助はそろりと障子戸を開けて、廊下を覗いた。とたんに、とんでもない悲鳴がこだまする。

「ぎゃあ！　お化け！」

「いやいや、お化けじゃないから。落ち着いて」

廊下にへたり込んでいた子供たちが、こわごわ顔を上げる。

「脅かして、悪かったね。私はこの店の者でね」

「なんだ、脅かすなよ。ちびりそうになっちまった」

利かん気の強そうな男の子の声が、不平を漏らす。夕方に向けて寒気が増して、廊下はひときわ冷たい。ひとまず三人を部屋に上げ、火鉢に当たらせた。

「二階座敷のお客さんだね？　こんなところで隠れんぼかい？」

「ちがわい。痛たたで、出てきたんだい」

男の子は、七、八歳くらいだろう。唇を尖らせて反論する。

「そうじゃなく、いたたまれない、でしょ」

お桃とそう変わらない、十歳を超えたくらいの女の子が注釈を入れた。もうひとりの女の子に歳をきくと、片手を広げて五歳とこたえた。

姉弟かと思えたが、三人ともに従姉弟同士だという。

ひとまず脅かしたお詫びにと、翁煎餅を一枚ずつ与えた。日本橋照降町の翁屋で売られている翁煎餅は、砂糖の味わいが上品で進物用に使われる。そのぶん少々お高いが、お千瀬の好物であるために、今日の昼前、照降町まで行って求めてきた。

「どうだい、旨いかい？」

「うん、これすんげえ旨い！　もっと食べたい！」

「すんげえ旨い！」

「芳郎ったら、そういう言葉遣いはやめなさい。おいぬが真似をするでしょ」

年嵩の少女はしっかり者で、おいぬと名乗った。煎餅の袋はまたたく間に嵩を失い、これはお千瀬の口に入る前になくなりそうだと、半ばあきらめながら子供たちにたずねた。

「座敷にいたたまれないとは、どうしてだい？」

「だって、おれやおはなの父ちゃんも、おいぬ姉ちゃんの母ちゃんも、喧嘩ばかりしていてさ」

口のまわりに煎餅の欠片をつけたまま、芳郎がしかめ面をする。

「喧嘩って、悶着の種は何だい？」

「お金！」

と、おはなが無邪気に叫ぶ。芳郎は忌々し気に、煎餅をバリリと音を立てて噛んだ。

「死んだじいちゃんのお金をさ、みんなで取り合いっこしてるんだ。多いとか少ないとか、すんげえ揉めててさ」

「この前、おじいちゃんの四十九日の法要が終わって、今日は細かな相談事のためにここに集まったの。美味しいお膳を楽しみにしてたのに、最初っから言い争いばかりで……」

「あたし、ここのお膳、だあい好き！」

親の争い事を見るに堪えず、二階座敷を逃げてきたようだ。

辛抱強く三人から話をきくと、間柄や悶着の種が見えてきた。

『井桁屋』という海苔問屋の主人が亡くなって、三人の子供たちが遺産の分配で揉めているのだ。しっかり者のおいぬの母が長女、芳郎の父が跡継ぎの長男、おはなの父が次男というわけだ。

「おれ、大人なんてなりたかねえや。金の話になると、目の色変わっちまってよ。みっともないったら」

「あたしも、あんなおっかさん、見たくなかった……」

「おはなも……怖いおとっちゃんは嫌」

親の不仲は、子供にとっては空模様と同じだ。降っても照っても、自分ではどうすることもできない。

日常の些細な喧嘩なら、まだいい。ちょうどにわか雨の後にからりと晴れるように、互いに言い合い発散することで、すっきりと仲直りができれば、子供も雨上がりの青空をともに見上げることができる。

けれども時には嵐にも見舞われる。真っ黒な雲がわいてきて、湿った風が吹き、大きな雨粒が落ちてくる。

鈴之助の両親は、幸い夫婦仲はよかったが、それでも時には曇天の日もあった。丸一日、口を利かないさまにおろおろし、両親のあいだを行ったり来たりしながら機嫌を窺った。いま思えば微笑ましいが、子供心にたいそう怖かった。子供は親の手を借りなければ、生きてはいけない。それを本能で知っているからだ。

井桁屋の子供たちにも、同じ気持ちが透けて見えた。芳郎が、不満という形で精一杯強がっているのも怖れの裏返しであろうし、女の子たちはすでに怯えている。

それでも親の遺産をめぐって仲違いしている親たちには、まだ望みがある。証しは、この子供たちだ。

「三人は、仲が良いんだね。よく行き来しているのかい？」

うん、とそこだけは、三人そろって首を縦にふる。

嫁に行ったおいぬの母は、井桁屋の近所に住んでいて、たびたび娘を連れて実家に顔を出した。芳郎の父は主人として海苔問屋を継ぎ、おはなの父の次男もそれを手伝い、所帯だけは結婚を機に別にしていた。

三人の子供たちは、ほぼ毎日井桁屋で顔を合わせ、姉弟のように育てられた。ならば親たちも、決して仲の悪い間柄ではないはずだ。

「煎餅も食べ終わったし、そろそろ戻ろうか。あまり長くこちらにいると、心配をかけちまうからね」

渋る子供たちを連れて、部屋を出ると、廊下の途中でお千瀬と行き合った。

「こんなところにいましたか。見つかって、よかった。お探ししましたよ」

お千瀬は大きく、安堵の息をついた。

「かくれんぼをしていて、母屋まで迷い込んでしまったようだ」

子供たちに代わって、鈴之助が言い訳した。

「もう、喧嘩終わった？」

小さなおはなにたずねられ、お千瀬が困った顔を返す。

「まだ、収まっていないのね」

察したおいぬが悲しそうにうつむき、おはなも真似る。一瞬、芳郎の顔が大きく歪み、鈴之助をどきりとさせた。泣き出しそうにも見えたが、芳郎は堪えた。代わりに、意地を張りとおす。

「おれ、ここにいる。あんな場所に戻るのは、ご免だからな」

「困りましたね……番頭さんが、心配なすっておられますよ」

どうしたものかと、若女将が戸惑う。

「お千瀬、お客さまは、何人いらっしゃるんだい？」

「お子さまたちを除いて、九人です」

「そんなに？」

子供たちの親である井桁屋の三姉弟と、それぞれの連れ合いで六人。相談役と思しき老夫婦が一組、さらに番頭で、しめて九人だとお千瀬が説く。

「で、かなり揉めているのかい？」

「ええ、そうなのです。先代がいらした頃は、まことに仲のよいご一家だったのですが……」

子供の耳をはばかって、ひそひそ声で仔細を語る。

去年、長の病に就いていた先代の内儀が身罷り、後を追うように主人も卒中で亡くなった。相次いで二親を亡くして、未だに落ち着かず、気持ちがささくれ立っている。遺産の悶着もそのためではないかと、お千瀬は辛そうにうつむいた。

「大女将や女将がいれば、うまく収めてくれるのでしょうが……私では力不足で」

あいにくと両女将は他出しており、若女将の仲裁では埒があかない。番頭はもちろん、親戚筋の老夫婦も口を出しかねるほど、話は紛糾しているという。

ふうむ、と少し考えて、鈴之助は告げた。

「ためしに、私に行かせてくれないかい？」

「鈴さんに？」

「水を差すくらいしかできないが、当人同士に任せておくと、熱を帯びる一方だからね。どのみち、これ以上は、悪く転がりようもないだろうし」

「ええ、鈴さん、助かります！」

嘘でも妻に当てにされれば、やる気が出る。

他人の喧嘩に首を突っ込むなぞ、性分ではない。こんな酔狂を思いついたのは、それだけ暇だったとも言えるが、何よりも子供たちが不憫でならなかった。

小生意気な芳郎ですら、さきほど一瞬、表情が歪んだ。おはなはすでにべそをかいているし、年長のおいぬは責任感と無力感の板挟みになっている。

頼りないその姿が、いまの自分に重なった。

逢見屋にいる鈴之助もまた、子供と何ら変わりない。親の顔色を窺いながら、己の非力を日々噛みしめている。そんな自分を鼓舞してやりたい存念が、どこかにあった。

「では、お千瀬、行ってくる。子供たちを頼んだよ」

「鈴さん、お気をつけて」

まるで戦陣に赴くような気構えで、廊下をわたり階段を上がった。

井桁屋一家の集う座敷は、すぐにわかった。刺々しい言い合いが、廊下まで筒抜けだ。

　座敷の前に膝をつきながら、鈴之助は軽く後悔していた。

「いくら跡継ぎだからって、おまえが独り占めするなんておかしいよ！」

「姉さんは嫁に行ったんだから、口を出す筋合いはないだろう！」

「私は兄さんと一緒に店を回しているんだ。もう少し取り分を考えてくれても、いいじゃないか！」

　果たして争い事は未だ収まるようすがなく、派手な喧嘩口調はぞんぶんに響いてくる。障子を開けるきっかけすらなかなか摑めず、ぐずぐずしていたが、ふいに内から障子が開いた。

　丸顔の中年男が、廊下にかしこまる姿にぎょっとする。慌ててその場で頭を下げた。

「私は、逢見屋の若主人で、鈴之助と申します」

「これはご丁寧に。井桁屋の番頭にございます」

「お子さま方は、母屋で大事にお預かりしております。ご心配にはおよびません」

「それは助かります……なにせ、このありさまでして」

と、情けない顔で座敷内に目をやる。番頭に断りを入れて中を覗くと、八人の男女が四人ずつ向かい合わせに座っていた。

左手奥に並ぶのが相談役の老夫婦だと、番頭が耳打ちする。

「本日のお席の、差配役ということですね？」

「さようですが、井桁屋にとっては分家にあたるので、何かと立場が弱く……」

と、番頭は先をにごす。本家に対しては強い物言いができず、姉弟喧嘩に気圧されて、すでに仲裁役を放棄しているようすが見てとれた。

相談役と同じ並びに、佃煮屋に嫁いだ、長女のお克とその夫。向かい側に、長男の麻太郎夫婦と、次男の彦次郎夫婦が居並んでいる。番頭に乞うて、名や間柄をたしかめた。

三姉弟だけでもかしましいのに、それぞれのつれあいが加わって、ますます口論に拍車がかかる。

「いくら嫁に行ったって、井桁屋は私の実家です。長患いのお母さんの世話だって、ずっと私がしていたじゃないか。若内儀が何もしないから、やむなく私が……」

「お義姉さん、その言いようはあんまりです！　私が何をしても、お義母さんは気に入らない。そこにお義姉さんがしゃしゃり出てきて」

「本当に、お克義姉さんにいつまでも居座られちゃ、迷惑ですよね」

「何もしなかったあなたにだけは、言われたくありませんね。近くに住んでいても、さっぱり足を向けなかったくせに」

「だって、お義姉さんがふたりも陣取っていちゃ、私の出る幕なんてありませんよ」

女同士の口喧嘩も辛辣だが、男たちの言い争いも剣呑だ。

「私は跡取りとして、この先、井桁屋をまわしていく身だ。店繰りを考えて、姉さんやおまえに渡す財を按配したんだ。いまは私が当代なのだから、黙って従うのが筋だろうが」

「兄さんひとりで、商いがまわるとでも思っているのかい？　勘定も得意先まわりも、実を担っているのは弟の私じゃないか。せめて半分はもらわないと、割に合わないよ」

「おいおい、兄弟だけで話を進めるなよ。お義母さんが病のときも、お克を毎日通わせてやったってのに。こっちにも少しは分けてもらわないと、割に合わない」

同じような口論が延々と続き、話は平行線を辿りさっぱり進まない。

「お義兄さんの佃煮屋は、左前になっていると噂でききましたよ。店のために、こちらに集る気ですか？」

「縁者なんだから、苦しいときに助け合うのが道理だろうが」

「近所の幼馴染み同士で惚れ合って、なしくずしに一緒になったんじゃないか。小商人に娘を奪われたと、お父さんも内心では立腹していたんだ」

「店の格が違うと、こうまで厚かましい無心を受けることになるからね」

「彦次郎、おまえの女房だって同じじゃないか。派手を好む金食い虫で、さっぱり役に立たない」

互いの舌鋒は鋭いものの、おかげでだいたいのあらましが摑めた。

何はともあれ、いったん場を鎮めるのが先決だ。

番頭に断りを入れて、お邪魔いたします、と座敷の内に声をかけた。

「どちらさんだい？」

相談役に問われ、座敷中から胡乱な目を向けられる。それだけで、身がすくんだ。

「逢見屋の、若旦那さまでございます」

番頭の紹介に、一様に礼を返されたものの、いかにも軽々しい。逢見屋の主人は女将であることを、客の方もよく承知しているのだろう。

「いまは大事な相談の最中です。しばしご遠慮ください」

長男の麻太郎から、素っ気なく告げられた。

「最前から、ご相談もお膳もともに、進み具合が捗々しくないごようすですので……」

じろりと長女のきつい目に睨まれたが、精一杯の声を張る。

「この辺で、一服なさってはいかがでしょう？　別間で茶をお点てしますので、少しごゆるりとなされては」

「茶だと？」と、次男が問い返す。

逢見屋では、料理の最後に茶を点てる。茶懐石に則っており、胃に負担をかける濃茶を喫する前に、食事で腹を満たしておく。供する膳はあくまで会席料理だが、茶懐石の風習を残していた。

それを早めることにして、料理の半ばで恐縮だが、茶室に移ってくれまいかと客に乞うた。

「いいじゃないか！　馳走になりましょう」

真っ先に賛意を表したのは、相談役の老主人だった。

事態の収拾がつかず、誰よりも窮していたのが相談役だ。妻と声をそろえて、しきりに勧める。分家とはいえ年嵩のまとめ役に言われては、無下に断れない。

あまり気乗りのしないようすながら、三組の夫婦が承知を伝える。

「茶室が狭いもので、お三方ずつお点前いたします。まずは井桁屋さまのご姉弟、お三人さまから案内いたします」

三組に分けるなど面倒な、と言いたげに顔をしかめながらも、三姉弟が腰を上げる。

茶室は二階のいちばん奥にあり、鈴之助が先に立ち廊下を行く。膝をついて襖を開け、客たちを中に入れた。四畳半の茶室には炉が切られ、据えられた茶釜から湯気が立ち上っている。

「本日はお越しいただき、ありがとうございます」

紅梅色の小紋をまとった娘が、きっちりと客に辞儀をした。

茶席の亭主は、お丹であった。

頼んだのは、鈴之助とお千瀬である。むろんお丹は、最初は固辞した。

「どうして私が、お点前を？　店を手伝う義理なぞないわ！」

「茶道の師匠からきいているよ、お丹ちゃんのお点前は、亭主を務めるのにふさわしいほど立派だと」

「姉さんがやれば済む話じゃないの……跡取り娘なんだから」

日頃、店の相談からは爪弾き（つまはじき）にされている。その鬱憤が、言葉の端々から読みとれた。

「私はお子さんたちの、面倒を見ないとならないし」

「子守りをお丹ちゃんが引き受けてくれるというなら、それでも……」

「子守りなんて、とんでもない！　女中に託せばいいじゃないの」

そろそろ夕餉の仕度時で、母屋の女中も手があかない。お丹にしか頼めないと、夫婦そろって拝み手をした。

茶席か子守りか、二者択一を迫られて次女が窮する。お丹は気が強いが、だからこそ逃げるという選びようを嫌う。不満たらたらながら、半ば根負けした形で承知した。

「着物は何がいいかしら。やっぱりお丹には、紅色がよく似合うわね」

話が決まると、お千瀬はいそいそと着物を吟味し始めた。

茶席の亭主という立場上、あまり派手な色柄はよろしくないが、若い娘だけに渋味が過ぎるのも考えものだ。

紅梅色は、紅色と桃色のあいだの色で、顔立ちのはっきりしたお丹にはよく映(は)えた。

お丹もいったん引き受けたら、粗相など決してしない。散々渋っていたことなどおくびにも出さず、完璧な手際で茶を点てる。

お丹に近い奥から、長男、次男、長女の順に席につく。

茶道では、茶より前に菓子をいただくのが作法だが、こだわらないことにした。お丹の点てた茶を鈴之助が運び、それから客の前に菓子皿を並べた。

長女のお克が気づいて、声をあげる。

「これは……井桁饅頭」

「はい、井桁屋さまのお席には、必ずお出しするそうですね」

腰高の白い饅頭の頭には、四本の線が菱形(ひしがた)を成した、井桁模様が焼き印で記されていた。逢見屋が出入りの菓子屋に注文して作らせた、井桁屋のためだけの饅頭だった。

「子供の時分から、この饅頭が何よりの好物でした」

と、末子の彦次郎が目尻を下げる。

「彦次郎は昔から、食い意地が張っていたからな。ひとつでは足りないと、よくごねていた」

「そうそう、お母さんがいつも半分、彦次郎に分けてあげていたものね」

「うんと小さいときの話だろう。それこそ、いまのおはなと同じくらいだ」

上のふたりににんまりされて、彦次郎が少々むくれる。子供時代を思い出したためか、刺々しかった空気がいくぶん和んだ。

「ずいぶんとお小さい頃から、逢見屋にお運びくだすったのですね」

つい、鈴之助も笑顔になる。

「婿に入って間がないもので、未だにお客さまとも馴染みがなく。よろしければ、少しおきかせ願えませんか。最初にいらしたのは、おいくつのときですか？」

三姉弟にとって、逢見屋での食事は、何よりも心浮き立つ催しであったはずだ。

その象徴が、この井桁饅頭だった。

「私は赤ん坊の頃だよ。生まれて百日目にね」

ちょっと得意そうに、末子の彦次郎がこたえた。

「ああ、お食い初めですか」

お食い初めは、生後百日か百二十日、どちらかの日取りで行われる。赤ん坊のための膳をしつらえ、食べる真似をさせる祝い事で、一生、食べ物に困らぬようにとの願いがこめられていた。

「いやだね、この子は。あれは初節句でしょ」と、長女から否やが入る。

「え？　いや、たしかにおっかさんから、お食い初めをさせたと……」

「ちょうどあの年の端午の節句が、彦次郎のお食い初めと重なったんだよ」

「ああ、私もうっすらとながら覚えているよ。武者人形が飾られて、粽を食べた」

「赤ん坊なのだから、覚えているはずがないだろう」

姉と兄の思い出から爪弾きにされて、一転して弟は少し悔しそうだ。

「それまでは仕出しを頼んでいたのですがね、そのときからですよ、店に出掛けるようになったのは。それが悔しくてねえ」

「悔しいって、何がだい、姉さん？」

「だって桃の節句は、お雛さんが運べないと言い訳されて、やっぱり仕出しのままだった。あんたたちが生まれてから、男の子ばかりが大事にされているようで癪に障ったんだよ」

「ああ、それで姉さんは、よく私たちに当たっていたのか」

「小さい頃は、ずいぶんと意地悪を仕掛けられていたからね」

「それは、ほら……すまなかったと思っているよ」

ふたりの弟たちに苦笑いを交わされて、お克は肩をすぼめる。

「それでもあの頃は、逢見屋に来るのが何よりの楽しみだったなあ」

「彦次郎なぞ、逢見屋ときくだけで、よだれを垂らしていたからね」

「姉さん、そういう話は勘弁しとくれよ。まあ、たしかに、楽しい思い出には、必ず逢見屋がついてくるがね」

井桁屋がどういう折に、逢見屋を使ったか。本当は、鈴之助も知っていた。大福帳に仔細が書かれていたからだ。

ことに井桁屋は、子供の祝いのたびに、逢見屋に料理を注文した。

お七夜、お食い初め、初節句、七五三、そして成人を祝う元服。

お七夜は誕生から七日目に身内で祝い膳を囲み、初節句は誕生後に初めて迎える節句である。女の子は三月三日の桃の節句、男の子は五月五日の端午の節句に祝われる。もう少し歳がいって、男子は三歳と五歳、女子は三歳と七歳に、氏神に参詣する行事が七五三である。

元服は、男女ともに行われるが、男子は数え十五、六歳までに、早い者は十二歳で、前髪を剃って月代にする。女子は嫁ぐ折に元服し、髪型を丸髷などに変えて、お歯黒や引眉をした。未婚の場合も、十代の終わりには元服を済ませる慣いだった。

井桁屋は先々代の頃から逢見屋を贔屓にし、当時は仕出しを頼んでいた。お克らが言ったとおり、末の彦次郎が生まれた辺りから、席を店に移すことが多くなった。

「さきほど、お子さまたちにもお会いして、同じように仰っていただきました。逢見屋としても、有り難い限りです」

子供たちの前で醜態をさらしたことに、遅まきながら気づいたようだ。

姉弟は一様に、きまりの悪い顔をする。

「こんなつもりじゃなかったから、おいぬを連れてきたのに……」

「私も芳郎に、恥ずかしいところを」

「おはなは、まだ小さいからな。さぞかし怯えていたろう」

先代の四十九日を済ませ、いわば精進落としのつもりで席をしつらえた。子供たちを連れてきたのもそのためだ。

ただ、その前に井桁屋で、顔をそろえたのがいけなかった。誰かが遺産の話をもち出して、たちまち紛糾した。収まらぬまま逢見屋に席を移し、食事の席に招かれていただけの分家の老夫婦が、急遽(きゅうきょ)、相談役を任された。

先ほど番頭から、そのような経緯(いきさつ)をきいてはいたが、素知らぬふりを通した。

「すみません、長々と。ささ、どうぞ召し上がってくださいまし」

改めて、茶と菓子を勧める。お丹は行儀よく亭主の席に座っているが、やはり三姉弟の顚末(てんまつ)は気になるようだ。客のようすを窺っていた。

井桁饅頭を菓子楊枝で割りながら、三人が黙々と口に運び、茶を喫する。

それぞれの中で、それぞれの思いを嚙みしめてでもいるのか、ひどく深刻そうな表情だ。茶碗と菓子皿が空になると、最初にお克が口を開いた。

「さっきは、悪かったね……つい、意地の悪い物言いをして」

「いや、それはお互いさまだし……」

「そうじゃない……小さい頃の悋気（りんき）の虫が、顔を出したんだ。男の子ばかりが贔屓されて、姉なのに長女なのに、ぞんざいにあつかわれて」

「姉さん、決してそんなことは……」

　わかっている、というように弟たちにうなずいた。跡継ぎたる男子が大事にされるのは、世の慣いだ。そのくらい、お克も重々承知している。頭では割り切っていても、気持ちだけはどうにもならない。日常の不満というものは、実に小さい。日々、ちくちくとささくれが痛むようなもので、しかし無理に剝（は）がそうとすると、血が出ることもある。

　遺産にまつわる悶着とは、そのようなものかもしれない。知らぬ間に溜め込んでいた不満や鬱憤が、ここぞとばかりにいちどきに弾（はじ）ける。

「母さんの世話を続けたのも、半ば意地のようなものでね。本当は、嫌で嫌でたまらなかった」

　え、と弟たちが、意外そうな顔を向ける。

「昔は優しかったけれど、床に就いてからはずいぶんと我儘（わがまま）になってね。若内儀がもてあますのも無理はないよ。お頼さんのやることなすこと、すべてが気に入らないんだから」

麻太郎の女房が、若内儀のお頼であるようだ。長男が、ちらと姉を盗み見る。

「わかっていたのに、何だかお頼さんが憎くなっちまって……姑の世話は嫁の務めのはずが、お頼さんは何もしない。なのに私の育った家で、若内儀として大きな顔で納まっている。それがどうにも、腹に据えかねて……」

弟たちにはおよばずとも、お克は井桁屋のお嬢さまとして大事に育てられた。その一切を、他家から来た嫁に奪われるようで心許なかった。母の看病に毎日通ったのも、いわば長姉としての存在を示すためだったと、お克は告げた。

ただそこには、いま現在のお克の不遇が裏打ちされている。

たとえば嫁いだ先が、井桁屋以上の大店なら、親の遺産なぞに目の色を変えることもなかったろう。好いた男と一緒になって、小さな佃煮屋に嫁いだ。娘も授かって夫婦仲も良いが、やりくりの苦労はつきまとう。

「文銭をけちけち数えるような暮らしをしていると、嫁さんたちが羨ましくなってね。お頼さんはいまや押しも押されもせぬ内儀だし、お咲さんはいつもきれいに着飾って……ながめていると、時々、惨めな思いになるんだよ」

お咲というのが、彦次郎の女房だろう。名を出されてどきりとしたのか、弟が身じろぎした。長男が、気遣わし気に姉にたずねる。

「佃煮屋の商いは、相当にまずいのかい？」

「いますぐどうこうってわけじゃないけど……うちの人は、決して商い上手とは言えないからね。商人の阿漕というか、それが足りないんだね」

ふふ、と小さな笑い声が、お克の唇からこぼれた。

「おかしいよね。商人らしくないところに惚れて、一緒になったはずなのに」

顔つきが、柔らかくなっていた。愚痴とはすなわち鬱憤だ。自分の中に溜めた芥を、言葉にして吐き出すことだ。同時に、その裏にあるものに鈴之助は気がついた。

お克はきっと、認めてほしかったのだ。自分の存在を、働きを、誰よりも弟たちに。

遺産相続の根っこには、おそらくは必ずその気持ちがある。

金という実にわかりやすい、いわば目に見える秤で、自身の立場を、これまでの行いを、計ろうとする行為にほかならない。外から見れば、醜い金の奪い合いに過ぎないが、感情なくして、人の諍いは起こり得ない。

「商い下手は、私も同じだ……父さんが亡くなったいま、私ひとりでは井桁屋の暖簾は守れない。彦次郎がいなければ、まわしていけない」

「兄さん……」

男は弱音を漏らしてはいけないと、育てられる。妻の前ではなおさらだ。

三人を茶室に引き離したのは、悶着の場から遠ざけるばかりでなく、姉弟同士なら素直な心持ちで話ができそうに思えたからだ。

兄の弱音が、弟の本音を引き出した。

「私もお克姉さんと同じだよ……ずっと兄さんに焼餅をやいていた。兄さんばかりが家を継げるのは、ずるいってね」

ことりと、亭主席の方から音がした。お丹は客のために煎茶を淹れていたのだが、その手が止まっている。食い入るように三姉弟を見詰めていた。

「だから躍起になって、商いを学んだんだ。兄さんに負けるものかって。私の方が跡継ぎにふさわしいと、父さんや母さんに示したかった」

うんうんとうなずきそうな表情で、お丹は熱心にきき入っていた。

「彦次郎とは逆に、私には重荷だったよ。どうして長男ばかりが、家に縛られねばならないのかってね。いっそ弟に一切を渡してしまおうかと、何度もそう思った。でもそれは、両親を裏切り悲しませることになる……私には、できなかった」

他人がもつものは、ことさら輝いて見える。その陰にある、重圧や苦労までは見通せないからだ。

兄弟の主張は正反対のようでいて、実は同じことを望んでいる。親の期待に応えたい、認めてほしい——子供の願いは、それに尽きる。

お丹もまた、そのひとりだ。弟の言い分は自分に重なり、兄の申しようはお千瀬の言葉にきこえよう。決して意図して、義妹をこの席に据えたわけではないが、お丹のためには良かったのかもしれない。ひどく考え込むような顔つきで、お丹はまた茶を淹れ始めた。

「彦次郎、おまえ本当は、店を興したいのだろう?」

「うん……正直、その望みはあるよ。暖簾分けではなく、新たな商売を始めたいんだ。そのために、まとまった金が欲しくて……」

「そうか。おまえならきっと、うまくやっていける。井桁屋以上の大店に、できるかもしれないな」

皮肉ではなく、麻太郎は弟の商才を本心から買っているようだ。ただ、弟を頼りにしてきただけに、少し寂しそうだ。

また弟にも、別店をもちたいと望む、それなりの理由があった。

「お咲が金食い虫であることは、承知しているよ。ただ、私はできれば、あれの好きにさせてやりたいんだ。ああ見えて苦労人でね。だから案外、情は細やかなんだ」

妻の浪費癖は、貧しい暮らしをしてきた裏返しであり、そういう妻の存在が、やる気の源にもなっている。彦次郎はそのように語った。

「いまの給金だけじゃやっていけないし、店や兄さんたちに迷惑もかけたくない。だから、手前で商いを興したいんだ」

三人の言い分は出尽くした。そうとって、鈴之助は悶着の核心に触れた。

「揉めていたということは、お三方の望みを通すには、金子が足りないということですか?」

「まあ、平たく言えば、そうなりますか」と、麻太郎がこたえる。

「不躾ながら伺います。お克さまと彦次郎さまは、いかほどを求められたのですか？」

「私は、百両だけですよ」と、お克が急いでこたえる。

「私は、三百両を……店を立ち上げるには、百や二百では足りませんから」

少々申し訳なさげな表情ながら、きっぱりと彦次郎が伝える。

「いくら何でも、四百両もの大枚がごっそり抜けては、店が立ち行きません！」と、麻太郎が悲鳴をあげる。

「弟に三百で、私が百両だけというのも、何だか腹が立ってきて」

「仕方ないじゃないか、仕度金なんだから」

またぞろ喧嘩を蒸し返しそうな姉弟を、まあまあとなだめる。

百両だけとお克は言ったが、庶民には一生お目にかかれぬような大金だ。百両あれば、こざっぱりとした平屋が建ち、三百両なら立派な二階屋が普請(ふしん)できる。

百石(こく)取りの旗本でも、実の収入は年に四十両。石高取りの侍は、金ではなく土地を与えられており、四公六民の決まりがあるからだ。

つまり百石の米が作られる田んぼを農民が耕作し、四割が土地の持ち主たる武家に、六割は農民に渡される。一石は一両と定められ、四十石の米は四十両に換金される。すなわち百両といえば、二百五十石取りの武士の年収にあたる。

「ちなみに、井桁屋さまの身代は？」

「一千五百両といったところでしょうか」

「いや、寮やら家財やらを含めれば、二千両には届くはずだよ」

兄のこたえを弟が補う。商人の場合は、桁が違う。棒手振りや屋台などを除けば、鈴之助の実家の楊枝屋なぞ、もっとも構えの小さい部類だろう。

「千両の身代」といわれるのは、大通りに店をもてない中店（ちゅうみせ）とみなされ、井桁屋はさしずめ中の上といったところか。実際に店は、目抜き通りには面していないという。

「当代さまのご勘案では、おふたりに渡せる額はいかほどですか？」

「姉に五十、弟に百五十くらいかと」

「半分なんて、殺生な」

「言い方は悪いが、まっとうな商人にとって百五十両は端金（はしたがね）です。商いを興すにはとても……」

お克が悲痛な声をあげ、彦次郎が顔を曇らせる。

「つまり、締めて二百両なら、身代も痛まないということですね？」

鈴之助の問いに、麻太郎はうなずいた。

ふうむ、としばし考えた。不足の二百両を捻出できれば、この悶着は解決する。しかし井桁屋には書画骨董のたぐいもなく、土地持ちでもないという。手持ちの財で用立てが難しいなら、新たな財を生み出すしかない。

その考えに至って、ふいとひらめいた。

「私にひとつ、思案があるのですが」

鈴之助は、その案を口にした。

「ご当代は、ひとまず二百両をおふたりにお渡しください。その上でお克さまは、その五十両を、彦次郎さまにお貸しするのです」

え？　と三人が、一様に怪訝な顔になる。

「私にとっては虎の子の五十両を、何だって彦次郎に？　うちの佃煮屋のために、使わねばならないのに」

「ですから、貸すと申し上げました。借金には、利息を払わねばなりません」

「利息の金を、佃煮屋にまわせというのかい？」

「いえ、金ではなく、彦次郎さまには才を払っていただきます」

三姉弟は、やはり腑に落ちぬようすで、戸惑い顔を鈴之助に据えた。

「彦次郎さまの商いの才を、佃煮店の立て直しのために使っていただくのです。店が繁盛すれば、貸した五十両、いえ、お克さまが望む百両の儲けも出ましょう」

姉と末弟が、思わず顔を見合わせる。悪くないと、ふたりの顔には書いてある。

「いかがでしょう？　彦次郎さまには、お出来になりますか？」

「商いには波がつきものですし、約束はし難いのですが……」

「支払いの年期を決めて、儲けが達せぬときは、お金で返していただきます。それならば、お克さまも安心できましょう」

「そうだね……彦次郎に関わってもらえるなら、うちとしても心強いし」

「でも、義兄さんが何というか。己の商いに口を挟まれちゃ、男なら誰だって面白くない」

「相談役ということで、三月に一度ほど通うに留めれば、ご亭主の顔も立ちます。もちろん仲立ちには、お克さまの腕がかかっておりますが」

亭主のあつかいなら、誰よりも妻が長けている。任せてくれと、お克が請け合う。

「だが……姉さんの分を合わせても二百両か。やはり商いを立てるには十分とは言い難い」

「いや、いまの話、井桁屋でも同じことができまいか？」

「もちろん、叶います。足りない百両を、用立てる策があれば」

麻太郎の申し出に、鈴之助は大きくうなずいた。

「百両なら、方々からかき集めれば、どうにか工面できます」

「でも、兄さん……」

「私が、頼みたいんだ、彦次郎。父さんが亡くなって、おまえにまで井桁屋を去られてはたまらない。いまは名目だけの当代だが、せめて五年あれば、私にも商いのこつが摑めよう。それまで、助けてくれまいか？」

となりにいる弟に、熱心に乞うた。

「いかがですか、彦次郎さま。ご自身の商いと併せて、都合三軒を目配りせねばなりません。ご苦労は承知の上ですが、三百両の仕度金はそろいます」

鈴之助が、水を向ける。

「五年、では返しきれない。八年でどうでしょう、兄さん？」

「ああ、ああ、もちろんだ、彦次郎」

兄弟がしっかりと両手を握り合う。姉はその姿をながめて、涙ぐんだ。

「若旦那、ありがとうございます。逢見屋に来て、よかった。心からそう思います」

麻太郎が、礼を述べる。鈴之助にとって、何より嬉(うれ)しい謝辞だった。


「さっきの始末は、思いつきだったの？」

ともに母屋に戻りながら、お丹が鈴之助にたずねた。

「そのとおり。うまくいってよかったよ」

「首尾よく運んだのは、たまたまなんだから。調子に乗らないでちょうだい」

「わかっているよ。私が井桁屋にとって、赤の他人だったからこそ片付いたまでさ」

遺産とは、親や伴侶が遺(のこ)したものだ。子やつれあいにとっては、ただの金ではなく、そこには情が詰まっている。だからこそ一分(ぶ)でも多くほしいと、とり合いになる。

その金高が、そのまま自分の価値(あたい)になるからだ。

「お金で争うなんて、みっともない。そう思っていたけれど……それぞれに、来し方や言い分があるものね」

十七のお丹にも、多少なりとも伝わったようだ。顎に手を当てて、考える風情になる。

庭の飛び石を伝い、母屋に達し、ひどく複雑に折れ曲がった廊下を行く。どうやら母屋は建て増しを重ねているようで、棟が増えるごとに廊下で繋いだために、このわかりづらい配置となったようだ。

仕出しのみとしていた昔は、店の二階を一家の住まいとしていたのだが、そこを貸座敷としたために、敷地の裏手に母屋を建てたときいていた。

武家地や寺社地と違って、町屋の敷地は限られている。江戸城に近い加賀町ならなおさらだ。

道を西に抜ければ外堀に達し、堀沿いは山城河岸(やましろがし)と称される。河岸を南に行けば、幸橋御門、北には山下御門、その先には数寄屋橋御門がある。数寄屋橋御門の内には大名小路と称される通りがあって、位の高い大名の屋敷が立ち並び、南町奉行所も数寄屋橋御門の脇にあった。

狭い土地に無理に詰め込むために、町屋はどこも余裕がなく、表通りから一歩入った裏側は、ことにきゅうきゅうだった。

「お丹ちゃん、今日はありがとう。おかげで助かったよ」

丁字になった廊下のつきあたりで、鈴之助は改めて礼を告げた。右に行けば、義妹たちの部屋、若夫婦の部屋は左にある。

そのまま行こうとしたが、お丹の呟きが足を止めさせた。

「お千瀬姉さんも、やっぱり重荷に思っているのかしら……逢見屋を継ぐことを」

「かもしれないね。半分、担いでほしいと、私に言っていたからね」

陰暦一月も末、庭の外れにある紅梅の木は、花の盛りだった。日はすでにだいぶ陰っていて、枝ぶりは見えないが、馥郁とした香りだけが鼻に届く。

「身代を背負うというのは、生半な覚悟じゃ務まらない。身内はもちろん、何十人もの奉公人の暮らしがかかっているからね。私なら、とっとと逃げちまうところだ」

でしょうね、とお丹はにべもない。

「それを否応なく託されるのは、男でも女でも、難儀なことだと思うよ」

やはり香(か)に誘われたのか、梅の木の方角にお丹は顔を向けた。

「私は、ただただ姉さんが羨ましくて……重荷だなんて、考えたこともなかった」

お丹の気性からすれば、無理もない。祖母や母の強い性質は、お千瀬よりもむしろお丹に色濃く受け継がれていた。その自負もあろうし、また気概もある。長女と次女が逆に生まれていれば、丸く収まったかもしれない。

それでもお丹が心底望むのは、逢見屋の身代ではない。

「お丹ちゃんはただ、女将の輪に入りたかった。それだけじゃ、ないのかい？」

「……え？」

「おばあさまやお母さん、姉さんと、一緒に相談したり働いたりしたかった。違うかい？」

庭を向いたお丹の横顔は、いま初めて気づいたようにひどく驚いている。

「だったら、大女将に頼んでみたらどうだい？　少なくとも婿の私よりは、色良い返事をもらえると思うがね」

見えない棘でも刺さったように、かすかにお丹が顔をしかめた。

「きっと駄目よ……いえ、駄目だった」

ぴんと張ったお丹の肩が、にわかに落ちた。

「ずっと前に、頼んだことがあるの。ちょうど、いまのお桃くらいのときに……」

梅の木に向けられた横顔が、悲しそうにうつむいた。

「大女将にかい？」

「いえ、お母さんに……」

母のお寿佐から、店の仕事には一切関わるなと、達せられたという。

「お千瀬姉さんが生まれたときに、決めたそうよ……逢見屋の跡継ぎは姉さんだと。だから姉妹といえど、他の者には手出しはさせないって」

「姉妹といえど……か」

お丹にとっては厳しい達しだが、井桁屋のような悶着を避けるためには、何よりかもしれない。

懐いていたお丹が、父を避けるようになったのもその頃だと、安房蔵からきいている。その引き金もまた、この一件ではなかろうか。

お丹にとっては、役立たずの烙印を押されたようで、自分の姿が父に重なって見えたのだろう。大好きな父だからこそ、よけいに哀れが先だって、苛々が増すのかもしれない。

そんな父と同じ立場にあり、馴染みのない姉婿となればなおさら、つんけんされるのも道理と言える。つい苦笑いがこぼれた。

「私、決めたわ！」

突然、お丹が声を張った。鈴之助が、思わずびくりとする。

「え？　何をだい？」

「逢見屋よりも大きな身代の店に、嫁いでみせるわ！」

真剣に考えて、若い娘らしい結論に達したようだ。何やら微笑ましい心持ちになる。

「うん、お丹ちゃんなら、きっと叶うよ」

「馬鹿にしてるでしょ？」

「そんなことはないさ。どんな大店に嫁いでも、気後れせずに足場を築くことができる。その才が、お丹ちゃんにはあるからね」

「義兄さんのおべっかなんて、いらないわ」

つん、とそっぽを向いて、着物の袖をひるがえした。ふり返りもせず、足早に廊下を去る。

「え、いま、義兄さんて……」

遅まきながら気づいたときには、すでに紅梅色の着物は見えず、梅の香だけがただよっていた。

第四章　初午の災難

まもなく暦は二月に替わり、数日が過ぎた。

女将たちのいない夕餉の席で、お丹が告げた。

「おばあさまに、見合いをお願いしたわ。とびきりの大店の跡継ぎを、見繕ってちょうだいとね」

「気が早いね、お丹ちゃん」

「しょぼくれた楊枝屋の四男なぞ、私はご免だもの」

すかさず皮肉をはさまれて、鈴之助が苦笑いを返す。

井桁屋の一件以来、お丹は目に見えて変わった。高飛車な態度や物言いは相変わらずながら、棘がない。棘の正体は、いわば憤懣だ。自身の中の怒りを、四方にぶつけることしかできずにいたが、お丹も一歩分、大人になったということか。

「お丹もそんな年頃か……嫁に行ってしまったら、寂しくなるな」

「行かず後家になるよりは、よほどましでしょ」

　安房蔵のため息につっけんどんに返したが、やはり前と違って、照れや嬉しさは案外素直に透けて見える。

「ただ、時節が悪いから、お見合いは夏になりそうね」

「どうしてだい？　これから春も盛りだし、暑い夏よりはよほど向いていそうに思えるが」

「義兄さんは、わかってないわねね。春の盛りは、仕出屋がうんと忙しくなるのよ」

「ああ、そういうことか」

「まず、明日から彼岸の入りでしょ。三日の後には初午で、月半ばには増上寺の涅槃会もあるし、何よりも、そろそろ桜が咲き始めるわ。花見が終わるまで、お休みすらないのよ。仕出屋の稼ぎ時なんだから」

　春分の三日前が、彼岸の入りと定められ七日間続く。つまり春分が、彼岸の中日とされる。彼岸桜は名のとおり、彼岸の頃から咲きはじめ、枝垂桜も同じ頃だ。それらが満開となる頃、一重桜が開花を迎え、少し遅れて八重桜が花開く。

「今年は二月がお花見かあ」

「去年は三月だった」

鈴之助の声を、お桃が拾う。言葉数は少ないながらも、お桃も気安い態度が増えてきた。

「そうだよね。やっぱり三月桜というからには、三月に花見がしたいものだね」

「去年は閏(うるう)四月があったからね。そのぶん見頃が二月にずれ込んでしまったな」

と、安房蔵もうなずく。

桜の見頃は、去年は三月半ばだったが、今年は二月末、来年は三月初旬と定まらない。

陰暦は、月の満ち欠けでひと月が定められる。太陽暦とはずれが生じ、花の見頃なども暦の上では毎年前後する。

安房蔵が言ったとおり、去年は閏年にあたり、四月の後に閏四月が挟まれた。

陰暦は、大の月は三十日、小の月は二十九日とされる。その年の師走が小の月であれば、大晦日(おおみそか)は十二月二十九日となる。

ただ、陰暦を用いても月の満ち欠けとのあいだに狂いが生じるために、だいたい三年に一度、閏月を設けてひと月増やし、これを補正した。

しかしお天道(てんとう)さまを相手にする農民には、陰暦は甚だ具合が悪い。

そこで太陽と季節の目安とされたのが、二十四節気である。

二十四節気は、太陽年を二十四等分して、季節を示す標とされた。春分や秋分も
そのひとつで、種蒔きや田植え、刈り取りなどの目安になっていた。

町人もまた、花の見頃や遊山の日和などは、もっぱら節気を当てにする。

「そうだ！　この四人で、お花見に行きませんか。ねえ、お義父さん」

「私の話をきいていなかったの？　忙しいと言ったじゃないの」

「でも、私たちは店の商いとは関わりないし」

「猫の手」

と、お桃が呟き、安房蔵が拙い言葉を補う。

「あいにくと、花見頃は猫の手も借りたいほどの慌しさでね、お丹はもちろん、私
やお桃まで駆り出される」

「ということは、やっぱり私も……」

「たとえ頼りなくとも男手なんだから、少しは役に立ってちょうだいね」

お丹にしっかり念を押され、鈴之助が首をすくめる。

「そういや、花見といえば……」

　ふと思い出したが、その先は言わずに収めた。板長のために口を閉ざした、泰介と幸吉の兄弟が浮かんだからだ。

「なあに、義兄さん？」

「いや、何でもないよ」

「もしかして、去年の墨堤での騒動のこと？」

　お丹の勘のよさには驚かされる。核心を突かれて、こたえに窮した。

「まったく馬鹿なことを、しでかしてくれたものね。裏方ならまだしも、仮にも板前が喧嘩沙汰なんて」

「いや、あれは、うちの板前に非はないんだ。明らかに向こうが……」

「去年の今頃はいなかったのに、ずいぶんと詳しいのね」

　よけいなことを上塗りする自分のうっかりに、頭を抱えたくなる。あらましはお千瀬からきいたと言い繕った。とりあえず、嘘ではない。

「ともかく相手方の板前が、向こうから絡んできたんだ。あらぬ言いがかりをつけて、あからさまに喧嘩をふっかけてきた。いっぱしの男なら、素通りなんてできやしない」

「いっぱしの男って……義兄さんが言ってもそぐわないわね」

話の腰を折るお丹にめげず、めずらしく鈴之助が力説する。

「喧嘩相手の男は、何か逢見屋に恨みがあるんじゃないかって思うんだ」

「うちに、どんな恨みがあるというの？」

「それはわからないが……」

薮入りの日に幸吉からきいた話は、お千瀬にだけ打ち明けた。

当人が昔、雇い止めになったとか、奉公を望んだが叶えられなかったとか、その辺りを疑ったが、竜平という名やそれらしき裏方には心当たりがなく、お千瀬が帳簿をあたってても出てこなかった。竜平の父親や縁者の遺恨かもしれないが、そうなるとたしかめようがない。

「ただ、向こうの勝手にせよ恨み事があるのなら、今年の花見でも、何か仕掛けてくるかもしれない。何やら案じられてならなくてね」

ことりと、となりの膳で音がした。安房蔵が、箸を置いたのだ。

「心配はわからなくもないが……いたずらに煽（あお）るのは、いかがなものかと私は思うね。ことに娘たちの前ではな」

向かい側に座す、ふたりの義妹のようすに初めて気づいた。お桃は怯えたように鈴之助を見詰め、お丹ですら眉間をしかめている。

「す、すみません！　決してそんなつもりは……」

「これからは、気をつけるように。飯も済んだし、私はこれで」

すいと安房蔵は席を立ち、座敷を出ていった。お桃が急いで残りのご飯を口に詰め込み、父親の後を追う。座敷には、お丹と鈴之助だけが残された。

「やっちまった……あのお義父さんを怒らせるなんて」

はあああ、とからだ中でため息をつく。

お丹は腑に落ちない顔で、廊下をながめている。お桃が襖を開けっ放しにしていったのだ。

「変ね……これしきのことで、お父さんが怒るなんて」

「己の粗忽ぶりが情けないよ」

「まあ、そこに否やはないけれど」

しかし鈴之助が憂えていたよりも早く、騒ぎは起こった。

三日後、その日は初午だった。

「私が、料理をお届けに？」

「ええ、今日は初午ですから、人手が足りないのです」

鈴之助を呼んだのは、女将のお寿佐だった。

くっきりとした顔立ちや風情は、次女のお丹がもっとも濃く受け継いでいる。

「何か文句がありますか？」

「とんでもない！　喜んでやらせていただきます！」

嬉しさ満開のようすに、女将が怪訝そうに片眉を寄せる。

「先さまに、仕出しをお届けするだけですよ。よけいな真似は一切しないように」

「はい！　もちろんです」

「あとは板場の者の指図に従いなさい」

「わかりました！　では、行ってまいります」

張り切りようが、かえって不安を煽ったのか、女将のため息が背中にかけられた。

初午は、二月の最初の午の日で、稲荷社の祭りとされる。稲荷社の総本宮である京の伏見稲荷では初午大祭が行われ、江戸でも王子稲荷をはじめ、大きな稲荷社では神楽が奉納されて前日から大賑わいとなる。

稲荷社はとかく数が多い。社の数でいえば、稲荷社に勝るものはない。武家は屋敷ごとに社を持ち、市中には一町につき三社から五社はある。

おかげで初午の日は、江戸中で祭り気分が盛り上がり、仕出屋も大いに重宝される。

はずんだ足取りで庭を突っ切って、裏口から店に入る。そこで安房蔵と出くわした。

「お義父さんも、お手伝いですか?」

「ああ、今日ばかりは仕方がない。もっとも私は、店内でのお運びだが」

安房蔵とは、無事に和解した。あの翌朝、詫びを入れにいくと、こちらこそ言い過ぎたと、いつもどおりの低姿勢で返された。

「鈴之助は、岡持ちかい?」

「はい、私の細腕では、どこまでお役に立つかわかりませんが」

「はは、それはお互いさまだよ。まあ、しっかりやりなさい」

安房蔵に励まされて、板場へと急ぐ。板場に足を踏み入れるのは初めてだ。しかし入ろうとした矢先、内から怒声が響いた。

「いつまでちんたらしてやがる！　貝が腐っちまうぞ！」

ひえ、と身がすくみ、足が止まった。

「馬鹿野郎、串が違えだろうが！　鉄砲串を使うんだよ」

「おい、小鉢が足りねえぞ！　あと二十は持ってこい」

どうやら自分にかけられた叱声ではなさそうだが、荒い調子には慣れていないだけに怖気が先に立つ。入り口に下がった長暖簾の隙間から、おそるおそる中を覗き見た。

思った以上に広い。土間と板間を合わせて、二十畳近くありそうだ。

およそ三分の二が板間で、残りが土間。土間には竈が三台据えられているが、いまは火は落ちている。すでに仕上げにかかっているようで、板間中に大皿や大鉢が並べられ、板前に怒鳴られながら、裏方の者たちが仕出しの仕度に専念する。

ふいに板間の奥から、脇板を呼ぶ低い声がかかった。

騒々しかった板場が、しんと静まり返った。それまで誰よりも声を張り上げていた男が口をつぐみ、神妙な顔で板長の前に膝をつく。板場中の目が集まって、最前とは別の緊張に包まれる。

「筍の香りがとんでる。やり直しだ」

「すいやせん！　すぐに！」

脇板が平伏し、おそらく煮方と思しき男も、ごつんと大きな音がするほどに、頭を板間にこすりつけた。誰に命じられることもなく、下っ端の何人かが機敏に動いた。ふたたび竈に火が熾(おこ)され、筍の下準備にかかる。

「あ、若旦那！」

鈴之助に気づいたのは、先日、茶店で語らった幸吉だった。知った顔があることが、何とも心強い。

「板長に挨拶したいんだが……まだ忙しそうだね」

ようすを見るつもりでいたが、幸吉が声をかける前に、板長の権三が、鈴之助の前に進み出た。正座して、きっちりと頭を下げる。

「女将さんから伺っておりやす。本日は、若旦那のお手を煩わせてすいやせん。どうぞよろしくお頼(たの)申します」

「あ、いえ！　こ、こちらこそ！」

鈴之助も、慌てて座して返礼した。

こうして間近で見ると、何とも恐い。浅黒い顔に穿たれたしわは、歌舞伎役者の隈取りを思わせる。板前にはめずらしく無暗に怒鳴る真似はせず、それでいて一種独特な迫力に気圧される。気骨といった方が、いいだろうか。大女将や女将とはまた違う、渋味の勝った威厳が満ちていた。

「素人故、どこまでお役に立てるかわかりませんが、精一杯、務めさせていただきます」

自ずと背筋がしゃんとして、挨拶にも気合がこもる。

「細かなことは、幸吉からきいてくだせえ。幸吉、頼んだぞ」

「へい！」

「それと、泰介」

名を呼ばれて、幸吉の兄が板長の脇に座す。

「去年の初午で、おめえが行った先を、覚えているか？」

「へい、もちろんでさ」

「その三軒は、おめえに任せる。幸吉と若旦那を連れて、行ってこい」

泰介の顔が、ぱっと輝いた。

「かっちけねえ、親方、ありがとうごぜえやす」

「さっさと仕度しろ」

花見の騒ぎの責めを負って、泰介は板前から裏方に落とされた。しかし今日ばかりは、人手がないとの名目で、板前仕事を宛がったのだ。態度は素っ気ないが、泰介には何よりの褒美に違いない。

鈴之助に一礼し、権三はまた仕事に戻った。あとは幸吉が説明役を引き受ける。

「料理は、この岡持ちに入れて運びますが、慣れないうちは難しい。若旦那には、椀や瀬戸物をお願えしやす」

岡持ちは、盥に持ち手と蓋をつけたような形で、四段まで重ねられる。中に大皿や大鉢に盛った料理を入れて、客先へと運ぶのだ。

からだの大きな幸吉は四段重ねの岡持ちを両手に提げ、兄の泰介は、三段の岡持ちと、すましの出汁を入れた大徳利を提げる。料理を崩さぬよう水平に保つのは案外難しく、鈴之助には器の類が託された。大籠に鍋、椀や皿小鉢、銚子や盃まで伏せて収め、これを背中に負う。さらに脚つき膳を十二台重ねて、風呂敷でくるんだ。

「出前も板前衆が、引き受けているのだね」

「客先で、仕上げをせねばなりやせんし。料理に関わった者なら、運ぶにも誰より気を配りやす」

「そうか、料理が何よりも大事にされているのだね」

鈴之助の納得に、泰介が大きくうなずいた。

「とはいえ、器や膳までこちらから持ち込むとは、何とも大掛かりだね」

「よほどの大店なら、膳や器を置く家もありやすがね。なかなか客の分までは、揃えられやせん」

「器を選んだ方が、料理も映えやすし。昨今はもっぱら、このやり方が増えやした」

弟が説いて、兄が続く。幸吉が、思い出したように声をあげた。

「あ、肝心なものを忘れてた……若旦那、この法被を羽織ってくだせえ」

藍地の法被の背には、丸に「関」の字が白く抜かれている。逢見屋の印であり、外に出るときは、板場の衆はもちろん三女将もこれを羽織る。

「前々から気になっていたんだが、どうして関の字なのかね？」

「何だ、知らねえんですかい、若旦那」

「こら、幸吉、なれなれしいぞ」

「構わないよ、何か謂れがあるのかい？」

「知るも知らぬも逢坂の関、でさ」

「ああ、なるほど。逢坂関に引っ掛けているのだね」

「えらそうにしているが、どうせ上の句は覚えちゃいねえだろ」

「ちゃんと諳んじてらあ。これはこれ、行って帰ってまた行って、だろ？」

「馬鹿、勝手に拵えるんじゃねえよ」

ぺしりと兄に頭を張られ、いてえ、と幸吉が首をすくめる。

これやこの　行くも帰るも別れては　知るも知らぬも逢坂の関

『後撰集』にある蟬丸の歌で、百人一首にも編まれている。

逢坂関は、琵琶湖の最南端に近い関所であり、古くは京の都への東の入り口とされた。

　室町頃までは存在したが、いまはもうない。しかし歌枕としては知られていて、百人一首だけでも逢坂関が入る歌は三首ある。

　中でもこの蟬丸の歌は、逢坂関そのものを歌いながら、人生観に通ずる趣きがある。

　行く人も帰る人も、知った人も見知らぬ人も、この逢坂の関で、別れてはまた逢うをくり返す——そのような意味だ。

「うん、まさに逢見屋の心意気に、ぴったりの歌だね」

「でしょ？　おれも大好きなんでさ」

「だったら、覚えろよ……」

　泰介は過ぎるほどに生真面目な男だが、弟の前では気も弛む。三人で逢見屋を出て、幸吉を交えてあれこれと語るうち、だいぶうちとけた。

　ただ、出前の道程は、思った以上にきつかった。新橋を過ぎて、増上寺を多くの末寺が囲む寺町に出た。寺町を過ぎて切通し（きりどおし）にかかると、急に背中の荷物が重くなった。

「まだ……着かないのかな」

「もう少しでさ、若旦那。この切通しを過ぎればまもなくでさ」

ふり返った泰介が、励ますようにこたえる。

切通しは、山や丘を切り開いて通した路だけに、勾配がきつい。ようやく坂道を抜けて町家に達したときには、汗みずくで息が上がっていた。

「はい、若旦那。ひと息入れてくだせえ」

幸吉がひとっ走りして、近くの井戸から柄杓に水を汲んできてくれた。半分ほど喉を鳴らして干すと、ようやく人心地ついた。

「すまないね、手間をかけさせて。これじゃあ、何のための手伝いかわからないね」

鈴之助の荷は、兄弟が背負えば片がつく。その方が、よほど早く着いたろう。これでは助っ人どころか、足手まといにしかならない。

「気に病まねえでくだせえ、若旦那。客先の手前で、汗を拭って身なりを整えるのは、いつものことでさ」

「そうなのかい？」と、泰介を仰ぐ。

「料理人は身ぎれいが身上ですから。出職みてえななりじゃ、お客も食う気が失せちまう」

「それならよかった……しかし、これを終えても、あと二軒もあるのだろ？」

体力がもつだろうかと、別の心配が頭をもたげる。

「残り二軒は、逢見屋の近所でさ。遠いところから仕出すのが、決まり事でしてね」

幸吉がこたえる。昔の逢見屋は、増上寺に近い場所に店を構えていた。三代目、お喜根の母が女将であったときに、いまの新橋加賀町に店を移したそうだが、何軒かの寺は未だに贔屓にしてくれる。

これから届けに上がる塩問屋も、その頃から続く客だという。

「それは大事なお得意さまだね。粗相をせぬよう気をつけないと」

にわかに気を引き締める。目当ての塩問屋は、神谷町にあった。

「まあまあ、よく来てくれました。子供たちも、いまかいまかと待ちかねていたのですよ」

内儀の歓迎ぶりに、それまでの疲れすらとんでいった。

「すぐ、仕度しやす。お勝手をお借りしやすね」

「ええ、どうぞ。あとは女中に、任せてありますから」

仕出しは料理屋と違って、客先での助力を必要とする。まず台所を借りて汁を温め、それから銘々皿に料理を盛りつけて膳を調える。

泰介は汁を竈にかけて、それから小ぶりの脚つき俎板を据えた。

「俎板まで、抱えてきたのか」

「兄貴のこだわりでさ。板前によっちゃ、客先から借りる人もおりやすが、傷だらけの俎板じゃ、なまくら包丁と同じだと……」

「無駄口叩いてねえで、さっさと仕度しろい」

実の兄弟とて、仕事の上では兄弟子だ。さっきまでとは打って変わって、兄は厳しく達し、弟も直ちに従う。汁と膾だけは、この場で仕上げを行うという。

「こちらさんの膾は、他所と違いやしてね。鯉を使ったあつらえものなんでさ」

仕出し料理は、冷めても美味しくいただけるよう、味や仕込みに工夫がなされている。ただ、長年贔屓とする客の中には、特別あつらえの注文を出す者もいた。

この家の隠居は鯉が好物で、鯉は春が旬とされる。毎年、初午になると、この膾を注文するのだが、時間を置くと味が落ちる料理だという。

「それを親方は、泰さんに任せてくれたのか」

うんうんと幸吉は、我が事のように嬉しそうにうなずく。

泰介は白木の俎板の上に、晒に巻いた包丁を横にして置いた。まるで神棚を前にするような、厳かな顔だった。

「よろしく、お願えいたしやす」

包丁に向かって一礼する。包丁人と呼ばれる板前にとっては、包丁こそが神器なのだ。

いっとき裏方に落とされても、板前の精神は、泰介の中に穿たれている。

包丁事は、かつては神事であった。包丁式と呼ばれ、いまもお社などで受け継がれている。山海より命をいただくことに感謝し、食材を無駄なく、かつ衛生に配慮して魚を捌く儀式だ。

泰介のふるまいはそれを彷彿させ、手本は板長の権三だろう。どんな職人にも言えることだが、技は教わるのではなく盗めと達せられる。その理由が、鈴之助にも呑み込めたように思えた。

技は教えられても、精神(こころ)は教えようがない。親方の手技を見ながら、自分であれこれと思案し工夫する。その試行錯誤の過程で、目に見えない職人の魂が自ずと伝わるのだ。

泰介の座る背後に、権三の影が見えるようだ。裏方に落とされても、泰介が逢見屋に留まる理由が、改めて察せられた。

泰介は包丁の晒をとり払い、大きな鯉の半身を俎板に載せた。鮮やかな手捌きで皮をひき、半身を三枚にそいで、一枚ずつていねいに細切りにする。そのあいだに幸吉は、蓋つきの平鉢を用意した。

「それは？」

「鯉子(こいこ)でさ」

蓋をとると、すでに調理を施した鯉子が入っていた。作り方を幸吉が説く。

鯉子は鱈子(たらこ)とよく似た代物で、まず塩水の中でバラバラにほぐす。しばし酒に浸してから水気をとり、ほんの少し塩を加えて鍋で炒(い)る。

泰介が細切りにした身に、幸吉が鯉子を纏(まと)わせて、膾ができ上がった。

「鯉の子づけ膾といいやして、こちらのご隠居さんの好物なんでさ」

「膾にも、いろいろあるものだね」

　膾といえば、大根と人参を刻んだ紅白膾が知られるが、古くは生肉を細かく刻んだものを膾と言った。『古事記』の時代のことで、江戸のいまは、白和え（しらあえ）やぬたを含めた和え物すべてが膾と呼ばれる。

　包丁と俎板を片づけて、泰介は汁の仕上げにかかり、幸吉は盛りつけを始めた。鈴之助はその手伝いだ。

「これで、どうですか？」

　煮物と膾を盛りつけて、幸吉が兄にたずねる。

「炊き合わせは、見目が悪い。蕨（わらび）は横にしねえで、斜めに立たせろ。膾はもっと高く盛れ……これをこうして、山形に仕上げろ」

　泰介の目を経て、最初の膳ができ上がった。

　店ではひと品ずつ仲居が運ぶが、仕出しはすべての皿を膳に並べて供する。その分、膳の景色は何とも派手やかだ。

「これは見事ですね。初午にふさわしい春の御膳です」

　鈴之助が感嘆の声をあげ、台所にいた女中からもため息が出る。

煮物は、春菜と海老の炊き合わせ。春菜は筍と早蕨と隠元。筍の淡い色に、早蕨の茶と隠元の緑、そして海老の紅がよく映える。

焼物は、鰆の幽庵焼き。柚子を入れたたれにつけ込んで焼いたものを、幽庵焼きと呼ぶ。

そして鯉の子づけ膾。

汁は鶉団子と土筆のすましで、糸三つ葉が散らされた。

飯は鯛の木の芽寿司。箱型の酢飯に、昆布締めにした鯛を載せる。薄い鯛の身ごしに、鮮やかな緑の木の芽と桃色の花弁が見えて、ことのほか美しい。花弁は、生姜を梅酢につけた紅生姜だった。

「やっぱり手が込んでいるねえ。あたしらには、とてもできやしない」

「お運びだけですむから、うんと楽ができるしね」

ふたりの女中とともに、総出で十二の膳を座敷に運ぶ。

鯉の子づけ膾を見たとたん、隠居は相好を崩した。

「今年もこの膾に会えるとは。これを食べると、寿命が一年延びるからな」

「おじいちゃん、それじゃあ、ずうっと長生きできるね」

幼い孫の一言に、座敷が笑いに包まれる。

一家の笑顔は、鈴之助の疲れたからだに、心地良さを運んだ。


「大丈夫ですか、若旦那。この一軒で、終いですからね」

最後の三軒目に向かいながら、やや足許がふらついてきた。神谷町までの往復で、ほぼ体力を使いきり、二軒目と三軒目が近所であったのは幸いだった。

裏方の兄弟は、器や膳を引きとりに、もう一度客先に出向くというから恐れ入る。

「板場の衆が、これほど大変な思いをしているとは、頭が下がるよ」

「去年の初午よりは一軒少なくて、そのぶんは楽ですがね」

「ああ、おれもそいつは気になっていた」

軽い調子の弟に対し、兄は眉を曇らせる。

「何か、気掛かりでもあるのかい？」

「去年もおれと兄貴で、今年と同じ客先に出向いたんでさ。でも一軒だけ、注文が入らなかった。そいつを兄貴は、気に病んでいやしてね」

権三の仕切る料理に、間違いはない。仕出しをこなした自分の粗相かと、泰介は気を揉んでいるようだ。

「泰さんが憂うことは何もないよ。泰さんの仕事には、気持ちが籠もっているからね」

決して世辞ではなく、半日のあいだ泰介を見て、心からそう思った。

「料理はもちろん、客への礼や作法も行き届いていた。文句のつけようなどあるものか」

「若旦那……」

「ほらな、おれが言ったとおりだろ？　おれも同じに言ったのに、弟の身びいきだときき入れなくて」

「たぶん、客の側に何か事情（わけ）があったんだろう。あるいは浮気をされたかな」

「浮気、ですかい……」

泰介が、悔しそうに唇を噛む。流行りの料理屋に、鞍替（くらが）えされるのはままあることだと、お千瀬からもきいている。板長を心から慕う泰介には、それもまた受け入れがたいに違いない。

「三軒目が終わったら、帰りに一杯やらないか？　世話になった礼に馳走するよ」

調子を変えるつもりで、鈴之助が誘った。

「まだ膳下げも残ってますし、仕事が終わるまでは……」

「兄貴は強くねえんでさ。すぐ顔に出ちまって」

「それなら、甘味屋に行こう。ちょうど彼岸の最中だし、ぼた餅でもどうだい」

「おれ、ぼた餅もおはぎも大好きです！」

「どっちも同じものだろうが」

喜ぶ幸吉に、泰介が渋面を返す。たしかにぼた餅とおはぎは全く同じもので、名称の違いには諸説あるものの、春の彼岸の頃は、牡丹(ぼたん)に似るところからぼた餅、秋の彼岸は秋草の萩(はぎ)に見立てておはぎと呼ぶ。その説が、もっとも広く語られていた。

「よし、ぼた餅のために、もうひと働きだ」

勇んで足を踏み出したとたん、からだが逆に引き戻された。背中に負った籠が、何かに引っかかったのか。からだが後ろにそり返り、派手に尻餅をつく。籠の中で器が割れる、大きな音がした。鈴之助には、何が起きたのかすらわからない。ふり返った幸吉が、鈴之助の頭越しに怒鳴りつけた。

「このガキ、何しやがる！」

後ろに目をやると、一目散に逃げていく子供の姿が見えた。

「ちっきしょう、あの野郎、とっ捕まえてやる！」

「よさねえか、幸吉、この上料理まで駄目にするつもりか」

両手に岡持ちを提げているだけに、追いかけることもできない。それも見越してか、遠くに逃げた子供が、足を止めて叫んだ。

「逢見屋の料理なんて、クソ食らえだ！」

子供が走り去った後も、声に打ちのめされたように、三人はしばし茫然とした。

「なんてえ言い草だ！　あくどいにもほどがある」

幸吉が、地団太を踏んで悔しがる。

「子供の悪戯にしては、少々度が過ぎているね」

「若旦那は、お怪我ありやせんか？」

「ああ、私は大丈夫だ。だが、瀬戸物をいくつか駄目にしちまったようだね」

「若旦那には、この岡持ちをお願いして、おれが逢見屋までひとっ走りしてきまさ」

幸吉の手から岡持ちを受けとって、背中の籠を託す。ふたりで先に客のもとに向かったが、泰介はずっと無言のままだった。

「たかが子供の戯言だ。気にすることはないよ」

泰介を慰めながらも、実は鈴之助も、ひどく気にしていた。あの子供は、たしかに店の名を出して悪しざまに言った。逢見屋に対して、何がしかの鬱憤を抱えている。たとえ逆恨みにせよ、あんな子供に恨まれるのは寝覚めが悪い。

もしや、伊奈月の板前が、関わっているのだろうか？

心配事というものは、考えれば考えるほど、むくむくと際限なくふくらむ。となりを歩く兄も同じかと思えたが、泰介はまったく違うことを考えていた。

「いや、あの子供、どこかで会ったような気がして」

「え、そうなのかい？」

「ただ、どこで会ったのか、どうしても思い出せなくて」

泰介は、しきりに首をひねる。当の鈴之助は、子供が背中の側にいただけに、顔はおろか年頃すら判別がつかない。

「背格好からすると、十くらいですかね」

「逢見屋を知っているなら、近所の子供かもしれないね」

近所だけでも、子供はそこら中にあふれている。泰介が難儀するのも仕方がない。

まもなく客先に至り、幸吉も思った以上に早く、新しい瀬戸物を携えてきたが、
とんでもない知らせをもたらした。

「あのガキにやられたのは、若旦那だけじゃねえんでさ。他にもふたり、同じよう
に仕出しに向かう折に襲われやして」

まさかの顚末に、言葉を失う。

「そっちは料理が駄目になっちまって、親方が急いで作り直してるところでした」

「何てこったい……」

と、泰介が深刻な顔をする。

「襲ったのは、同じ子供で間違いないのかい？」

「背格好なぞをきいた限りじゃ、おそらく。ひとりは体当たりされて、もうひとり
は岡持ちをぐいと引かれたそうですが……捨て台詞は同じだったと」

「逢見屋の料理なぞ、クソ食らえ、か……」

鈴之助が、口の中で呟く。

「畜生、きっと見つけて、とっちめてやる！」

　幸吉は大いに気を吐いたが、いまは仕出しを済ませるのが先だ。

　兄が椀の仕度をし、弟が盛り付けをはじめる。鈴之助も、今日三度目となるだけに、だいぶ慣れてきた。青磁の俎板皿に置かれた焼物や、赤絵の鉢に盛られた膾を膳に並べる。

　近所の二軒の膾は、青柳と若布の酢の物だったが、二軒目は酢と醤油だけの二杯酢で、三軒目は砂糖を加えた三杯酢と、やはり客の好みによって細かな配慮がなされる。

　三軒の仕出しを終えて、肩の荷はひとつ下りたものの、やはりさっきの子供のことが気にかかる。泰介も浮かぬ顔で、幸吉もずっと仏頂面をしていたが、帰りに立ち寄った甘味屋は、多少の験直しになった。

「旨いね、兄ちゃん」

「ぼた餅ひとつで直るとは、安い機嫌だな」

「ここのぼた餅は、大きいことが売りでね」

　鈴之助と泰介はひとつで十分だったが、幸吉はふたつでも足りず、鈴之助が気前よく頼んだ三つ目を、嬉しそうに頬張る。

「おい、口のまわりに餡がついてるぞ。ったく、子供と同じだな」

弟に手拭いをさし出した兄が、あっ、と大声をあげた。

「どうしたい、泰さん」

「思い出しやした！　さっきの子供とどこで会ったか」

「本当か、兄貴。いったいどこで？」

「幸吉、おめえも見たはずだぞ。去年の初午の二軒目だ」

「二軒目……ああ、そうか！　一年ですっかり背丈が伸びちまって、わからなかった」

幸吉も、合点のいった顔をする。鈴之助は、性急にたずねた。

「あの子は、どこの誰なんだい？」

「硯師(すずりし)の親方の、坊ちゃんでさ。さっきお話しした、去年の初午で仕出しをした四軒のうちの一軒で」と、泰介が応える。

「もしや、今年は注文がなかったというお客かい？」

「さいでさ。親方は『亀井文吾(かめいぶんご)』といって、そのまま看板にしていやす。かなり名の知れた硯師で、弟子も多い。去年の初午には、十人前の注文を受けやした」

「なるほど……硯師なら、初午は大事な日だ。祝うのも道理だね」

初午は、子供が手習所に入門する日でもある。陰暦では春の盛りにあたり、この風習は後の世まで残った。入門前には、子供のために筆や硯をあつらえる。

文具をあつかう店や職人にとって、いわば初午までが書き入れ時にあたる。仕出しを頼むのは、弟子たちへの慰労の意味もあるのだろう。

亀井文吾は、京橋川沿い(きょうばしがわ)の南八丁堀(みなみはっちょうぼり)にあるという。逢見屋からはやや遠く、去年は塩問屋の後、二軒目に仕出しをした。

「去年の坊ちゃんのようすは、どうだったんだい？」

「えらくはしゃいでやした。料理が待ちきれなくて、勝手にまで顔を出して。ぼた餅を食った後らしく、口のまわりが餡だらけで」

「ああ、それで幸さんを見て、思い出したんだね」

「そういや、仏前のぼた餅を勝手に食べたと、おっかさんに咎(とが)められていたな。去年はまだ小(ちっ)こくて、叱られても嬉しそうにおっかさんに甘えていた」

「荒(すさ)んだ気配なぞ、どこにも……それでさっきは、気づかなかったんでさ」

幸吉が言って、泰介もうなずく。兄弟は去年一度行ったきりだが、ここ七、八年ほどは、贔屓にしてくれた客のはずだと、兄がつけ加える。

「逢見屋にしてみれば新参に入りやすが、贔屓客には違いありやせん。離れちまったのは、やっぱり応えて……」

「うん、気になるね。どうせなら、これから行ってみないか？」

荷物がなければ、さしたる距離ではない。兄弟も同意して、三人は甘味屋を出て京橋川を目指した。


南八丁堀町は、京橋川の南岸沿いに五丁が並び、亀井文吾は四丁目にあるという。兄弟の案内で、四丁目の裏通りに入ったが、中ほどで幸吉が素っ頓狂な声をあげる。

「あれえ？　たしかにこの辺にあったはずなのに、看板がどこにもねえぞ」

「おかしいな……通りを間違ったか？」

兄弟はしばし、うろうろきょろきょろしていたが、やはりここに違いないと、一軒の町家を指した。いまは板戸が立てられて、人の気配すらない。

「打ちそろって、稲荷参りでも行ったのかな」

「それなら留守番のひとりくらい置くだろう」

「もしかして、潰れちまったとか？」

板戸の前で戸惑い顔をつき合わせていると、となりから声がかかった。

「ちょいと、あんたたち、亀井さんなら越しちまったよ」

となりは煮豆屋で、惣菜（そうざい）を買いにきた近所のかみさんのようだ。

「え、そうなんですか？　それはいつ頃？　いったいどちらに？」

「たしか、去年の立夏の頃だから……かれこれ十月（とつき）ほど前になるかね。半蔵御門（はんぞうごもん）の近くにね、大きな仕事場を構えたそうだよ」

「そうでしたか」

半蔵御門は、城の西側にあたる。逢見屋に近い山下御門とは、まったく反対の方角だ。

「なるほど、引っ越したなら仕方ない。今年頼まれないのも道理だよ」

「さいですね」と、泰介も安堵の表情になる。

「だったら、あのガキは？　何だって逢見屋（うち）に喧嘩をふっかけてくる？　ますますわからねえよ」

「言われてみれば……」

「たしかに……」

幸吉の文句は、さもありなんだ。鈴之助は、煮豆屋の客にたずねた。

「あのう、この家に十歳くらいの坊ちゃんがいたはずですが……坊ちゃんも、新しい住まいにご一緒に？」

「そりゃ、そうだろうよ。子供を置いていくはずがないじゃないか」

ですよね、としか返しようがない。

「それにしても、女房がお武家となると、やっぱり羽振りが違うね」

「あのおかみさん、お武家だったんですかい？」と、幸吉が口を出す。「むしろ粋な風情で、そんなふうには、とても見えなかったが」

「ああ、そりゃ、前のかみさんだろ？」

「え！　じゃあ、離縁なすったんですかい？」と、泰介が目を剝く。

「離縁というか、前のかみさんとは、ちゃんとした仲じゃなく……ええと、何だったかね。あたしゃ一丁目から来ていてね、この店のことは煮豆屋のかみさんからの又聞きなんだよ。ちょいと、おかみさん！」

　大きな声で呼ばわって、店の内から、客と同じ年頃の四十がらみの女が顔を出した。

「ねえ、何ていったっけ？　亀井さんちの前のおかみさん」

「ああ、おわくさんだね。あの人を訪ねてきたのかい？　おわくさんも可哀相にねえ」

「新しい嫁さんをもらうからって、追い出されちまったんだろ？」

「まあ、結局はそうなるだろうね。もっともあの人も芸者上がりで、押しかけ女房みたいにして納まっちまった手合いだからね」

「でも、子供だっていたんだろ？」

「いや、あの子は違うんだよ」

「あの子は、最初のかみさんの子供でね。産後の肥立ちが悪くて、実の母親は、あの子を産んでひと月ほどで亡くなったんだ」

「おや、そうだったのかい。てっきり実の親子かと。何度か見かけたけど、えらく仲がよかったじゃないか」

「あの子が三つになる前から、育てているからねえ。なさぬ仲だってのに、ずいぶんと可愛がっていたもんさ。あの子もすっかり懐いちまって、おっかさん、おっかさんて甘ったれて」

かみさんがふたりに増えると、かしましさは三倍増しだ。ようやく口を挟む隙を見つけて、鈴之助がたずねる。

「坊ちゃんの名や歳は？」

「ああ、清太(きよた)というんだ。歳は八つ……いや、年が明けたから九つだね」

数え歳は、正月が来るたびにひとつ増える。

「そういや、昼前に一度見かけたよ。すっかり丈が伸びちまって、初めはわからなかったがね」

「坊ちゃんは何と？」

「近くまで来たから、古い家を見にきたって。でも本当は、もとのおっかさんを探していたのかもしれないね。おわくさんの居所を知らないかときかれたからね。知らないとこたえたら、えらくがっかりして帰っていったよ」

「なるほど、その腹いせで、うちにとばっちりがきたわけか」

鈴之助が了見し、さらに煮豆屋の女房からあれこれと仔細をききとった。その話が終わらぬうちに、幸吉がいきなり叫んだ。

「ああっ！　見つけた！」

皆の目が、幸吉の示す方角に集まる。そこには、あの子供がいた。

「おや、清坊じゃないか！　また来たのかい？」

煮豆屋のかみさんが声をあげると同時に、子供はくるりと向きを変え、駆け出した。

「今度こそ逃がすか！　待ちやがれ！」

幸吉が猛然と走り出す。荷がないだけに、まるで鹿のような速さで、逃げた兎を追いかける。清太も子供にしては俊敏で、半丁ほどかかったものの、幸吉の腕が襟首を捕らえた。

「離せ！　離せよ！」

「離すものか！　おとなしくしやがれ！」

じたばたともがく子供を、幸吉が押さえつける。鈴之助と泰介が、ようやくふたりに追いついた。

「おい、仮にも客だ、あまり手荒くするな」

「そうはいっても、兄貴、押さえてねえとすぐ逃げちまう……いて！　蹴るんじゃねえよ」

　子供の暴れようはすさまじく、叫び声で否応なく人の目が集まる。これでは子供に無体を働く暴漢だ。鈴之助はしゃがみ込み、幸吉に羽交い締めにされた子供と目線を合わせた。

「清坊（きよぼう）ちゃんは、お母さんに会いたいんだね」

　抗っていた子供が、ぴたりと動きを止めた。濃い眉の下の大きな丸い目が、鈴之助を見極めようとするようにじっと見詰める。

「……おっかさんて、誰のことだよ？」

「そりゃ、おわくさんさ。何人の親がいようと、清坊ちゃんにとっては、おっかさんはひとりきりだろ？」

　ひどく真剣な顔で、子供はこっくりとうなずいた。

「もしかしたら、お母さんを探し出せるかもしれない」

「本当か？」

「必ずとは言えない。でも、行方を知っていそうな人が、うちにいるんだ。一緒に逢見屋まで、来てくれるかい？」

店の名を出すと、警戒を露わにする。

「おれを、折檻するつもりか？」

「そんなことはさせない。それだけは約束するよ」

「でも、それでもいい！　おっかさんに会えるなら、いくら殴られてもかまわない！」

必死の思いが、胸を打つ。それは幸吉にも届いたようだ。押さえていた手を離し、子供を労るようすを見せた。

「無茶をして、悪かったな。どこか痛めてねえか？」

子供の着物の埃をはたき、手足を検める。しかめ面のまま、清太が首を横にふる。

その隙に、泰介がこそりと耳打ちした。

「大丈夫ですかい、若旦那。おわくさんの行方に、本当に心当たりがありなさるんで？」

「私ではなく、お義母さんだよ」

「女将さんが？」

「さっきの煮豆屋のかみさんの話で、思い出したんだ。帳面にあった亀井文吾の仔細の中に、『牡丹さま贔屓により』とあった。店の名だと思っていたが……」

「ああ、芸者の名だとすると、しっくりきますね」

「あれはお義母さんの字だ。芸者の牡丹を知っているなら、置屋にも辿り着けよう。置屋の女将は、芸者にとってはそれこそ母親同然。切っても切れない仲だからね」

兄とひそひそ話を交わすうちに、弟は子供との仲直りを果たしたようだ。

「去年の料理の中では、何がいちばん旨かった？」

「ぼた餅」

「そいつは料理じゃなく、菓子だろうが。そうじゃなく、おれたちが調えた膳の中でだな……」

「ぼた餅！」

「頑固だな、おめえも。まあ、ぼた餅は、おれも好物だけどよ」

幸吉と子供のやりとりは、何やら微笑ましい。

「お彼岸になると、おっかさんがぼた餅を拵えてくれた。あのぼた餅が、いっとう好きだ」

「おっかさんのぼた餅が相手じゃ、さすがに分が悪い。たしかに敵いっこねえな」

と、幸吉が引き下がる。ぼた餅は、芸妓名の牡丹に通じる。験を担ぐ意味もあったのだろうが、清太にとっては紛れもない母の味だ。

「おっかさんに逢いたくて、遠い新宅から、ひとりでここまで来たんですかね」

「探しようがなくて、逢見屋の法被に八つ当たりをしたのだろうね」

最初は、衝動に近いものだったのかもしれない。母を探しあぐねていた折に、見覚えのある法被の印が目にとびこんできた。その丸に関の字の印に向かって、己の腹立ちをぶつけたのではないか。鈴之助は、子供の気持ちをそのように推し量った。

「引っ越したのは、去年の立夏の頃ときいたから、四月かい？」

鈴之助の問いに、ん、と清太がうなずく。

「だったら、初午の仕出しが、最後に食べた逢見屋の料理だったんだね？」

子供の瞳が、急にうろうろし始める。内心の動揺が、そのまま伝わるようだ。

「料理は、どうだった？　何か不足があったかい？」

頑固に結ばれていた口許が、大きくゆがんだ。

『逢見屋の料理なんて、クソ食らえだ！』

さっき放った言葉が、向きを変えて自分に刺さる。それが痛くてならないのだろう。涙がこぼれるより前に、泣き声があがった。

「旨かった……旨かったよお！　だから、悔しくて……」

追い詰めるつもりはなかっただけに、鈴之助はもちろん兄弟もおろおろする。

「ごめんなさい……ごめんなさいぃぃぃ！」

天に向かって、清太が声を張る。人目を引くことこの上ない。

「坊ちゃん、もうわかりやしたから……」

「腹へってると、悲しくなるからな。帰ったら飯食わせてやるから、もう泣くな」

兄弟が必死になだめ、どうにか子供の声が大泣きからすすり泣きに変わる。

ほら、と幸吉が右手をさし出すと、清太は黙ってそれを握った。

〝咎人(とがにん)〟である清太が、板場の衆に見つかるのは具合が悪い。店を避けて母屋に連れていき、ひとまず幸吉に預けた。

板長への報告は泰介に頼み、まず鈴之助は、お千瀬を探した。

「姉さんなら、まだ客先よ。いちばん遠くて数も多いから、戻りは遅くなるときいているわ」

店はすでにひと段落ついたようで、手伝いを終えたお丹が応えた。

「そうか……お千瀬の助太刀(すけだち)は頼めないか」

妻の介添えもなく女将に頼み事をするなぞ、鈴之助には荷が重い。まさに虎穴に挑むような心持ちで、女将の座敷に行き、事情を話した。

「よけいな真似はしないようにと、言ったはずですよ！」

開口一番、ぴしゃりとやり込められて、たちまちからだがすくんだ。

「何より、ご主人である亀井文吾さまのご承知なしに、勝手なことはできません。いくらお客さまとのつき合いが深くとも、身内の悶着に口を出すのはご法度です」

女将の説教をききながら、清太を思い出していた。折檻されてもいいから母に会いたいと、乞うたときのあの顔、あの声。切ないまでのあの思いを、無下にはできない。

「お言葉ですが……逢見屋を長年贔屓にしてくださったのは、親方ではなく、おわくさん、いえ、牡丹姐さんです。違いますか？」

お寿佐がかすかに怯んだ。鈴之助も、なけなしの勇気をふり絞る。

「牡丹さんと清太坊ちゃんを、会わせてさし上げるべきです。昔、牡丹さんがいた置屋も、女将ならご存じのはず。お願いです、教えてください」

「なりません。新妻を迎えて、新たなご一家となられた亀井さまに、水を差すことになります」

「それは、大人の都合でしょう！　子供には関わりなく、もちろん責めもない。逢見屋に八つ当たりするしかなかった、どこにも持っていき場のなかった、あの子の気持ちはどうなります！」

ぴくりと口の片端が動いたが、お丹に似た気強い面差しは揺らがない。

「悶着に口を出すなと申しますが、すでに逢見屋は巻き込まれているのですよ。せっかくの料理が何皿も駄目にされて、皿小鉢も割られて。そのつけは子供ではなく、大人が払うべきです」

「まさか、そのつけをおわくさんに肩代わりさせようとでも？」

「肩代わりしてもらうのは、金ではなく、別のものです」

ふいに、すぐ近くで鳥の声がした。何かを語るような高く美しいさえずりは、鈴之助の耳にも馴染んでいる。

安房蔵が飼っている目白だった。

愛らしい姿と声の良さを愛でて、目白は籠鳥として重宝される。今日は暖かいから、籠を縁に吊るしてあるのだろう。最近は、お桃もよく世話をしている。

心地良い音色のはずが、女将は目をつむり顔を背けた。鳥の声はなかなかやまず、痛みを堪えるように、眉根を強く寄せる。

「もしや……あの声が、気に障りますか？」

「え？　いえ、ああ、そうね……今日は頭病みがするものだから、少々響いて」

鈴之助は中座して、軒先に掛けられていた籠を外した。物音に気付いたのか、縁の先から、ぴょこりとお桃が顔を出す。

「そろそろ日が陰るから、目白もおうちに帰る頃だ。お義父さんの座敷に、もっていってくれるかい？」

お桃は素直にうなずいて、籠を大事そうに抱えていった。

座敷に戻ると、お寿佐は落ち着きを取り戻していたが、いつもとはどこか違って見えた。何と言ったらいいか、常に身につけている女将の鎧が、急に厚みを失ったかのようだ。その姿は思いのほか頼りなく、鈴之助は戸惑いを覚えた。

「加減の悪い折に、すみません。ですが……」

なおも粘ろうとする鈴之助を、お寿佐は身振りでさえぎった。長いため息をつき、居住まいを正す。

「おわくさんは、亀井の家を出られる折に、逢見屋にもわざわざ挨拶に寄ってくださいました」

「え、まことですか?」

「そのときに、事情を伺いました。新しい奥方を迎えるよう、親方に勧めたのは、おわくさんです」

「さようでしたか……」

「この際です、初手から話しましょう。牡丹姐さんは七年前まで、増上寺門前の『於とく』という置屋におりました。その置屋が、逢見屋を贔屓にしてくださったのです」

なるほど、と鈴之助が黙ってうなずく。

置屋は娼妓や芸者を抱える家で、茶屋や揚屋からお呼びがかかると、芸娼妓を送り出す。

於とくは芸者だけを置く芸者置屋で、祭事などのたびに逢見屋に仕出しを頼み、それはいまも続いている。置屋で馴染んだ味が忘れがたく、おわくは亀井の家に入っても、引き続き注文をくれたのだ。

「当時はまだ文吾親方も一介の硯師に過ぎなくて、お武家をはじめ上客に引き合わせたのも、牡丹姐さんであったおわくさんです」

おわくは最初、あくまで芸者として、好いた男を支えるつもりでいた。芸者をやめて亀井の家に入ったのは、それまで清太の面倒を見ていた文吾の母が身罷ったからだ。

清太は三つに届く前、もっとも手のかかる時期だ。難儀する文吾を見かねて、おわくは自ら清太の世話をした。ほどなく清太も懐き、またその頃から、おわくが繋いだ上客たちから、次々と注文が舞い込むようになった。

「親方も、おわくさんへの恩を、ことのほか深く感じています。それでも、去年舞い込んだ縁談は、亀井文吾の大成のためには何よりの足掛かりになると、おわくさん自らがご主人を説き伏せました」

縁談をもちかけたのは、書家としても高名な旗本だった。硯師としての腕と、曲がりのない気性を買って、表向きはひとり身だった職人を、自身の姪と添わせたいと望んだ。

半蔵御門外に、広大な旗本の屋敷がある。その一角に仕事場を構えさせ、存分に硯に打ち込んでほしいとの申し出だった。

文吾硯の名を後世まで残すには、硯師の腕だけでは成就しない。庇護者や宣伝も必要となり、件の書家は、いわば生涯でたった一度引き当てた、富くじの一等に等しい。決して逃してはならないと、おわくは旗本の姪との婚姻を勧め、自身は身を引いたのだ。

「そのような経緯がありましたか……」

しかし子供には、大人の道理は通用しない。母と別れることに、清太は最後まで抗い続け、おわくはとうとう心ない台詞をぶつけるしかなかった。

『実の母親じゃないと、おまえも知っているだろう！　いつまでもべたべたされるのは、迷惑なんだ！』

「ひどいことを口にしたと、おわくさんはここで、泣きながら悔やんでいました」

このときばかりは哀れに思えてならなかったと、お寿佐も声を落とした。

「おわくさんは、嘘が下手なお方のようですね」

「え？」

「逢見屋で罰を受けるかもしれないのに、お母さんに会いたい一心で、私たちについてきた。清坊はきっと、お母さんの嘘に気づいていたんです」

「ええ……おわくさんは、そういうお人です」

お寿佐は、ふっと微笑んだ。鈴之助が、初めて目にする女将の笑みだ。それで気づいた。

「女将とおわくさんは、仲のいい間柄だったのですね」

わざわざ挨拶に来て、込み入った仔細を明かし、涙さえこぼした。いくら仕出屋が家の事情に通じていても、お寿佐への親愛がなければ、そこまではすまい。

「特に仲がよいわけでは……於とくや亀井文吾には、私も伺ったことがありますし、おわくさんは人好きのする方ですし」

少々具合が悪そうに弁解する。

「歳は離れていても、馬が合ったのではありませんか？」

「どうでしょうか……ただ、あの親子の睦まじい姿をながめていると、何やら安堵できました」

「安堵、ですか……」

語り過ぎたと気づいたのか、女将が顔を引き締める。

「いまの話をきいても、やはりおわくさんと坊ちゃんを会わせるべきだと？」

「はい、むしろ伺う前よりも、切に思います。清坊はただ、確かめたいんです。お母さんの最後の言葉は、やはり嘘だったと」

子供のためというのは、大人の言い訳に過ぎない。ひどく複雑に絡まった大人の情は、くしゃくしゃによじれた糸玉のようなものだ。子供ではほどきようもなく、苛々ばかりが募る。いちばん大事な一本だけを示してやれば、それだけで子供は安心できる。

お寿佐はしばし、婿を見詰めた。臆してはならないと、鈴之助も必死に視線を受け止める。

「わかりました、いいでしょう。おわくさんは、いまも於とくにおります」

「では、清坊を連れて、すぐに向かいます」

「芸者姿のおわくさんを、子供に見せるつもりですか？　そういうところは、まことに考えなしですね」

意見が通ったと思いきや、容赦なくやり込められる。

「坊ちゃんをお預かりしていると、亀井さまには知らせたのですか？　子供がいなくなって、さぞかし心配なされておりましょう」

「ああっ、すみません！　そこまで気づきませんでした」

まだまだと言いたげに、短くため息をつく。

「於とくと亀井文吾には、私から使いを送ります。おわくさんには、こちらに来ていただきましょう」

「いらして、くださるでしょうか？」

「逢見屋の被った難を記せば、とんできなさるでしょう」

お寿佐の策は見事に当たり、使いに出した板場の裏方とともに、おわくは逢見屋に駆けつけた。

「このたびは、こちらさまにたいそうなご迷惑をおかけして、詫びのしようもありません」

座敷に通されるなり、おわくはお寿佐の前で平謝りした。

「駄目にした料理や器のお代はもちろん、詫び料はきっちりとお払いしますし、二度とこんな真似はさせません。伜にも、よくよく言ってきかせますので……」

「おわくさん、落ち着いてくださいましな。詫び料をいただくつもりなぞ、端からありませんよ。むろん、息子さんをどうこうする腹もありません」

「ですが、女将さん……」

「ああ、いらしたようですね」

廊下から幸吉の声がかかり、お寿佐が入るよう促した。襖が外から開かれて、子供の顔が覗いた。

「おっかさん……」

同席していた鈴之助が驚くほど、清太は幼く見えた。

幸吉に背中を押され、おずおずと母の前に行く。

「おっかさん、おれ……」

「この馬鹿！　己が何をしたか、わかっているのかい！」

芸者だけあって、何とも歯切れのいい叱りようだ。ひくっと喉が鳴り、子供の輪郭がたちまちふやける。

「こちらさまの料理はね、ひと皿ひと鉢、心を込めて作っていなさるんだ。だからあんなに美味しいんじゃないか。それを知っていて、どうしてあんな罰当たりを！」

ぽんぽんと容赦のない責めに、とうとう子供が泣き出した。

「……ごめん、なさい」

「あやまりゃ済むってもんじゃないんだよ。おまえがやったのは、おとっつぁんが丹精して仕上げた硯を、粉々に砕いたと同じことなんだ。料理も硯と同じ、一期一会の代物なのに、駄目にしちまったら二度と返らないんだよ！」

「ま、まあ、おわくさん、その辺で……」

「坊ちゃんも、もう十分わかっているようですし」

日頃はそりの合わないお寿佐と鈴之助が、ふたりがかりで止めに入る。

「いいえ、子供の粗相は、親の私に責めがあります。きちんと言いきかせなくては……」

「……本当？」

清太が、ふいに泣きやんだ。痛いほどに真剣な眼差しが、おわくに注がれる。

「おっかさんは、いまもおれのおっかさん？　離れても、おれはおっかさんの子供？」

虚を突かれて、おわくがはっとした。子供と視線を合わせたまま、動きが止まる。おわくの中では、気持ちが激しくせめぎ合っているのだろう。決着がつくまで、長くはかからなかった。

「あたりまえだろ！」

ぎゅっと清太を抱きしめる。

「清太は私の子だ。私は清太のおっかさんだよ！」

温もりを確かめるように、母親が子供の頭に頬ずりし、清太も離すまいとしがみつく。

久方ぶりの親子の再会に、鈴之助ももらい泣きし、幸吉もぐしっと洟をすする。

「よかったな清坊、これでまた、おっかさんのぼた餅が食えるな」

すい、とお寿佐が立ち上がり、そのまま座敷を出ていった。

その横顔に光るものが見えたのは、鈴之助の思い違いだろうか。


「では、おわくさんと坊ちゃんは、会うことが叶うようになったのですか」

「月に一度ほどだがね、ご主人が坊ちゃんに許しを与えた」

その晩、夫婦ふたりきりになると、お千瀬に事のしだいを語った。

おわくより遅れて、日がすっかり陰った頃、父親も逢見屋に現れた。清太がいなくなり、方々を探していたようだ。息子の不届きを詫びた上で、お寿佐の助言をきき入れて、おわくと清太の気の済むようにさせると約束した。

「念のため、文吾親方にも確かめたが、伊奈月とはまったく関わりはないそうだ」

それがわかっただけでも儲けものだと、鈴之助が安堵する。

「今度の一件が無事に片付いたのは、鈴さんのおかげです。やはり私が見込んだとおり、頼りになる旦那さまです」

「おだてるなよ、お千瀬。泰さんと幸さんのおかげだよ」

謙遜(けんそん)しながらも、自ずと顔がにまにまする。

「首を突っ込み過ぎるな、お客さまとの間合いを大切にしろと、お義母さんにはたっぷりと説教を食らったしな」

「たしかに、お客さまの居心地を損なわぬよう、ほどよい間を身につけろと、私も教わりましたが」

「その辺が、私はまだまだということだね」

「鈴さんは、鈴さんなりの間合いで良いのでは？　女将という立場より、ほんの少し近しくつき合える。鈴さんには、似合いに思えます」

妻に持ち上げられると、他愛なくその気になる。頭に浮かんだお寿佐が、調子に乗るなと戒めた。

「そういえば、お義母さんは、もしかすると鳥が嫌いなのかい？」

「鳥、ですか？　いいえ、特にそんなことは……」

「お義父さんの飼っている目白がね、気に障っていたごようすだから」

「ああ、あの目白なら……たしかに母は、好いてないかもしれません」

治ったはずの傷が痛んだように、お千瀬の表情が曇った。

「父と母のやりとりを、立ち聞いてしまったことがあって」

お千瀬が、四つ五つの頃の話だ。父の安房蔵は縁側で、目白に餌(え)をやっていて、その背中の側に、母のお寿佐が立っていた。

お千瀬にきこえたのは、母が放ったたった一言だ。

「『その目白は、私へのあてつけですか』と」

「あてつけ？」

「幼い頃は、何のことかはわからなくて」

「で、お義父さんは何て？」

「何も……ふり向きもせず、黙って目白に餌を与えてました」

その背中が意外なほどに頑迷で、母は辛そうに顔を歪ませたが、何も言わずにその場を去った。

「子供心にも、見てはいけないものを見たような気がして……あんまり怖くて、その日の晩、婆やに打ち明けました」

旦那さまがたいそう目白を可愛がるから、女将さんは焼き餅をやいたのだろう。

気にせぬようにと、おすがはなだめたが、怖い思いばかりは古傷のように残った。

お千瀬が四つ五つというと、十七、八年は前になる。

「目白はそんなに長生きなのかい？」

「いえ、籠鳥でもせいぜい七、八年です」

前の鳥が死ぬと、また別の鳥をもとめて、安房蔵はひたすら目白を飼い続けているという。

「大人になってから、気づいたの。あの目白は、お父さん自身の姿じゃないかって……」

逢見屋という籠に閉じ込められて、ただ餌だけを与えられる存在は、たしかにこの屋の婿の境遇に重なる。お寿佐があてつけだと文句をつけたのも、うなずける。

「どちらも私には大事な親ではあるけれど……ああはなりたくない、あんな夫婦は嫌だって思ったの」

「そうか……」

「だから、鈴さんと出逢えて嬉しかった。この人となら一生仲良く暮らせる。共白髪になるまで、添い遂げられる。心から、そう思えた」

妻の真心は、どんな火鉢や炬燵(こたつ)より温かい。心もからだもぽかぽかになって、幸せに満たされる。

安房蔵とお寿佐にも、かつては睦まじい頃があったのだろうか。

頭の隅でちらと考えたが、妻の吐息で押し出された。

第五章　菱に片喰

二月の半ばを過ぎたその日、お桃が鈴之助を呼びにきた。

といっても、相変わらず言葉は足りない。

「うん？　何だい、お桃ちゃん」

「見て」

と、店の方角を示す。今日は手習いが休みのようだ。何を見せたいのかわからぬまま、義妹に手を引かれ、母屋から店へと向かう。

「あ、ひょっとして、お雛さまかい？」

「まだ」

と、首を横にふる。男兄弟だけに、実家では雛人形など無縁だった。

「じゃあ、雛人形はいつ飾るんだい？」

お桃は少し考えてこたえた。

「二月晦日の少し前」

「ああ、そういえば、たしか雛市（ひないち）もその頃からだったね」

江戸では二月二十七日から三月二日まで、雛人形を売る雛市が立つ。

もっとも有名なのは、日本橋本石町（ほんごくちょう）の十軒店（じっけんだな）であろう。

名のとおり道の両脇を占める十軒の店に加え、そのあいだの往来にも出店が立ち、たいそうにぎわう。雛市には雛人形、端午の節句の兜市（かぶといち）には兜人形や鯉幟（こいのぼり）、そして師走の歳暮市には破魔弓（はまゆみ）や手毬（てまり）、羽子板などを商う。他にも人形町や麹町（こうじまち）、牛込（うしごめ）神楽坂（かぐらざか）など、十ヵ所ほどでこの手の市が立った。

「逢見屋のお雛さまは、やはり段飾りかい？」

ふり向いたお桃は、指を三本立てて三段だと示す。

「おばあさまの頃、ずいじんと五人囃子（ばやし）」

「ずいじん……ああ、随身（ずいじん）か。左大臣と右大臣だね。そうか、人形が増えて、三段飾りになったんだね」

お桃との会話も、だいぶ慣れてきた。言葉足らずもまた、なぞかけのようでなかなか楽しい。

「それにしても……あの大女将に娘の頃があったなんて、ちょっと信じられないね」

「びっくり」

と、見開いたお桃の目が、三日月の形に垂れる。こういう笑顔も、よく見せるようになった。

逢見屋の雛飾りについては、いつものごとく、後でお千瀬が話してくれた。話のついでに、雛人形の歴史もひもとく。

「雛人形が華やかになったのは、安永の頃だそうですよ。おばあさまが幼い頃は内裏雛だけで、その頃に古今雛が作られてから、さまざまな人形が増えたそうよ」

安永というと、五十年ほど前になる。

一対の男雛と女雛が内裏雛で、江戸の初期までは造りも素朴であったが、時代が下るごとに技巧が進み、百年ほど前に登場した享保雛が、雛人形の原形となる。

能面のような美しい顔立ち、微細な手指の細工、豪華な衣装、髪の植毛により、雛人形は格段の進化を遂げる。

そして安永の頃に、十軒店にある原舟月が、古今雛を作製する。享保雛のあでやかさを踏襲しながら、何よりの特徴は、水晶やガラス玉を嵌め込んだ目にあった。

古今雛は後の世まで受け継がれ、いわば雛人形はここに完成する。

同じ頃から、随身や三歌人、五人囃子の人形が大衆にも浸透し、人形の数が増えたことで雛壇が生まれ、雛道具も手の込んだ細工物が作られた。あまりに贅が過ぎると、御上からはたびたび奢侈（しゃし）禁令の槍玉（やりだま）にされてもいるのだが、ここ二十年ほどは有名無実の状態で、昨今では五段飾りもめずらしくはないという。

「飾ったら、見る？」と、お桃が鈴之助を仰ぐ。

「もちろん、と言いたいところだが……実を言うと、人形のたぐいは苦手でね」

「苦手？」

「人に似すぎていて、怖いじゃないか。ことに雛人形なんて、いまにもしゃべり出しそうだ」

「怖がり」

「情けないとは思うけど、怖いものは怖いよ。あ、お丹ちゃんには内緒だよ。きっと馬鹿にされるからね」

「内緒」と、お桃が右手をさし出す。

「ちゃっかりしてるなあ。餅菓子でいいかい？」

いた。
「長命寺」と注文が入る。
隅田川のほとりにある長命寺は、桜餅で有名で、寺の門前にある山本屋が商って
いた。
いわゆる関東風の桜餅で、焼いた小麦粉の皮で餡をくるむ。
対して関西風は道明寺粉を用い、糯米で餡を包んだ形の菓子だ。塩漬けにした桜
の葉を巻きつけるのは、どちらも同じだった。
「雛人形じゃないなら、見せたいものとは何だい？」
ちょうど店の一階にあるひと間に着いて、中を覗く。
「うわ、これはまた、すごい数だね」
まるで虫干しでも始めたように、所狭しと道具が並んでいた。
「お弁当」と、お桃がちょっと得意そうに告げる。
「もしやすべて、重箱なのかい？」
うんうんとお桃がうなずく。座敷中に置かれているのは、百にも届きそうな数の
弁当箱だった。
仕出しのためかと思えたが、揃いの品ではない。漆塗りの重箱ひとつにしても、

三段から五段まであり、色も形も模様も実にさまざまだ。

　中でも面白いのは、持ち手のついた提重(さげじゅう)の形の弁当箱だった。重箱を引き出せる箪笥(たんす)形もあれば、取り皿や椀までを収めた一品もあった。

　ひときわ豪華な細工もあり、鈴之助の目を引いた。

「これは蒔絵(まきえ)じゃないか。徳利までついてる。何とも豪儀なお道具だねえ」

　思わずため息がもれる。蒔絵で装飾された四段の重箱のとなりに、錫(すず)製の徳利二本が据えられて、丸い盆も仕舞えるようになっていた。料理と酒を詰めれば、そのままどこへでも持ち運べる。

　漆の上から金銀で模様を入れるのが蒔絵であり、江戸では奢侈の品とされている。とはいえ雛人形と同じで、たびたび御禁令の触れが出されるということは、裏を返せば守られていない証しでもある。

　もっとも多いのは、持ち手のついた箱だけを木地のまま質素に作り、中身の重箱は朱や黒の漆塗りという代物で、やはり御上の目をはばかってのことだろう。

「これみんな、逢見屋のものかい？」

「いいえ、お客さまからの預かり物です」

お桃とは似ても似つかない、厳めしい声が応えた。おそるおそるふり向くと、お喜根が立っていた。

「わっ、大女将！」

「ここで何をしているのです？」

「え、あ、いや、その……たまたま、通りがかって」

お桃を引き合いに出すのもはばかられ、へどもどする。

気さくを旨とする鈴之助も、お喜根だけは未だに苦手なままだった。なにせとりつく島がない。婿入り当初は、鈴之助なりに努めてみたのだが、功を奏すどころか不興を買う一方だ。

「今日はよく晴れて、気持ちのいい朝ですね」と挨拶すれば、

「見ればわかります」と、むっつりと応える。

「今日はお客が多いようですね。繁盛して何よりです」と商売を褒めても、

「店の商いには、口出し無用と言ったはずです」とやり込められる。

朝昼の食事の席より他は顔を合わせる機会もなく、鈴之助も半ばあきらめていた。

お喜根が入ってきたとたん、座敷の空気が倍は重たくなったように思える。

「では、お邪魔でしょうから、私はこれで」

そそくさと退散しかけたが、背中から声がとぶ。

「お待ちなさい。どうせなら、おまえも手伝っておくれ」

「え、私が？　大女将を？」

「何か不服ですか？」

「とんでもない！　喜んでお手伝いします」

別の意味で、とんでもないことになったと内心で嘆きながら、大人しく座敷に留まる。

励まそうとでもするように、鈴之助のとなりにお桃がちょこんと座った。ふたりきりでは、とても耐えられなかった。小さな義妹の存在が、いまはひたすらに頼もしい。

「お桃は道具のたぐいが好きでね、去年からこの仕事を手伝わせているのです」

「そうでしたか」

となりにいるお桃と、目を合わせる。嬉しそうな三日月形の目で、初めて気づいた。

大女将であるお喜根には、誰しも気を遣う。孫であるお千瀬やお丹も、娘のお寿佐ですらも、お喜根には明らかにていねいに接し、そのぶん距離は離れて見える。けれどお桃だけは、違うのかもしれない。表情に出さず甚だわかりづらいが、この威厳に満ちた祖母を、ことさらに恐れているようすもない。案外、祖母を慕っているようにも感じた。

「お道具好きは、誰に似たのでしょうね？」

気が弛むと、よけいな口を利いてしまうのが性分だ。内心で舌打ちが出たが、もう遅い。

「たぶん、私かね。私もこうした道具のたぐいが好きでね。ことに指物が好きだったよ」

指物とは、茶棚や机、硯箱など、板を箱物に仕立てた道具のことだ。

「へええ、知りませんでした。好きとは、どの辺りが？」

「道具そのものよりも、むしろ職人の手捌きかね……」

ながめているのは、鈴之助の膝先にある弁当箱だった。特に目立つ品ではないが、側面に家紋と思しき紋様が、透かしで彫られている。

「菱に片喰ですね」と、何気なく口にした。

　菱形の中に、花に似た片喰の三つ葉と数本の枝が配されている。片喰枝菱と呼ばれる家紋だった。

　片喰は道端で見かける雑草で、鮮やかな黄色い花をつける。雑草だけに一度根付くと絶やすことが難しく、家が絶えないとして、ことに武家では古くから家紋として用いられた。柏紋や桐紋など、数と種類の多い紋は、十大家紋と呼ばれる。片喰紋もそのひとつで、昨今では下々にも広く使われていた。

「これが何か？」

「その箱に、裏書はありますか？」

　箱の一面に、蝶番のついた扉がついている。開けた扉の裏に、持ち主の名が書かれていた。

「はい……上柳原町、野方屋と」

「野方屋……そうですか」

　額の皺が、いつも以上に固くこわばっている。

「おばあさま？」

孫の声に、夢から覚めたように、お喜根が我に返る。

「ああ、野方屋さまでしたね……二十五日の花見ですから、巽に」

お喜根は手にしていた書付に目を落とし、座敷の南東を示す。

「あのう、いまさらですが、私は何をいたせば？」

本当にいまさらだと、お喜根がじろりと睨む。

「ここにある重箱は、お客さまからの預かり物でね。こうして前もって器をお預かりして、料理を詰めてお渡しするのです」

「あれ？　ですが、去年はたしか仕出しに出張ったと……」

「桜が咲くのは、墨堤だけではないだろう？」

「たしかに……上野寛永寺や飛鳥山、品川の御殿山なぞも桜の名所ですが」

「そのすべてに、仕出しに赴くわけにはいかないじゃないか」

察しの悪い婿に苛々したのか、言葉遣いがぞんざいになる。

「ああ、なるほど。墨堤の客より外は、弁当にしてお渡しするのですね？」

ようやく鈴之助が、こたえに辿り着く。

蕾の具合から、今年の満開は二月二十五日頃と見当されている。七、八分咲きが美しいとされ、おかげで二十三日から二十五日までの三日間に客が集中し、この三日だけで百に届く弁当の注文を受けている。

　板前衆は日の出前から仕込みにかかり、一日数十の弁当を昼前までに仕上げ、午後からは墨堤に仕出しに出掛けるというから、てんやわんやになるのは必定だ。

　こういうときにこそ間違いは起こりやすく、弁当箱の取り違いなどを起こさぬために、預かった重箱をあらかじめ仕分けておくのだと、お喜根は説いた。

「二十三日は乾に、二十四日は坤に、二十五日は巽に分けて、お客さまのお名がわかるよう、この紙を結わえておきなさい」

　上柳原町野方屋と書かれた短冊を、お桃にわたす。筆跡はお寿佐のものだから、大女将と女将で、台帳と短冊を拵えたのだろう。鈴之助は片喰紋の弁当箱を、座敷の南東にあたる巽に運び、お桃は取っ手に短冊を結わえた。乾は北西、坤は南西を表す。

「これをすべて、板場の皆が届けるのですか？」

「昔はお届けまでこなしていたのだがね、いまはお客さまに取りにきていただくんだ」

花見人気は高まる一方で、毎年のように注文の数は増えていく。観楓や雪見と違って、とかく見頃が限られるためだ。他所の料理屋も同じやり方を通しているだけに、客の方も心得ている。花見弁当ばかりは、客の好みに合わせる余裕もなく、すべて同じ献立で通すという。

「とはいえ、入れ物がこうも違っては、詰めるだけでもなかなかに手間がかかりますね」

「そこは料理人の腕の見せどころです。献立も毎年、板長と私どもがよくよく吟味しておりますからね」

「これほどの量となれば、仕入れだけでも大事ですね。魚や青物は、同じ問屋から取り寄せているのですか？」

「おや、案外、目端が利くのだね」

意外そうな顔をお喜根は向ける。日頃の料理は、毎朝、板長の権三自ら、魚河岸や青物市場に出向いて材を見定めていた。花見弁当ばかりはそうもいかず、つき合いの古い魚問屋や青物問屋にあらかじめ頼んでおくという。

「ちなみに、今年の花見弁当の献立は？　食い気のみでおたずねしますが」

「おばあさま、どんな？」

　孫のお桃までが、興味津々の瞳を向ける。

「仕方ないね、おまえたちにも見せてあげよう。ただし、仕事を片づけてからだよ」

　はいっ、とお桃と声をそろえ、弁当箱の仕分けにとりかかった。


　お喜根の手伝いは昼までに終わり、昼餉を終えるとまた暇になった。

　婆やのおすがに声をかけて、母屋を出た。

「ちょっと吉屋に行ってくるよ」

　体裁もあって、実家の吉屋にはしばらく無沙汰をしていたが、この前、三兄に、ある頼み事をした。そろそろ始末がついた頃かと、足を向けることにした。

　表通りに出て、店の前を通り過ぎる。ふと、その人影に気づいた。

　三十前後と思しき女人で、身なりは貧しいが、顔立ちは整っている。ただ、ひどく物悲しそうに佇(たたず)んでいる。憂いを帯びた眼差しは、逢見屋に注がれていた。

どうにも気になって素通りできず、鈴之助は声をかけた。

「あの、逢見屋に何か、ご用でしょうか？」

「……え？」

「急にお声をかけてすみません。私はこの店の若主人で、鈴之助と申します。ご用の向きがあれば承りますが」

思った以上に女は狼狽し、鈴之助の視線を避けて顔を背ける。

「いえ、何も……私はこれで」

女はたちまち踵を返し、逃げるように立ち去った。

「悪いことを、してしまったかな……」

遠ざかる後ろ姿はやはり悲しげで、心にかかった。身なりにくらべて、立ち居ふるまいや言葉遣いは上品で、育ちの良さが窺えた。往来の人波にその姿が消えるまで、ぼんやりとその場で見送った。

「おや？」

向きを変えたとき、草履の爪先が何かを弾いた。拾い上げると、小さな巾着形の匂い袋だった。

「いまの人が、落としたのかな」

慌てて女の去った方角に駆けたが、すでに姿はない。四ツ辻の真ん中で辺りを見回したが、それらしき人影は探し出せなかった。

もしかしたら、後で気づいて取りにくるかもしれない。店に届けておいた方がよかろうかと、手の中の匂い袋に目を落とす。

「あれ？　この紋は……」

菱に片喰。さっきの弁当箱とそっくり同じ、片喰枝菱の家紋が、刺繍で施されていた。片喰紋はありふれてはいるが、片喰枝菱となれば数も限られよう。

「たしか、上柳原町の野方屋といったか……上柳原町といえば隣だし、ためしに行ってみるか」

そんな酔狂を起こしたのは、上柳原町が、実家のある南小田原町の隣町であるからだ。ただし隣といっても、南小田原町だけで六丁もあるから、相応に離れている。

道を東に進み、西本願寺の前を通り、実家の吉屋には寄らず、先に上柳原町を目指した。上柳原町は二丁だけで、町内で人に尋ねると、野方屋はほどなく見つかった。

看板には、御簞笥・指物とある。

「野方屋は、道具屋だったのか……」

浮かんだのは、お喜根の顔だ。野方屋ときいたとき、額の皺がこわばっていた。

「いらっしゃいまし。何かお探しでしょうか？」

手代がすぐに声をかけてくれた。構えは中店だが、木の香が芳しい店内は掃除が行き届き、奉公人もきびきびと働いている。小ぶりの簞笥や衝立、木製の火鉢や文箱などが並び、弁当箱も売られていた。

「花見弁当を承りました、逢見屋の者です。本日は注文の認めに参りました」

その方便で、主人を呼んでもらった。

待つほどもなく、奥の帳場から主人が出てきた。

「手前が野方屋の主、己三郎にございます」

三十代前半か、主人としては若い方だが、落ち着きがあり物腰もこなれている。

「このたびはご注文をいただき、まことにありがとうございます。お渡しは二十五日ですね。念を入れて、伺いに参りました」

「これはごていねいに。はい、二十五日で間違いございません」

「かしこまりました。刻限は、早めにとのことでしたね」

「はい、上野寛永寺に参るつもりなので。暮れ六つには、門が閉まってしまいますから」

花見といえば、飲めや唄えやのどんちゃん騒ぎが相場だが、上野寛永寺だけは法度とされる。太鼓や三味線などの鳴物はもちろん、酒も禁じられており、いまやあたりまえとなった夜桜見物もできない。

「私は酒は不調法で、騒々しいのも苦手でして」

「花を愛でるには、何よりです」

「店の若い者は、内心では不服でしょうがね。今年は祖父の十三回忌にあたるので……命日は三月ですが、桜が満開の頃に亡くなりまして」

今年くらいは桜をながめながら、亡き祖父を偲びたいと主人は告げた。

「もしや、逢見屋を名指しくださったのは、おじいさまに何か関わりが？」

尋ねたのには、理由があった。野方屋は、長年の贔屓客ではなく、今年初めて弁当を頼みにきた。花見だけは、ふりの客やご新規もちらほらいるのだが、逢見屋ではめずらしいと言える。

　そのとおりだと、己三郎は明快にこたえた。

「祖父の久市（ひさいち）から、逢見屋という名をきいたことを思い出しまして。祖父が若い頃、贔屓にしていた仕出屋だと」

　年代からすると、逢見屋がまだ増上寺に近い芝にあった頃だ。祖父の家も、もとはその近所にあり、当時はちょくちょく仕出しを頼んでいたという。

「祖父はいっとき、そちらの娘さんと恋仲だったなぞと、申しておりまして」

「えっ！　まことですか？」

　思わず声が大きくなった。

「その娘さんというのは……もしや私の妻の祖母にあたる人では？」

「名までは存じていませんが、逢見屋の跡取り娘だときいております」

　ならば、ほぼお喜根で間違いなかろう。

「ぜひ、その話、おきかせください！」

　鼻の穴がふくらむほどに、気合が入る。

「恋仲といっても他愛ないもので、決して大げさな話ではありませんが」

　鈴之助の勢いに気圧されたのか、主人は苦笑いしながら断りを入れた。

「祖父は亡くなる前、三月ほど床に就きまして。私は毎日、祖父の枕辺に見舞いました」

目に見えて衰えていく姿が、気がかりでならなかったという。その日あった出来事なぞを語ると、祖父は楽しそうにきいてくれた。

「めずらしく、祖父が昔語りを始めて、逢見屋さんの名が出たのはそのときです。本当なら、あのとき逢見屋さんで……」

と、ふうっと己三郎の目許が陰った。まるで火が消えた後の蠟のように、憂いを張りつけたまま顔がこわばる。

「ご主人……？」

「ああ、いえ、何でもありません。祖父の話でしたね」

己三郎は、作り笑いを浮かべた。

気にはなったが、他人の古傷をつつくわけにもいくまい。鈴之助もうなずくに留めた。

「祖父はもともと無口な人で、昔語りをきいたのは、その一度きりです。まあ、昔気質の職人でしたから」

「……職人？　商人（あきんど）ではなく？」

　と、鈴之助がつい疑問を挟む。

「ああ、道具屋は、父の代からです。どうにも手仕事が苦手で、代わりに算盤（そろばん）に長けておりまして。この町に移ったのも、そのためです」

「では、おじいさまは……」

「祖父の久市は、指物師でした」

　切れ切れに散った紙片のいくつかが集まって、形を成したように思えた。

　武家も百姓も商人も、家は子に継がせるものだが、職人だけは必ずしもそうではない。

　職人は、家ではなく技を継がねばならないからだ。技の伝承には、生まれもった才や、手指の器用が必要となる。早い者で十歳過ぎ、遅くとも十五、六から修業を始め、およそ十年。その間にものにならなければ、見限られる。

　職人の家では、血を分けた息子をさしおいて、弟子が跡継ぎとされることも少なくなかった。

　己三郎の父も、五年ほど修業したものの、誰よりも当人が早々に見切りをつけた。

職人ではなく商人になりたいと申し出て、息子には向かないと承知していたのだろう。親方の久市も、許しを与えた。

「この野方屋は、祖父の弟のもので、子がいなかったので父が跡を継ぎました」

久市は指物師の看板を弟子に譲った後に、野方屋に引き移った。ここに暮らしたのはほんの数年だが、病を得るまでは、毎日何かしら指物を作っていたという。

「私にとっては手仕事が物珍しく、よく傍でながめていました」

懐かしそうに目を細める。

「すみません、話が逸れてしまいましたね。ですが、おばあさまもよく、祖父の手許を飽きもせずながめていたそうですよ」

――道具そのものよりも、むしろ職人の手捌きかね……。

お喜根の呟きが、耳をよぎった。

「仕出しの出前に来るたびに、仕事場の隅に長らく座って、指物が出来るさまをじっと見詰めている。その姿が、とても愛らしかったと」

「え？　愛らしい？」

あまりにいまのお喜根とは、かけ離れている。つい不服が声になった。

「手習いを終えた十二、三の頃から、仕出しを届けに来たそうですから」

「あ、そういうことですか……」

「祖父はその頃、まだ修業のさなかでしたが、その娘さんより十近くも上になります。最初は、指物好きの近所の子供としか見ていなかったと」

久市がその子を娘として意識したのは、ある出来事がきっかけだった。

十四で指物を始めた久市は、二十四で修業を終えるはずだった。しかし直前になって、親方であった父親から、待ったをかけられた。

「おまえの道具には、肝心なものが欠けている。それがわかるまで、修業納めはお預けだ」

親方からは、そのように言い渡された。

技にかけては、自信があった。それだけに、父の叱責が不条理に思え、混乱した。仕事場にも足を向けず、居酒屋に入り浸り、呑めない酒をあおる日々が続いた。

仲間の弟子たちが迎えにきても、怒鳴りちらして追い返していたが、ある日、意外な顔が居酒屋に現れた。逢見屋の娘である。

「なんだ？　今度はてめえが、説教しにきたのか？」

悪態をついたが、娘は黙って小上がりの端に腰を下ろした。そのまましばし、久市に背を向けて、ただ座っている。やがて、蚊の鳴くような声がした。

思えば、この少女の声を、ほとんどきいたことがない。

判で押したように、小さな声で「逢見屋です、お届けにあがりました」との文句を告げて、後は職人たちが話しかけても、首を縦か横にふるだけ。無口なくせに、道具に見入る眼差しだけがいたく雄弁だった。

よくきこえず催促すると、呟くような声が返る。

「……が、いちばんきれいでした……」

「あん？　何がきれいだって？」

「久兄さんの手捌きが、いちばんきれいだと……」

おそらく褒められているのだろうが、きれいと言われてもぴんとこない。

「きこえねえよ。こっち向いてちゃんとしゃべろ」

肩を引いて、娘のからだを回す。ふり向かせた娘の顔は、耳まで真っ赤になっていた。

驚いて、手を離す。まるでばね仕掛けのように娘のからだが戻り、また背を向ける。

うつむいているから、うなじだけが目につく。やはり赤みを増したうなじが、妙に眩しい。そのとき初めて、もう子供ではないのだと意識した。娘は十五になっていた。

「手捌き、か……おめえ、道具じゃなく、仕事を見てたのか」

つまり、仕事がきれいだと言いたかったのか――。ようやく得心がいった。

荒れ狂う波のようだった気持ちの中に、小さな灯台を見つけたように思えた。

何か言葉をかけたいが、何と言っていいのかわからない。呆れるほど長く考えた末に、思ってもみなかった言葉が、口をついた。

「何か、作ってやるよ……何がいい？」

わずかの間があいて、娘がくるりとふり返った。相変わらず柿の実のように真っ赤なままだったが、瞳がきらきらと輝いている。

「お弁当箱」

「よし、弁当箱だな。とびきりのもんを拵えてやる」

柿の実が、幸せそうに笑みくずれた。

とたんに胸の鼓動が妙な音を立て、頬が熱くなった。

「つまり祖父は、そのときから恋をしたのです」

己三郎はにこりとしたが、きけばきくほどお喜根とは結びつかず、鈴之助の首が傾いでいく。

「やっぱり、違う娘さんかもしれません。まるでお桃ちゃん……妻の妹でして、その子なら、ぴたりと合うのですが」

「では、その妹さんは、おばあさま似なのですね」

当人もそう言っていた。あの極端な無口は、お喜根から一代おいて、お桃へと受け継がれたとしても不思議はない。

「祖父は娘さんのために弁当箱を作り、そのおかげで己に欠けていたものが何か、気づくことができたと」

「欠けていたものとは？」

「いわば、心です」

「心……」

「技に傲り、道具を使う側の気持ちを置き去りにしていた。使い勝手や馴染みよう、あるいは客の好みまで、道具に按配して拵える。どんなものにも言えることですが」

商人は、客に喜ばれてこそ甲斐がある。同様に、道具は誰かに使われてこそ生き、職人は、道具を介して客と語り合う。

「祖父は心をこめて、その弁当箱を拵えた。それが初めて、親方の目に適ったそうです」

長らく漂っていた迷いの海から、ようやく抜け出せた。指物師として一人前になれたのは、その娘のおかげだと、久市は語ったという。

「恋仲だったというなら、ふたりでそぞろ歩きなどしたのでしょうかね？」

「どうでしょうか……祖父の話は、そこで終わりましたから。ただ、そのとき拵えた弁当箱については、きいています」

野方屋が花見のために預けた弁当箱を、一人用に小ぶりにしたもので、提重の側面に片喰枝菱を、反対の側面に娘の紋を、透かし彫りで施したという。

「指物師ですから、それまでは木彫職人の腕はなかったそうです。ですが祖父は、見よう見真似でとことん修練した。おかげで透かし彫りの腕が上がったそうで、それが親方にも認められた。相手の娘さんも、たいそう喜んでくれたそうです」

指物師が箱物を作り、それに彫りを入れるなら木彫師に、紋を描くなら紋上絵師(もんうわえし)にまわすものだ。けれど久市は、その弁当箱だけは自らの手で仕上げることにこだわった。

「ちなみに、相手の紋というのは？」

「違い杵(ちがいきね)だときいています」

違い杵は、お喜根の紋だ。逢見屋の家紋である正紋(せいもん)は結柴(ゆいしば)紋で、名のとおり柴を結わえた形をしている。それとは別に、それぞれが使う替紋(かえもん)もあり、三女将はもちろん妹たちも自分の紋をもつ。だいたい名にちなんでおり、お寿佐は瓢(ひさご)、お千瀬は波、お丹は赤い色から椿(つばき)、お桃は桃。そしてお喜根は、違い杵――。

餅を搗(つ)く槌(つち)状の杵ではなく、昔ながらの両端が太い杵で、月で兎が餅つきをする道具ともされて、兎杵とも呼ばれる。二本の兎杵を、風車のような形で重ねたのが違い杵である。

「お桃ちゃんに似た娘は、やっぱり大女将か……」

口の中で呟き、ふと気づいた。

「おじいさまの名は、どのような字を？」

「久しいに、人が集まる市と書きます。もっとも指物屋の看板は、寿に数の一と書いて『寿一（ひさいち）』ですが」

弟子に譲った看板は『寿一』で、代々の親方は『久市』を名乗るという。

お寿佐と同じ字なのは、ただの偶然だろうか？

「まさか……」

「どうされました？」

「いや、ちょっと寒気がして……長っ尻を据えてしまいましたが、そろそろお暇します」

そそくさと帰り仕度をはじめた。

「ああ、そういえば、肝心なことを忘れておりました」

懐に仕舞っていた、匂い袋を出して己三郎に見せた。主人がたちまち顔色を変える。

「その袋は……！」

鈴之助が渡すと、じっくりと見分し、顔を上げる。

「これを、どこで……？」

「実は、道で拾ったのですが……」と、袋を拾った経緯を語る。

「では、持ち主と思われるその人は、どこに行ったかわからないのですね」

深い落胆を隠そうともせず、残念そうにため息を吐く。

「もしやと思いお持ちしましたが……あの方はやはり、こちらさまと関わりが？」

強い屈託を滲ませながら、己三郎はうなずいた。

「祖父と、同じです……連れ添うことが叶わなかった大事な人が、私にもおりました」


その翌日の昼前だった。逢見屋の向かいの乾物屋から、使いの小僧が来た。

「そうか！　よく知らせてくれたね。私もすぐに行くよ」

多めの駄賃を握らせて、先に小僧を帰す。鈴之助も、その後を追った。

乾物屋は、逢見屋の斜向かいにあたる。

昨日、野方屋を出ると、鈴之助は実家にも寄らず、急いで逢見屋に引き返した。そして、お向かいやお隣など、近所の店にくまなく同じことをたずねた。

「この道で、探し物をしている女の人を見なかったかい？」

匂い袋を落とした女の顔立ちや身なりも説いたが、いずれも首を横にふる。

「明日でも明後日でもいい。もし見かけたら必ず引き止めて、私に知らせてほしいんだ。探し物は、私が預かっているからと伝えてください」

なにせ暇な身だ。毎日のように通り、挨拶や無駄話をして、主人や手代ともすっかり馴染みになっている。快く応じてくれたものの、勘違いには閉口した。

「若旦那、あんな別嬪のかみさんがいるのに、もう浮気の虫が騒いだのかい？」

それだけは断じてないと、潔白を主張した。

「逢見屋の、大事なお客さまなんだ。見かけたら、必ず知らせてくださいね」

多少、端折ったが嘘ではない。正確には、大事なお客になるはずだった、というべきか。

裏の潜戸から路地に出て、表通りにまわる。通りに面した乾物屋にその姿を認めたときは、内心で小躍りした。

店内の上がり框に腰かけていた女が、鈴之助に気づいて立ち上がる。

「すみません、お待たせして。こちらをお返ししなければと」

軽く握っていた右手を開く。淡い紫に白い小花が散った錦地に、片喰枝菱の紋が金糸で刺繍された小袋を、相手に差し出した。

「ああ、良かった……」

心の底からの、安堵の息がもれる。

「こんなに小さなものですから、半ば諦めておりました」

「それでも、探しにきたのですね」

「はい、私にとっては、かけがえのない思い出の品ですから」

その言いようが、やけに切なく響いた。

「思い出ではなく、現実にしませんか？　おつうさん」

「……どうして、私の名を？」

「野方屋の己三郎さんに、おききしました」

一重の切れ長の目が、はっと見開かれる。形の良い唇は、かすかに震えていた。

「己三郎さんも、あなたと同じ気持ちです。おつうさんのことを、片時も忘れたことはないそうです」

涼しい目許がたちまち潤み、おつうは両手で顔を覆った。

指の長いすんなりした手は、あかぎれが治りきらず痛々しく荒れていた。


「己三郎さんとおつうさんは、逢見屋で祝言（しゅうげん）を挙げるはずだったのですね？」

おつうはこくりとうなずいた。目許は未だほんのり赤い。

逢見屋の母屋に場所を移し、おつうと差し向かいで仔細をきいた。といっても、あらましは昨日、己三郎からきいている。

母が亡くなって、父はおつうを母方の祖父に預けて再婚した。

祖父の馬兵衛（まへえ）は、寿一で修業した指物師で、また、野方屋に品を卸していた。久市にとっては、弟弟子にあたる。

互いの祖父や店を通して、己三郎とおつうは出逢い、思いを交わす仲になった。

「野方屋の先代である父には、渋い顔をされました。店の後ろ盾になりそうな大きな商家から、嫁を迎えるつもりでおりましたから」

　馬兵衛は弟子をとらず、神田の裏長屋でひとりで指物をしていた。裕福とは決して言えず、それでも己三郎は父に頭を下げ、また久市の後押しも大きかった。

「おつうは良い娘だ、嫁にして損はない。おれの遺言と思って、承知してくれねえか」

　当時、病床にあった久市から乞われて、己三郎の父親も無下にはできなかった。

　遂にはめでたく結納まで漕ぎつけて、後は祝言を待つばかりとなった。

　久市が昔話を語り、逢見屋という料理屋の名を知ったのもその頃だ。己三郎は迷わず婚礼の場を逢見屋にしようと決めて、久市も楽しみにしていたという。

　だが、婚礼のわずか五日前になって、悲劇が起きた。馬兵衛とおつうが暮らしていた神田で、火事が起きたのだ。幸い命は助かったものの、馬兵衛は逃げる折に転んで、商売道具の利き手を痛めてしまった。

　久市や己三郎は、ふたりを野方屋に迎えるつもりでいたが、他ならぬ馬兵衛が難色を示した。

「こんな役立たずの年寄りを抱えて、兄さんや若旦那に面倒をかけるわけにはいかねえ。孫娘には可哀相だが、おつうも得心してくれた。この縁談はなかったことにしてくだせえ」

職人らしく、一途で頑固な男だった。

己三郎は何度も馬兵衛のもとに通い懇願したが、首を縦にふらない。

やがて久市が亡くなり、葬儀などで慌しい日々が続いた。一段落ついた頃、神田に足を向けると、ふたりの姿は消えていた。

久市の初七日が済んでまもなく、わずかな荷物をまとめて、他所へ越していったと近所の者からきかされた。

「懸命に探しましたが、ふたりの行方はわかりませんでした。翌年、祖父の一周忌が過ぎてから、父が見合話をもってきました」

その頃もまだ、喪失感から立ち直ることができず、何もかもどうでもよくなっていた。

父に勧められるまま、大きな道具問屋の娘を妻にしたが、おつうに思いを残したままではうまくいくはずもない。

「非は私にありますが、気性も合いませんでした。物持ちの家で気ままに育っただけに、野方屋のつましさに我慢がならなかったようです。わずか二年で、あちらから離縁を乞われました」

妻に言われるまま離縁状を書いたと、疲れた表情で語った。

以来、己三郎は、独り身を通している。

鈴之助が語った顚末は、おつうには素直に呑み込めないようだ。

「そんな……きささんが未だに私のことを？　とても信じられません」

「でも、おつうさんも同じでしょう？　その匂い袋を未だに大事にして、わざわざ探しにきた」

「それは……だってこの品は、いちばん幸せだった頃の、たったひとつの形見だもの」

小さな袋を両手に囲い、胸に抱きしめる。細面(ほそおもて)の頰を、また涙が伝った。

おつうを労(いたわ)りながら、神田を去ってから十二年の来し方をたずねた。

怪我が治っても、利き手は元に復さず、馬兵衛は指物を諦めて日雇い人足なぞで日銭を稼いだ。しかし慣れない仕事で無理が祟(たた)ったのか、やがて腰を痛めて寝たきりになった。祖父の世話をしながらでは、ろくな仕事にありつけない。通いの下働きや、おつう自らが人足仕事を手伝いながら、四年のあいだ祖父の面倒を見た。

「その祖父も、ひと月前に亡くなりました。達者な頃は、意固地が先に立っていましたが、亡くなる前はすっかり弱って……何べんも何べんも私に詫びながら、逝きました」

誰よりも幸せにしたかった孫なのに、自分がその運を、幸せになれたはずの未来を奪ってしまった。おれのためにすまない、本当にすまないと、息を引きとる間際まで、馬兵衛はくり返していたという。

おつうはそっと、指で目尻を拭った。生真面目に懸命に生きた職人の末期が、詫びと後悔で終わったのかと思うとたまらない。鼻の奥がつんとして、目頭が熱くなる。

「祖父が逝ってしまうと、私にはもう何も残っていなくて……二度と橋は渡るまいと戒めていたのに、ついふらふらと……」

「橋、とは？」

「永代橋です。大川を渡った、深川に暮らしておりましたので」

深川から永代橋を渡れば、野方屋のある築地界隈までは、そう遠くない。だが、上柳原町には、どうしても足が向かなかったという。

その気持ちは、鈴之助にも理解できる。

誰か別の女と夫婦になって、幸せに暮らす姿なぞ、決して見たくはないはずだ。

「どこをどう来たか覚えていませんが、気づいたら逢見屋の前にいました」

「逢見屋の場所を、ご存じだったのですか？」

「はい、昔、祖父に連れられて、何度か前を通ったことがあります」

『ここは、とびきり美味い料理屋でな。修業のさなかは、逢見屋から届く仕出しが何よりの楽しみだった。いまは立派になっちまって、おいそれと足を向けられねえが、おめえの祝言だけは、ここで挙げてやりてえな』

新橋の近くに来ると、わざわざ回り道をして、逢見屋を見物しにきたという。

久市だけでなく、馬兵衛もまた、逢見屋の味を忘れていなかった。

それが何よりも嬉しかった。当時の板長は権三ではなく、先代か先々代だろうが、長の贔屓のために守り続けている味があると、板場にいる泰介と幸吉の兄弟からきいていた。

「おじいさまの願いを、ぜひとも叶えて差し上げたい。きっとご供養になるはずです」

「ですが……こんな薹の立ったみすぼらしい女なぞ、きささんには似合いませんし」

おつうはあくまで尻込みする。しかしそこに、格好の援軍が到着した。

体格のわりに足音が軽く、すぐにわかる。廊下から、予想どおりの声が告げた。

「若旦那、お連れしやした」

鈴之助が応じて、襖が開いた。板場で裏方を務める、幸吉だった。

「急に頼んですまなかったね、幸さん。しかも、見当よりよほど早い」

「こちらの旦那さんに、急かされやしてね。ほとんど駆けどおしでさ」

額の汗を拭いながら、機敏な動作で身をどかせ、客を中に入れた。

ひと目客を見るなり、おつうが瞠目する。

「……きさ、さん？」

「おつう！」

かつて恋仲だったふたりが、言葉もなく見つめ合う。

己三郎と入れ替わりに、鈴之助は目立たぬように座敷を出て、そっと襖を閉めた。

「なにせ、十二年ぶりだからね。邪魔をしては、野暮というものだ」

「さいでやすね」

幸吉が、にっかり笑う。大の男ふたりで、そろりそろりと廊下を行く。角を曲がってひと息つくと、自信をもって鈴之助は宣した。

「遠からず、祝言が催される。この逢見屋でね」

「楽しみですね、若旦那！　きっと大女将も、お手柄だと褒めてくださいやすよ」

お喜根はそれほど甘くはない。

己三郎とおつうが仲良く逢見屋を後にすると、鈴之助は大女将に呼びつけられた。


「先ほど、野方屋のご主人が、私のところにも挨拶に見えられました」

お喜根の部屋に入るのは初めてだ。それだけで緊張する。

意外にも質素なしつらえで、着物を仕舞う簞笥がふた棹あるきり、火鉢や行灯などの小道具もいたって地味だった。

「何です、そのにやけた顔は？　手柄を立てたとでもお思いかい？」

「いえ、滅相もない！」

緊張のあまり、表情がうまく定まらないだけだ。まして今回のことは、決して自分の手柄ではない。己三郎とおつうの縁がふたたび繋がったのは、ふたりの祖父、久市と馬兵衛の導きであろうし、もうひとり鍵となった者がいる。

「おふたりのことは、元を辿れば大女将のおかげです」

「あからさまなおべっかは、言わずともよろしい」

「いえ、まことです。大女将は、寿一の親方を覚えていらした。私が片喰枝菱の紋に気づいたのは、そのおかげですから」

お喜根は野方屋の弁当箱を見て、かすかにたじろいだ。だからこそ、おつうの匂い袋を見て、即座に野方屋が浮かんだのだ。

あの匂い袋は、まもなく嫁ぐおつうのために己三郎の母が拵えて、手ずから家紋の刺繍を施した品だった。先代である父親は、数年前に江戸を席巻した流行病で亡くなっていたが、母は健在で、おつうを気に入っていた。見つかったとの知らせに、息子ともども喜んでいたときかされていた。

お喜根が、ごほんとひとつ咳払いする。

「おまえ、久市さんと私の昔を、どこまできいたんだい？」

「ええっと、だいたいのところは……ただ、肝心のことはわからず仕舞いですが」

「おまえに明かす謂(いわ)れなぞ、ありません」

「でも、気になって気になって。どうして大女将と久市さんは、一緒にならなかったのですか？」

あえてはっきりたずねると、めずらしくお喜根が怯んだ。

「どうしてって……あたりまえじゃないか。向こうは寿一の、私は逢見屋の跡取りだった、それだけさね」

「そう、久市さんが言ったのですか？」

「いや、私の方から……」

「たった十五で？　そのような分別が？」

「ああ、もう、うるさいね！　わかったよ、話してあげるから、そのやかましい口を閉じておくれ」

一喝されて、大人しく押し黙る。

参ったねえ、とお喜根がぼやく。それでも刺々しさは、いくぶん弛んでいた。

「恋仲だったのは、せいぜい半年ってところかね。縁日に行ったり菊見に出たり、ほとんどは、堀端や境内なぞで話をしていただけだがね」

懐かしそうに、うっすらと微笑んだ。それだけで、どんなにそのひと時が輝いていたのかわかるようだ。それがどうして、わずか半年で終わったのだろう？　気持ちがそのまま顔に出るたちだ。鈴之助の疑問を察したように、お喜根はこたえた。

「久市さんが、大坂で三年、修業することになったんだ。それが寿一を継ぐ者の務めでね」

修業を終えた弟子は、二年ほどのお礼奉公を経て、一人前の職人と認められる。しかし次期親方たる久市は、お礼奉公の代わりに大坂での修業が課せられた。大坂行きが決まったとき、久市はお喜根に「待っていてほしい」と告げたという。

「その申し出を、断ったのですか？」

口を出すなと言われたのに、つい非難がましい責め口調が出た。意外にも、お喜根は素直に認めた。

「そうだね……久市さんには、すまないことをした」

お喜根は席を立ち中座して、箪笥から何かをとり出した。片喰枝菱と違い杵が象られた、小ぶりの弁当箱だった。

　久市が精魂込めて仕上げただけに、想像以上に見事な細工だった。よく見れば、紋の彫りように多少のぎこちなさはあるものの、ていねいに仕上げられている。まさに心のこもった、仕事ぶりだった。

「最初は私の方が、勝手に熱を上げたってのに、土壇場で逃げちまったと同じことさね」

　茶がかった瞳が憂いを帯びる。苦渋の選択だったのだと、鈴之助にも察しがついた。

「何かよほどの理由(わけ)が、あったのですね？」

「私の父が、若い女と駆落ちしたことは、前にも言ったろう？」

「はい……あ、まさか……」

　お喜根は不快そうに唇を曲げて、うなずいた。久市から申し出があった、二日前のことだという。

初代が築いた莫大な財を、二代と三代が食い潰したことは、婚礼翌日にきかされた。その三代目が、お喜根の父親である。

ある意味、駆落ちだけなら被害も浅かった。三代目が逃げたのは、借金取りから追い回されていたからだ。父親は女と行方をくらまし、その後始末はすべて、お喜根の母が背負わされる羽目になった。

当時の隠居だった二代目も、やはり名うての遊び人で頼りにならない。

初代が開いた店は四軒あった。そのうち代々の妻が担っていた仕出屋を除き、残る三軒はすでに青息吐息のありさまだった。

「母は日頃は控えめなくせに、肝の据わった人でねえ。詰めかけた大勢の金貸しの前で、はっきりと言い切った。三月のうちに、借りた金はすべてお返しするってね」

その約束は、見事に守られた。油問屋、雑穀問屋、飛脚問屋の三軒はもちろん、仕出屋まで処分して、金子を調達した。下手な相手に売れば、足許を見られて買い叩かれるのが落ちだったろうが、母親には才覚と、何よりも信用があった。

四軒の店を買ったのは、いずれも仕出屋の客であった。逢見屋から遠からぬ場所で商いを営む、いわばご近所で、油商には油問屋を、雑穀商には雑穀問屋を、奉公人や商品、商売の鑑札込みで買ってもらった。

飛脚問屋は、飛脚株を欲しがっていた酒問屋の主人に譲り、居酒屋を始めるからと、仕出屋も合わせて引き受けてくれた。相場よりは安く、三人の商人にとっても損はない。

借金をすべて返した上で、手許に数百両が残った。それを元手に、この加賀町に引き移り、改めて仕出屋を開いたのだ。

「娘の私をお嬢さんあつかいすることなく、掃除から岡持ちまで何でもさせた。もしかしたらあれも、先見の明かもしれない」

いつ足許が崩れてもおかしくないほどに、逢見屋の根太は腐っていた。お気楽な主人たちは見ようともしなかったが、お喜根の母だけは、床下の危うさにじっと目を凝らしていたように思えると、お喜根は言った。

「覚悟はできていたのだろうが、それでもあのときの采配は見事だったよ」

見事が過ぎて、かえって情が強いだの可愛げがないだのと、陰口も叩かれた。

事に際して、泣いておろおろするのが女らしいふるまいであり、逆に男がめそめそすれば男のくせにと誹(そし)られる。その決めつけが、何とも生きにくい。

　鈴之助もまた、男らしさとは無縁だと自覚している。しかし逆の気性である逢見屋の女将たちも、実は鈴之助とまったく同じ思いをしていたのではあるまいか。

　いたって厳めしいお喜根とのあいだに、相容(あいい)れるものがあることを、鈴之助は初めて見出(みいだ)した。

「気丈な人で、人前では弱音ひとつ、愚痴すらこぼさなかった。そんな母でも、鉄でできているわけじゃない」

　母を通して、お喜根は自らを語っているようにも思えてくる。

「その母親が、夜中にこっそり泣いていたのを見ちまってね」

　夜中、ふと目を覚ますと、となりの布団にいた母親が身を起こしていた。障子越しの月明かりに、影のように浮き上がる。その影が震え、虫の音よりもかすかな嗚咽(おえつ)がもれた。お喜根が目にしたことのない、母の姿だった。

　母が金貸しを相手に見栄を切ったのは、同じ日の昼間のことだ。たいそう凛(りん)として見えたのが、嘘のようだ。お喜根の下にふたりの妹がいたが、上の妹ですら、まだ十には届かない。長女として自分が母を支えなくてはと、強く心に誓った。

久市から大坂行きを知らされたのは、その翌日だった。

「久市さんのことを打ち明けたら、案外母は許してくれたかもしれない。でもそのときは、本当に借金が返せるかどうか、わからなかったしね」

何より、いちばん辛い立場にいる母を見捨てるようで言い出せなかったという。

「それじゃあ、あのろくでなしの父親と同じだからね」

涙もろい人は情が深く、顔に出さない者は薄情けだと思われがちだが、本当は違う。情をどう表に出すかはそれぞれで、同様に、情の深い浅いも外からは量りようがない。

ただ、他者に対する行いのみが、その物差しとなり得る。

それですら、人前で良い顔をする小器用な者もいれば、甚だわかりづらい者もいる。お喜根はきっと、後者であろう。

「さ、話は終わりだ。そろそろ店に出ないと」

「すみません、もうひとつだけ……」

腰を上げかけたお喜根が、座り直す。

「なんだい、さっさとしておくれ」

せっつかれたが、なかなか言い出せない。

「あのお、女将さんは……」

「お寿佐が何だい？」

「よもや、久市さんがお父さんではあるまいかと……」

お寿佐の名と、店名の寿一が合わさって、空恐ろしい想像をしてしまった。

お喜根はきょとんとし、次いで心底呆れた顔をした。

「下衆の勘繰りも甚だしい。お寿佐は私が二十二で産んだ娘だよ」

「では、違うのですね」

ほっと胸をなでおろしたが、大女将の機嫌は大いに損じたようだ。とっとと出ていけと怒鳴られた。あたふたと座を立ったが、廊下に出ようとした鈴之助にお喜根が言った。

「野方屋さまの祝言だがね」

「……はい」

「できるだけ早くとご所望されたが、花見弁当が一段落するまではお待ちいただくことになった。あちらさまも仕度があるし、まあ、三月半ばあたりかね」

「その頃なら、牡丹や躑躅が盛りでしょうね。祝言には良い時節です」

鈴之助は目を細めた。お喜根は小さなため息をつき、呟いた。

「久市さんの孫が、うちで祝言をなさるとは。何やら不思議な心地がするね」

「これもまた、ご縁でしょうね」

庭の牡丹や躑躅は、まだ固い蕾のままだ。花開く時期が、待ち遠しく感じられた。

第六章　墨堤・花見の宴

とうとうこの日が来たか――。

鼻の穴がふくらむほどに、大きく息を吸う。

「鈴さん、婚礼のときと、同じ顔になっていますよ。そんなに気張らなくとも」

「いや、お千瀬。いわば敵陣に乗り込むに等しいわけだから」

「墨堤は、敵陣ではありませんよ」と、お千瀬が笑う。

逢見屋が墨堤で仕出しを行うのは、三日間。今日がその三日目にあたる。

去年の花見では、板場の泰介と『伊奈月』の板前が、喧嘩沙汰を起こした。今年はどんな些細な悶着も起こしてなるものかと、三女将も客の世話をしつつ、仲居や板前たちの所作にまで目を光らせた。

一日目はお喜根が、二日目はお寿佐が墨堤に赴き、板長の権三もいつも以上に目配りを怠らず、そのおかげもあってか昨日までは事なきを得た。

三日目の今日、最終日には、お千瀬がその役目を果たす。

そして鈴之助もまた、お千瀬とともに墨堤を任された。

「まあ、端から当てにはしちゃいないが、いないよりはましだろう」

「婿どのは、くれぐれもよけいな真似はせず、権三とお千瀬に従うように」

お喜根とお寿佐からは、まったく期待のこもらない激励だか戒めだかを受けたが、当の鈴之助は、生半可ではなく気合を入れていた。

というのも、伊奈月について、気になる話を耳にしたからだ。

昨晩、話種（はなしだね）を携（たずさ）えてきたのは、三兄の杉之助だった。

「すまんな、兄貴、こちらから出向くつもりでいたんだが……」

数日前、実家へ行くつもりであったのに、結局、素通りして野方屋に向かい、機会を逸してしまった。

「なに、構わないよ。逢見屋（ここ）なら、旨いものが食えるしな」

昨晩、逢見屋を訪ねてきた三兄は、見事な膳に顔をほころばせた。

「今宵はお客さまもおりませんし、こちらの方がゆるりと過ごせるかと。どうぞくつろいでくださいましね」

お千瀬は気を利かせ、店のひと間にふたり分の膳をしつらえた。

昼に客に配った花見弁当の残り物だが、時間をおいても美味しく食せるようにと工夫が凝らされている。お千瀬が手ずから美しく盛りつけ、見た目にも遜色のない膳だった。

三兄が来たのは宵の口であったから、板場の衆は墨堤の仕出しから戻っていない。この三日間だけは、二階座敷の客は取らぬため、店内はひっそりと静まり返っていた。

「お酒は頃合を見て、またお持ちしますね」

「気を遣わせてすまないね、お千瀬さん」

お千瀬が座敷を出てゆくと、兄は膝を崩して胡坐をかいた。

「いやあ、できた女子だな、おまえの女房は。気良し情良し器量良しとくら」

「だろ？」と、鈴之助が目尻を下げる。

「相変わらず、返しに捻りがねえな。『女房だと思うが婿の不覚也』」

「なんだい、そりゃ？」

「川柳だよ、たしか柳多留にあった」

『誹風柳多留』は、明和の時代から続く川柳の句集で、五十年ほど前に第一編が刊行されて、未だに毎年のように編を重ねていた。

「こんなものもあったぞ。『入婿はわが物までに事をかき』ってな」

急所を突かれたように、思わず、うっ、と呻きそうになる。物の不自由はしておらずとも、句を詠んだ婿の気持ちが痛いほどにわかる。

三兄の杉之助は、四兄弟の中でひとり毛色が違っている。

川柳や狂歌を好み、寄席や芝居に足繁く通い、三味線や小唄もたしなむ。

要は趣味人であり、好きなあれこれに入れ込んでおれば満足のようだ。弟の鈴之助が家を出て、ますます肩身が狭かろうが、まるで気にも留めていなそうだ。

世間は厄介者と評し、男のくせに稼ぎがないとは何事か、となじるだろうが、杉之助はちゃんと家族のために働いている。長兄夫婦が諍いを起こしたときも、母と兄嫁の仲が険悪になったときも、洒落や頓智を利かせて茶々を入れ、いつのまにか丸く収めた。

怒りや悩みは、いつだって真剣なものだ。なのに三兄にかかると、何やらそれが馬鹿らしく思えてくる。

「怒り、悲しみ、迷い、苦しみ。この手の負の気持ちには、まったく同じに通ずるものがある。何かわかるかい？」

いつだったか、三兄にそう問われたが、鈴之助はこたえられなかった。

「どれも、ひとりよがりってことさね」

「ひとりよがり？」

「物思いは、どんなに訴えたところで、まったく同じ思いを相手が抱えてくれるわけじゃない。まあ、当人がすっきりするなら、吐き出すのも悪くはないがね」

逆に、他人と共有できる感情は何か、と問われ、今度はすんなりと解に辿り着いた。

「笑い、だね」

「そのとおり、だからこそ笑いや滑稽は、何よりの薬となるんだ」

感動や興奮も、笑いと同じ作用を生む。芝居も相撲も祭りも、こぞって人が集まるのはそのためだ。衣食住とは関わりがなく、暮らしには一見、必要がなさそうにも思えるが、この手の芸や催しは、精神の共有と解放にこそ意義があると、杉之助は一席打った。

三兄の特技も、よく似ている。笑いに転化することで、ぎすぎすした空気を払うのだ。

「逢見屋にも杉兄さんがいてくれればと、よく思うよ」

「なんだ、そんなに婿どのは大変か？　『年を経て頼るは子より婿と嫁』だぞ」

「それも柳多留かい？」

「いや、私の作だ」

励ますように、にっと笑う。歳が近いだけでなく、こういう兄だからこそ、打ち明ける気になったのだ。加えて、暇な身でもある。

「で、どうだった？　何か、出たかい？」

やや声を落とし、本題に入った。くい、と猪口をあおり、杉之助はうなずく。

「ああ、妙なことがわかった」

「妙って、どんな？」

鈴之助が三兄に頼んだのは、伊奈月を探ること、とりわけ騒ぎを起こした竜平のようすだった。

「おまえが言っていた竜平って野郎だが……去年の花見のすぐ後に、裏方から板前に上がったそうだ」

え？　と驚きが声になった。

裏方に落とされた逢見屋の泰介とは、まったく逆のあつかいだ。

竜平は花見の前までは焼方、つまりは裏方だった。それが騒ぎの直後、煮方に上がった。板前として認められたということだが、合点がいかない。

「兄さんは、その話をどうやって仕入れたんだい？　伊奈月に、直に乗り込んだのかい？」

「心配するな。さる旦那のお供をして、あちらの敷居をまたいだだけだ。よく寄席で顔を合わせる旦那が、たいそうな食道楽でな」

伊奈月の評判を大げさに吹聴すると、行ってみるかと旦那はその気になった。金魚の糞のごとくくっついていき、お相伴に与ったという。

「伊奈月の料理を、食べたのかい？　で、どうだった？」

「悪くねえが、とび抜けてもいない。もっとも、舌の肥えた旦那の評だがね。どうも迷いが見えて、料理に筋が通っていないというんだ」

「料理の筋……」

「その旦那は、落語好きでね。料理も落語と同じ、店や作り手の性が自ずと表れる。まさに持ち味だと、言ってなさった」

性とは、本性でもあり品性でもある。

同じ演目の落語でも、噺家によって面白くもつまらなくもなり、たとえ名人でも、得手不得手は存在する。料理にも同じことが言えると、旦那は説いた。

「数ある皿のうち、たった一品で構わない。はっと目を見張るような、味と皿の佇まい。料理そのものが、『こうだ』と言い切る強さが要る、とな」

三兄は赤絵の皿に箸を伸ばし、筍をつまんで口に入れる。筍を杉板で挟み、杉の香りをつけた筍の杉板焼きだった。噛みしめた顔が、幸せそうにほころぶ。

「私も正直、旦那から承ったときは、理屈が呑み込めただけだった。だが、このお膳を前にして、わかったよ。派手さはないが、ていねいで心にしみる」

板長の人柄を褒められたように思えて、うんうんと相槌を打つ。

「伊奈月も以前は、そういう店だったそうだがね。若旦那が差配するようになってから、少々ようすが変わったようだ」

　伊奈月では二年ほど前、先代の主人が床に就き、若旦那が店をまわすようになったと、かねてお千瀬からもきいていた。

「若主人は、私と同じ年頃だそうだね」

「そうなのかい？　もっと若く見えたがね」

　三兄らの座敷にも挨拶に来たが、鈴之助より三つほど下に思えたという。

「若い主人故のぐらつきが、皿にも出ているのだろうと、後になって旦那は仰っていた」

　人気の料理屋の真似をして、奇をてらった献立を仕立てているが、未だものにならず中途半端な仕上がりだった。若主人の目指す方向に、板長が納得できていないのではないか。旦那はそんな見当も口にした。

「それとな、もうひとつおかしなことがある。墨堤での板前同士の諍いを、伊奈月では誰も知らないんだ」

　杉之助が話をきいた仲居も首を傾げるばかりで、念のため、多めの心付けを握らせて板場の衆にも確かめてもらった。板長には直に問えなかったが、仲居は二、三の板前にたずねてみた。しかしやはり、腑に落ちぬ顔を返されただけだという。

「ただ、竜平が板前に据えられたことには、誰も得心しちゃいなかった。そこまでの腕はなく、どうして板長がそんな差配をしたのかわからないと、不思議がっていた」

三兄の話をすべて合わせてこねてみると、ある形ができ上がった。

「もしや……若旦那が板長に、無理を通した？」

「うん、私も同じことを考えた」と、杉之助がうなずく。

そうなると、あの諍いそのものの景色が、がらりと変わってくる。

「やはり伊奈月は、初手から逢見屋を的にしていた。そういうことか？」

自問を口にしたが、こたえは出ない。理由がまったくわからないからだ。

念を入れて、今朝の朝餉の席で女将たちにたずねてみたが、最古参のお喜根でさえ明言した。

「去年の花見までは、伊奈月のいの字もきいたことがないよ」

たとえば、伊奈月の料理に納得のいかなかった客が、逢見屋を引き合いに出してけなしたとか、そういう些細なたぐいだろうか？　あるいは気づかぬうちに、相手の心情を逆撫でしたのか？　お喜根やお寿佐の気性からすると、なくもない、とも思える。

三兄が言ったとおりだ。恨みなぞの負の気持ちはひと、り、よ、が、り、で、害を被った側は深く傷ついても、与えた側は気づかない。傷口が深ければ深いほど、怨念は底に溜まり、外からはよけいに目につきにくい。

自分の知らぬ間についた古傷から膿(うみ)が出て、脈打ち始めたような。そんな得体の知れない怖さを感ずる。

今日という日に、婚礼さながらの覚悟が要ったのも、昨晩、三兄からきいた話が頭にこびりついていたからだ。

「鈴さんもすっかり、板についたわね。とても似合って粋に見えるわ」

丸に関の字の法被を鈴之助に着せて、お千瀬は満足そうにため息をつく。

妻の笑顔こそが、勇気の糧(かて)となり、鈴之助の背中を押す。

「よし、お千瀬、行こうか」

すこぶる気合の入った夫に、はい、とこたえてお千瀬は従った。

「うわあ、満開じゃないか！」

桜に縁取られた墨堤にさしかかると、思わず歓声をあげていた。

「九分咲きってところでやすが、今年は雨にも祟られず、見事な咲きっぷりでさあ」

櫓を漕ぐ船頭が、我が事のように誇らしげに胸を張る。

鈴さん、と後ろの舟からお千瀬の声がかかった。

「そろそろ着きますから、板場の皆を起こしてくださいな」

あいよ、と即座に返したが、少々気が引ける。

船尾に腰かけた鈴之助のすぐ先では、泰介と幸吉の兄弟が眠りこけている。兄は荷にもたれかかり、辛うじてからだを支えているが、弟は大きなからだを窮屈そうに船底に詰め込んで、大いびきをかいている。

夜明け前から働きどおしなのだから、無理もない。

新橋加賀町から日本橋川までは、大八車で荷を運んだ。日本橋川は、江戸城の外堀と大川を繋ぐ。ここから墨堤までは、舟を使う。

三艘の小舟に、板前衆と仲居たち、そして荷物をふり分けて大川を遡った。上りはことに遅く、人の歩みほどにしか進まないが、板場の衆にとっては貴重な休息になる。

板場の者たちはこの三日間、空が白むより早く起き出して、数十の花見弁当を昼前までに拵え、それから墨堤に赴く。

午後から晩にかけて仕出しを行い、帰って後片付けを済ませると、真夜中に近い刻限となる。ようやく布団に倒れ込んでも、ほんの一時半ほどでまた叩き起こされる。誰もが顔に出さぬよう努めているが、さすがに三日目ともなると、さぞかし疲れも溜まっていよう。

墨堤までの一時ばかりのあいだが、唯一、気を抜けるひとときなのだ。

七輪から鍋釜、器、そして下拵えを済ませた料理の材を舟に積み込み、離岸して早々、握り飯を腹に詰め込むと、倒れるように寝入ってしまった。

可哀相で声をかけられずにいたが、しんがりの舟から野太い声がかかった。

「起きろ！　仕度だ！」

板長の権三だった。先頭の舟に鈴之助、真ん中にお千瀬、そして後尾の舟に権三が乗っていた。たったそれだけで、まるで頭を蹴とばされでもしたように、板衆がびくりと目を覚ます。

「もう、着きやしたか？」と、幸吉がまだ眠そうに目をこする。

「ちょうど上げ潮にあたったようで、思ったより早く着いちまったがね」

もう少し寝かせてやりたかったなと、やや気の毒に思いながら、船頭からきいた話を伝えた。干潮から満潮にかけての上げ潮時は、河口近くでは川が逆流し、上りの舟には追い風となる。

「早いのは何よりでさ。幸吉、しゃんとしろよ。船着場に着いたら、すぐに荷下ろしにかかるからな」

兄の泰介が声をかけ、弟も両手で己の頬を叩きながら気を引きしめる。

堤を彩る桜霞（さくらがすみ）に、どこか夢心地でいたが、桜の下はもれなく人で埋まっている。人出に応じて舟も半端な数ではなく、船着場は大混雑だ。かなり待たされて、ようやく陸（おか）に上がった。

板衆たちが荷を下ろすあいだ、鈴之助とお千瀬は、先に仕出し場に向かうことにした。

妻と桜の下をそぞろ歩くのは初めてで、馥郁とした気持ちがわく。

見知って一年と半年も経（た）たぬのに、いまはこの世で誰よりも大事な人だ。

人の縁の不思議さを、しみじみと考えた。目には見えず音もしないのに、ひとたび繋がれば、この世のどんな事々よりも、心を捉えて離さない。

もちろん良縁ばかりでなく悪縁もあろうが、それでも人の気持ちに波風を立て、生を彩るものには変わりない。

「人が相逢う席か……逢見屋とは、まことに良い名だな」

「はい、私も、そう思います」

同じことを考えていたのだろうか。お千瀬は、花がほころぶような笑顔を向けた。ついうっとりとながめたが、ふたりを追い越した子供を見て思い出した。子供は桜色の餅菓子を手にしていた。

「そういえば、お桃ちゃんに桜餅を買っていかねば」

「長命寺の桜餅ですか？　今日は帰りが遅くなりますし、別の日になさっては？」

「しかし、お桃ちゃんに約束しちまったからなあ」

「鈴さんさえ良ければ、もう少し人出が引いた頃に、あの子を花見に連れ出してほしいの」

仕出屋の娘に生まれたために、かえって花見とは縁がない。跡取りの自分は仕方がないとして、妹たちは可哀相に思えたと、お千瀬はすまなそうな顔をする。

それはいい案だ、と鈴之助はすぐさま承知した。

「お義父さんとお丹ちゃんも誘って……そうだ、店の休みに合わせて、お千瀬も一緒に行かないか？　いや、そうなると、おばあさまとお義母さんもお誘いせねば……もうどうせなら、皆でくり出すか！」

「それもいいですね。店が落ち着く頃だと、花見ならぬ青葉狩りになりそうだけど」

楽しい思案を相談しながら、やがて桜並木からは外れた一角に、法被と同じ印が見えた。丸に関の字が染め抜かれた藍の幔幕が、柱四本で支えられ、三方を囲っている。中にはふたりの男がいて、花札に興じていた。

ご苦労さま、と、お千瀬が声をかける。

「今日は若女将ですかい。いやあ、何やらほっとしやすねえ」

年嵩の男が、ゆるりと笑う。

「お客さまのお席は？」

お千瀬の問いに、男が懐から一枚の紙を出して開く。

「へい、抜かりなく……本日は、五席でございやしたね。四席はすでにお客さまがお着きですが、こちらの一席だけはまだお見えではないようで」

墨堤らしき細長い図に、朱で六つの円が描かれている。ひとつは『関』と示され、それがこの場所、逢見屋の仕出し場であろう。他の五つには、それぞれ客らしき名が記されていた。

ふたりは俗に、遊山茶屋と称される店の者たちだった。

縁日や祭礼を仕切る香具師（やし）の一種だが、芝居の折に、客の案内や幕間（まくあい）の飲食の世話をする芝居茶屋と同様に、物見遊山のために便を図る商売だ。

花見では場所取り役をもっぱらとするが、蛍狩（ほたるが）りや紅葉（もみじ）狩りでは案内役を務め、大きな祭では見物席を設ける。そういう商いもあるのかと、鈴之助には目新しい。

「客の席をまとめた方が、何かと都合が良いようにも思うが」

「そうしてえのはやまやまですが、何かと御上の目が厳しくて……派手に場所をとると、見廻（みまわ）りの役人に、いちゃもんをつけられることもありやして」

鈴之助の疑問に、そうこたえる。花見において席の確保は、もっとも重要な事柄ながら面倒も多く、遊山茶屋に任せることで客も仕出屋も双方が楽になる。

心付けを渡そうとしたお千瀬が、ふと気づいた顔をした。

「今日の魚は？　まだ届いていませんか？」

「へい、今日はまだ……そういや、遅うございやすね」

昨日と一昨日は、この刻限には運ばれていたと、茶屋の者も首を傾げる。

煮物や焼物の魚は、すでに店で下拵えを済ませているが、お造りのための鮮魚だけは、直接この場所に届く手筈になっていた。

ひとまず茶屋の者たちを帰し、ほどなく荷を抱えた板衆と、仲居たちが到着した。

「え？　造りの魚が届いていない？」

お千瀬から事をきくなり、板長の顔が険しくなる。

「お造りは、それほど大事なものなのかい？」

「そりゃ、もちろん。刺身はいわば、仕出しの花形でやすから」

鈴之助の問いに、荷解きの手を止めぬまま、幸吉が応える。

花見弁当には、生ものである刺身は入っていなかった。酢締めの鯖や鰹の漬けなど、手を加えて添える料理屋もあるが、逢見屋では念を入れて、火を通したものより他は弁当にはしない。

そのかわり、仕出しでは鮮魚が目玉となる。

煮物、焼物、飯などは、幔幕で囲った仕出し場で仕上げを施して、花見客のもとに運ぶのだが、鮮魚だけは、客の目の前で板前が包丁を振るい、造りにして供する。

この誉(ほまれ)に与るのは、板長ただひとり。いわば仕出しの見せ場であり、客にとっては醍醐味(だいごみ)でもあった。

「造りのない仕出しは、主役のいねえ芝居と同じでさ」

幸吉の話に、鈴之助にも事の深刻さが見えてきた。板長の権三とお千瀬の表情も、曇る一方だ。

「未だに届かねえとは、やはりおかしい。魚十(うおじゅう)とは長のつき合いですが、こんなことは初めてでさ」

「魚を運ぶさなかに、何事か起きたのでしょうか？」

権三は、自ら魚問屋に走ろうとしたが、行き違いになってはいけないと、お千瀬が止めた。

「魚問屋は、脇板に任せましょう。もうひとり誰かつけて……幸吉、おまえに頼みます」

万一、仕入先に手違いがあれば、魚河岸中を巡ってでも魚を調達するようにと、お千瀬が命じる。足が速くがたいの良い幸吉は、荷運びにはうってつけだ。

お千瀬が若女将として差配するさまを、間近で見るのは初めてだ。不測の事態にも慌てることなく、いくぶん緊張を帯びた面持ちは凜として美しい。思わず見惚れていたが、肝心なことを思い出した。

「幸さん、ちょっと……」

急いで幸吉を呼んで、耳打ちする。え、と驚いたものの、幸吉は真顔でうなずいた。

「わかりやした、若旦那。もしものときには、魚十で確かめてきまさ」

「頼んだよ、幸さん」

脇板と幸吉を送り出し、権三以下、残った板衆は料理の仕上げにかかる。

「若女将、幸い花見の仕出しは、造りを出す順を決めておりやせん」

「そうね、板長のからだが空きしだい、お客さまの席を順に回っておりますからね」

ひとまず他の料理を先に出し、魚が届きしだい、権三が造りを始めることで相談がまとまった。

細かな指図を下すのは、本来は脇板の役目だが、権三が代わりに短い言葉で仕事を割りふる。板衆がいっせいに動き出すと、若女将と板長は、客のもとに挨拶に行った。

暇なのは鈴之助ひとりだけとなったが、料理ばかりは手伝いようがない。

仕方なく板前たちの仕事ぶりをながめる。幸いにも、淀みのない手際は見るに値した。

八台もの七輪に火が熾され、鍋釜や焼き網が据えられ、その後ろでは、酒の肴になりそうな突出しの盛り付けが始まっていた。

甘鯛黄身酢和え、海松貝と生椎茸の三つ葉和え、鴨肉の炙り、ふんわりと焼かれた卵焼き。昨晩、三兄がいたく感心していた筍の杉板焼きもある。
一、二品の違いはあるが、昼間、客に渡した弁当にも、同じ花見の献立がしつらえられていた。
そして、何より目を引くのが、黄色に緑が鮮やかな若竹蒸しだ。

魚のすり身に、卵の白身と塩を加えて擂り合わせ、いわば蒲鉾の種を作る。この種を二つに分けて、それぞれに青菜と卵黄を混ぜ、型に二段重ねにして蒸し上げると、下段の黄色に上段の緑が鮮やかな、若竹蒸しができ上がる。

先日、お喜根にせがんで献立を見せてもらったとき、作り方も説いてもらった。何より楽しみにしていたが、頭に描いた料理よりずっと趣(おもむき)があり美しい。

この若竹蒸しは、いわば逢見屋の看板料理で、花見の献立には必ず入れられる。

椀は、蛤(はまぐり)の身に蛤真薯(しんじょ)を添えた吸物。

煮物は、ぜんまいと筍、人参を油揚げで包み、甘く含めた信田(しのだ)巻(ま)きに、蛸(たこ)と蕗(ふき)の煮合わせ。

焼物は、鰤(ぶり)の味噌漬けと烏賊(いか)の雲丹(うに)焼き、さらに鮑(あわび)の素揚げも供される。

飯もひときわ手が込んでいる。寿司を桜の葉で包んだ、甘鯛の桜寿司に、桜鱒(さくらます)の手毬(てまり)寿司、そして海老と筍に錦糸卵を載せたちらし寿司。

花見の仕出しには菓子も欠かせず、桜餅に桜羊羹(さくらようかん)、三色の花見団子がとりを飾る。

権三は挨拶を終えて、ふたたび仕出しの指図を始め、お千瀬は客席に留まり、仲居たちとともに酌(しゃく)や給仕などの世話をする。

目の前で次々と仕上がっていく料理に気をとられているうちに、やがて幸吉が戻ってきた。脇板と出掛けてから、半時ほどしか経っていない。おそらく駆け通しだったのだろう。汗みずくで息が上がっていた。

「板長、魚は、もうすぐ……」

権三に知らせようとしたが、先が続かない。裏方から水をもらって、ひと息に干す。

幸吉が落ち着くのを待って、権三がたずねた。

「魚は、届くんだな？」

「おっつけ、ここに届きやす。いま、兄さんと魚十の者が、魚を抱えて墨堤まで急いでいやすから」

いち早く板長に知らせるために、幸吉は先触れ役を仰せつかり、日本橋の魚河岸からここまで走ってきたようだ。

「しかし、どういうことだ？　魚十は、今日の納めを怠っていたのか？」

常日頃から険しい面が、いっそう彫りを深くする。

「いや、そうじゃねえんでさ……いわば魚十も騙りに遭って……」

と、幸吉が、ちらと鈴之助に目配せする。ふたりの傍に行き、小声でたずねた。

「幸さん、もしかして……？」

「へい、若旦那の案じたとおりでさ。魚十で嘘を騙った野郎は、おそらく……」

嫌な予感が現実になり、うすら寒さを覚えた。懸念はあっても、どこかに楽観は残り、ここまで汚い手に出るとは思っていなかったのだ。

「幸吉、話せ。魚十で、何があった？」

「ちょいと、はばかる話でして……」

板長にせっつかれ、ひとまず権三と鈴之助、幸吉の三人で、仕出し場から少し離れた裏手にまわった。

魚十は今朝も、店に魚を届けに来た。造りにする平まさと鰈（かれい）、烏賊は、午後に墨堤に届けることも請け合った。

ところが昼前になって、ひとりの男が魚十を訪ねてきた。

逢見屋の板前を名乗るその男は、とんでもないことを店の者に告げた。

『板長が、造りの魚は要らねえと。昨日も一昨日（おとつい）も、生き腐れみてえな魚を寄越し（よこ）たと、えらく怒ってやして』

魚の目利きには、自信と誇りを持つ魚問屋だ。悪しざまに言われて、手代も大いに立腹した。こちらこそ、逢見屋とのつき合いは金輪際ご免だと、怒鳴り散らして追い返したという。

「なんてことを……それで魚が届かなかったのか」

嫌がらせにしても、あまりに悪意に満ちている。逢見屋を困らせるだけに留まらず、魚問屋との関わりを、ずたずたに裂くようなやり口だ。

温和が旨の鈴之助ですら頭に血が上り、板長もさすがに腹に据えかねたのか、きつく拳を握り締める。

「ですが、魚十の親方だけは、おかしいと気づいたそうで」

逢見屋の板長は、そんな男ではない。目下の板前を通して悪態をつくことはあり得ない。まして自ら出向いて文句を言うはずだ。万一、魚に不満があったとしても、自ら出てや頼んだ注文を、直前になって反故にするという、いやらしい真似は決してしない。

親方は、そう断言したという。

「魚十の親方は、板長の人柄をよく承知していたのだね」

信用とは、そういうものだ。一朝一夕で育つものではなく、草木を丹精するように、年月をかけてようやく培える。それすら、たった一度の不手際で駄目にすることもままあるのだが、年輪の詰まった曲がりのない木のように、硬く締まった権三の幹は、一度くらい斧が入ってもびくともしない。

板長としての権三の矜持が、逢見屋の信用をも守ったのだ。

親方は、注文どおりの品を、墨堤まで届けるよう手代に命じ、その仕度をしていたさなかに、脇板と幸吉が到着した。

「いったい、どこのどいつが、そんな阿漕な真似を……」

めずらしく権三が、嫌悪を露わにする。

「それですが……おそらく、若旦那の見込みどおりでさ」

「伊奈月の、竜平だね？」

鈴之助も、相手のやり口をすっかり見越していたわけではない。だが、この不測の事態には、何らかの形で伊奈月の竜平が関わっているに違いない――。その見当を、あらかじめ幸吉に伝えておいた。

硬い皮を被ったような板長の目が、大きく見開かれる。

「伊奈月、だと？」

「ってことは、幸さん……」

「へい、去年、おれと兄貴が絡まれた男の顔や姿を語ったところ、魚十に現れた奴としごく似ておりやした。十中八九、竜平って野郎に違いありやせん」

本当に怖いのは、伊奈月の板前ではない。陰にいて表に出てこないその雇い主と、得体の知れない強い悪意だ。

落ちてきた悪意を見定めようとでもするように、三人が足許に目を落とす。

「板長！　お待たせしやした」

その声が、囚われそうになっていた呪縛から、三人を解き放った。

脇板が息をはずませて到着し、天秤棒で魚を担いできた若い者を伴って、魚十の手代が権三に詫びを入れる。

「このたびはまことに、面目ありません。迂闊にも騙りにかかり、逢見屋さんには大変なご迷惑を……主人は日を改めて、お詫びに伺うと申しておりました」

手代の平謝りを適度にさえぎって、権三は直ちに魚の下処理にかかる。

その折に、お千瀬が客の席から戻ってきた。

「間に合って、何よりでした。魚十の皆さまも、お疲れさまでございます」

「お気を揉ませてしまい、申し訳ありませんでした。せめて、こちらのお代はいただきませぬから、ご容赦いただきたく……」

長々しい詫びのあいだ、鈴之助は少し離れて立っていた。

おや、と気づいたのは、ふと視線を感じたからだ。

ふり返り、鈴之助は総毛立った。桜の木の陰から、ひとりの男がこちらを見詰めていた。

すでに日は傾き、墨堤も桜も夕映え色に染まっている。

花見の宴は、むしろここからが本番で、あちらこちらから響く三味線の音に、調子っぱずれな小唄が重なり、いっそうにぎやかさを増す。

呑気で騒々しい宴の中で、その男だけが異質な存在だった。

薄暮に紛れ、相応に離れているために、顔ははっきりしないが、背丈はそう大きくない。むしろ小柄で、歳も若そうだ。藍の法被を羽織っているが佇まいは上品で、どこぞの若旦那という風情だった。

顔立ちは見てとれないのに、目だけが異様に剣呑だった。ぎらついた瞳には、強い憎しみがあふれている。熟れた夕日よりも濃い色の憎しみが、男が潜む桜の木の下に煮凝(にこご)ってでもいるようだ。

鈴之助がぞっとしたのは、男の視線の先だった。

男が見ているのは、お千瀬だ――。

お千瀬が相手をしている魚十でも、むろん鈴之助でもない。

何を考えるより早く、勝手にからだが動いた。つかつかと男に近づく。鈴之助の中の臆病は、無茶をするなと忠告するのに、足は止まらない。

すぐに男が気づき、声をかける前に、身をひるがえした。

強い西日が、駆け去る男の背中を一瞬だけ浮かび上がらせた。

あ！　と思わず声が出た。

藍の法被の背中には、丸に三日月が描かれていた。

「月の印……伊奈月、か？」

詫びは済んだのか、お千瀬と手代は和やかに談笑している。その姿を、ぼんやりとながめた。手代の冗談に、お千瀬が笑う。妻の笑顔が、何故だかひどく胸に刺さった。

鈴之助は弾かれたように、男とは逆の方角に急いだ。とび込んだのは、幔幕が張られた逢見屋の仕出し場だ。

幸吉の姿はなかったが、泰介が忙しそうに料理の仕上げにかかっている。その背後に近寄り、耳許でたずねた。

「泰さん、忙しいところすまない。伊奈月の法被の印は、丸に三日月かい？」

唐突な問いに、泰介が手を止めた。

「そのとおりでさ。あの竜平って野郎の法被が、まさに丸に三日月でした」

一年前の花見を思い出したのか、不快を露わにして泰介はうなずいた。

「もうひとつ、ききたい。伊奈月の仕出し場が、どの辺りかわかるかい？」

泰介が、またうなずく。念のため、初日に確かめておいたとこたえる。

「川上の方角で、ここからはだいぶ離れていまさ」

「それだけわかれば十分だ。邪魔をして、悪かったね」

「若旦那、お待ちを……まさか、これから向かうおつもりですかい？」

「ああ、ちょっと、話をつけてくる」

「らしくありませんよ、若旦那。いったい、どうしやした？　もちろんあっしだって、伊奈月のやり口には頭に来てやす。よりによって魚十に悶着を仕掛けるなんて、やり方が汚い。ですが……」

「心配はいらないよ、泰さん。逢見屋とは関わりがないからね」

「……え？」

「これは逢見屋とは別物だ。私自身、どうしても確かめたいことがある」

仕出し場を出て、川上の方角へ向かった。日は川の対岸にすでに沈んでいたが、桜の枝や幔幕の柱に提灯(ちょうちん)が掛けられて、まるで吉原のような明るさだ。

夜桜は、昼間とは趣がまったく違う。

明るい日のもとでは、淡い花の色はやさしく和やかで、春爛漫を高らかに歌ってでもいるようだ。しかし春には、別の顔もある。

木の芽時になると、猫が騒がしくなる。同様に人の心もざわざわと落ち着かず、夜桜はそのさまをつきつけてくるかのようだ。

黒々とした幹は、悶(もだ)えるようによじれながら何本もの腕さながらに枝を伸ばし、青暗い空を背にした花叢(はなむら)は、絶えず散る花弁と相まって美しくも禍々(まがまが)しい。

夜桜を、鈴之助は怖いと思う。おっとり呑気な自分の中にも、他人には決して見せない、見せたくない欲や情念がある。それを剝き出しにされるようで、心が慄(おのの)く。

何十本もの桜を通り過ぎながら、いま抱いている気持ちが何なのか、鈴之助にもわかっていた。

嫉妬だ――。

いまの鈴之助は、ただ嫉妬に駆られて、動いているだけだ。

さっきの男は、伊奈月の若旦那に違いない。

番頭や手代かもしれないが、三兄の話からすると、一連の嫌がらせに関わっている者は、若旦那と竜平のふたりだけだ。

店として面目を潰されたのなら、こそこそと立ち回る必要もない。

だが、恨む相手がお千瀬だとしたら――、これまでのわだかまりがすべて片付く。

鈴之助は妻と出会うまで、女っ気なぞ皆無だっただけに、妻の過去にも頓着しなかった。だが、器量も気性も申し分のないお千瀬なら、娘の頃に色恋のひとつふたつを経ていたとしてもおかしくない。

その相手が、あの男――伊奈月の若旦那なのだろうか。

仮想に過ぎないはずが、それだけで頭が煮えくり返る。自分の知らない妻の過去に、鈴之助は激しく嫉妬した。

お千瀬もやはり、伊奈月の名には覚えがないと言った。嫌がらせに悩んでいると、わざわざ夫に相談までもちかけた。あれはすべて、嘘だったのか？

若い娘は、色恋の沙汰を親や周囲に隠すものだ。伊奈月の若旦那との関わりを、身内や夫にはひた隠しにして、知らぬ存ぜぬを通しているのか？

胸にわき上がる赤黒い思いに呼応するかのように、桜の梢が不穏に鳴った。

見上げた夜桜が、お千瀬に見えてくる。払うように、頭をふった。

もうひとつ、別の見当がある。お千瀬はまったく与り知らない、若旦那の片思いだ。

甚だ身勝手な横恋慕だが、叶わぬだけに思いの嵩は無駄に増えてゆく。始末の悪さではむしろこちらの方が厄介かもしれない。

それでも鈴之助は、心のどこかでそうであってほしいと望んでいた。望みというよりも、焦燥を伴うほどの強い願いだ。もしもふたりが恋仲であったなら、この妬心がどこまで膨れ上がるか自分でもわからない。

やがて行く手の左側に、目当ての印を見つけた。

幔幕の柱に大提灯が掲げられ、幕にも提灯にも丸に三日月が描かれていた。大きく息を吸い、そして吐く。踏み出そうとして、その足が唐突に止まった。

伊奈月の仕出し場から少し離れた場所に、知った顔を見つけたからだ。

どうして、この人が、こんなところに……？

もしや、相手方に文句をつけにきたのだろうか？

だが今日は、墨堤には来ていないはず。逢見屋の仕出し場でも見かけておらず、魚十が絡んだ悶着も知らないはずだ。

なのに、どうして……？

疑問に気をとられているうちに、伊奈月の幔幕の内から誰かが出てきた。

灯りに浮かんだ輪郭が、さっきの男に重なった。桜の木の下にいた男に相違ない。

ふたりはよく知った間柄のようだ。挨拶すら交わさず、並んで仕出し場の裏手にまわる。

隅田川は墨田川とも書き、故にその堤は墨堤と称される。桜並木は堤の上に二列、行儀よく並んでおり、そのあいだが通り道になっている。土手を下りると川の岸辺で、ふたりは相前後して堤を下りてゆく。

鈴之助は、思わず後をつけた。

川岸は土手上とは打って変わって薄暗く、船着場に留められた舟の灯りしか目印はない。あれほど騒々しかった鳴物さえ、ひどく遠のいて、目の前には真っ黒い川がある。

あの世への渡し場とされる三途（さんず）の川とは、こんな景色かもしれない――。つい、馬鹿げた想像が頭をよぎる。それほどに、怖かったのだ。

前を行くふたりの姿は、闇に呑まれている。声をあげようか。行くなと、引き止めようか。迷いながら、すでに自分の足許さえ見えない。

やがて、ふたりの姿が、船着場にぼんやりと浮かんだ。屋形船に乗り込み、岸を離れる。

とたんに足が地を蹴り、走りながら叫んでいた。

「――――！」

声は川風にさらわれて、ちぎれてゆく。季節が冬に戻ったかのように、川風は泣きたくなるほど冷たかった。

鈴之助は川辺に立ち尽くした。

墨を上塗りするように、舟は暗い水面に紛れて見えなくなった。

第七章　伊奈月の宵

「――さん、――さん」

さっきから呼ばれているのだが、その声がひどく遠い。

まだ眠いのに、起きろと催促されてでもいるようだ。お千瀬のやさしい声ではなく、何故(なぜ)だか声はひどく怒っている。

「ちょっと、何べん呼ばせる気よ！」

気づけば目の前で、義妹が仁王立ちしていた。決して昼寝をしていたわけではない。縁側でぼんやりしていただけだ。

このところ、毎日がこの調子だ。何をする気も起きずぼうっとして、まるで昼(ひる)行灯(あんどん)だ。

「お丹ちゃんか、何だい？」

「こっちがききたいわよ！　その腑抜(ふぬ)けた顔はなに？　まあ、腑抜けは元からだけど、いっそうすかすかになって、いまやクラゲじゃないの！」

言い得て妙かもしれない。本当ならグサグサ刺さるはずの鋭い舌鋒すら、からだを抜けていくばかりで何も残らない。はああ、とため息をつくと、からだごとぺしゃんと崩れそうだ。

墨堤へ行ったあの日から、数日が経っていた。何日過ぎたのか定かではなく、事はまったく動いていない。目にした一件を、未だ誰にも告げられずにいるからだ。相談もできず、どうしていいかもわからない。またぞろため息の数を稼ぐ。

「ほんと、いい加減にしてほしいわ。いったい何があったのよ」

「お丹ちゃんにまで、心配をかけてすまないね」

「まあ、厚かましい！　案じているのは私じゃなく、お桃よ！」

「そうか、お桃ちゃんが……」

お桃の名をきくと、いっそう胸が塞がる。お桃が知ったら、どんなに悲しむことか。

「私は単に鬱陶しいだけよ。なによ、姉さんと喧嘩でもしたの？」

いや、と虚ろにこたえる。夫の変調に、誰より早く気づいたのはお千瀬だ。

これまでは、妻にだけは何でも話していた。打ち明ければ気も楽になり、隠し事がなければ夫婦はしごく円満だ。だが、こればかりはおいそれとは口にできない。

「墨堤で、何かあったの？」

「お丹ちゃん……どうして、それを？」

「見ればわかるわよ。墨堤から帰って以来、あからさまにようすがおかしいじゃないの」

　せめてお千瀬にだけは、嘘をつきたくない。

『墨堤で、たまたま馴染みを見掛けて……その人の、嫌なところを見ちまったものだから』

　お千瀬には、そう言い訳した。とりあえず、嘘ではない。

「姉さんからきいたわ」

「え、何を……？」

「お花見の話。店が一段落したら、皆で行くんでしょ？」

　そうだった。皆で出掛けようと誘ったのは鈴之助だ。妻と楽しい相談をしていたのが、遠い昔のように思える。

「お桃は誰より待ちかねているわ。せめてそれまでには、白黒はっきりつけてちょうだいね」

「白黒……」

「悩みって、そういうものでしょ？　けりがつかないから、うじうじもやもやする」

お丹の言うとおりだ。決着がつかず、つけようもわからない。だが、この世には、どっちつかずのまま、たゆたっているものもある。こちらに理がありあちらが非だと、白洲で裁くがごとく、すべてが決されるわけではない。

もしもそんな世の中になれば、ずいぶんと寒々しい世界ではなかろうか。物事と違って、人の情はすっぱりと裁断しようがないからだ。包丁につく餅さながらに、べたべたとみっともなく纏わりつく。

それも仕方がないと、笑うなり許すなりできる方が、ずっと生きていきやすい。

鈴之助の迷いも、そこにある。

あの人は、伊奈月に通じている。

ことによると、すべての企みの黒幕であるかもしれない。逢見屋のためには、直ちに手を打つべきだとわかっている。

しかしそれは、あの人を白洲に引き出すのと同じことだ。

悪事は露見し裁かれる。白洲なら「一件落着」だろうが、身内同士となればまったく違う景色が見えてくる。裁かれた側よりも、裁いた側の方が、よほど深く傷つく。

当事者たるあの人に、直にぶつかっていくことも考えた。

知らぬ存ぜぬを通されたら証しようもなく、また、婿の忠告ごときで改心させられるほど、甘いものではないはずだ。

逢見屋を、身内を裏切るまでに、どれほどの憎しみをその身に蓄えたのか。その怨念は、おそらく鈴之助では受け止めきれない。

いくら考えても堂々巡りが続き、出口がないまま数日が過ぎた。

「どうせ義兄さんのことだから、他の誰かのためにとか、面倒くさいことを考えているのでしょ？　義兄さんがない知恵を絞ったところで、なるようにしかならないわ」

言うだけ言って、お丹は廊下を去っていく。

その背中を見送りながら、ひとつ気づいた。

お丹やお桃を悲しませることが、鈴之助は何よりも辛かった。

その翌日だった。三兄の杉之助が訪ねてきた。

「よう、鈴、暇なら遊びにいかねえか？」

「悪いけど、そんな気分じゃ……」

「そう言わずにさ。お足に事欠いちまってよ、平たく言えば集りに来たんだ」

強引に家から連れ出された。外に出たことすら、久しぶりだ。往来の雑踏や、物売りの声がなにやら懐かしい。曇りの夕刻だった。

「さあて、どこにくり出すか。芝居にはちと遅いから、寄席にするか。三遊亭圓生のいい咄がかかってんだ。あ、いや待て。月が替わったから、演目も違うかもしれねえな……」

「月が、替わった？」

「そうだよ、今日から三月じゃねえか。なにを惚けてやがる」

とすると、雛人形もすでに飾られたのか。それすら気づいていなかった。

「杉兄さん、今日はどうして？」

「言ってただろ、集りに来たって」

「嘘つけ。伊奈月を隠密した礼として、この前たんまりと渡したばかりじゃないか」

「泡銭は、あっという間に消えちまうもんさ、泡だけにな」

　両手を袖口に突っ込んで、はは、と笑う。三兄が煙に巻くときの癖だった。

「誰かに頼まれたのか？　弟を力づけてほしいと……お千瀬かい？」

「なんだ、先刻お見通しか。あんないい嫁さんに、あまり心配をかけるもんじゃねえよ」

　今日の昼間、お千瀬から文が届いたと、あっさり種明かしする。

「わかってはいるんだが……明かせばますます心配をかけそうで」

「やっぱり塞ぎの虫は、伊奈月かい？」

「まあね。とんでもないものを見ちまって、どうしていいのかわからないんだ」

　何がとんでもないのかは、語らなかった。兄を信用しないわけではなく、秘密は留めてこその秘密であり、誰かに明かしたとたん独り歩きをするものだと、他ならぬ三兄が言っていたからだ。覚えているのか、杉之助もそれ以上はきかない。

代わりに景気をつけるように、ぱん、と弟の背中をたたいた。

「いっそ、吉原にでも行ってみるか！　花魁を揚げるほどの金はなくとも、拝むことくらいはできるかもしれねえぞ」

「いや、色街に行ったなんて、お千瀬にはとても言えないし」

「固えな、おまえも」

城を背にして、ぶらぶらと大通りの方角へ向かう。

「おめえの行きたいところに行けばいい。兄ちゃんがつき合ってやる」

「行きたいところなぞ、どこにも……」

言いかけて、思いついた。身内に気兼ねしてぐずぐずするよりも、いっそ敵陣に乗り込んでみてはどうか？　意気地なしな日頃の自分とは程遠い、半ば自棄っぱちの思いつきだった。

「伊奈月に、行ってみたい。若旦那と、話をしたいんだ」

ぶるりと、武者震いが出た。弟をながめて、兄はにんまりする。

「おうさ、では、ゆるりと参ろうか」

「いや、一刻も早く浅草に着きたい。駕籠を使おう」

「妙なところでせっかちだな、おまえは」

ぼやきながらも兄は、辻で客待ちをしていた駕籠かきに声をかける。

意気地のなさは、己がいちばんよく知っている。のんびり歩いていては、いつ気が変わるかわからない。

屈強な男たちに前後を挟まれて駕籠に乗る。こんな逞しい男に生まれておれば、些末な悋気やちまちました物思いとは、無縁に過ごせるのだろうか——。つい埒もないことを考えた。

やっさこりゃあさ、やっさこりゃあさ——。

駕籠かきの掛け声にはさまざまあるが、もっとも多いのはこの音頭だ。ひとりがやっさとかけて、相棒がこりゃあさと受ける。

舟を操る船頭ほどではないが、駕籠をかくにもこつが要る。下手な駕籠かきに当たると、酔うほどに揺れも激しく、今日のかき手はまずまずだ。息の合った足並みに、駕籠はぐんぐん進む。

京橋から日本橋、雛市の混雑を避けて、十軒店の手前を東に曲がった。この先が浅草御門、蔵前を抜けると、やがて浅草寺が見えてくる。道案内は、前の駕籠に乗った兄が務めてくれた。

筵の垂れは、開けたままにした。流れていく街並みをながめながら、また墨堤での出来事を思い返していた。

曇っているだけに西日こそないものの、ちょうど同じくらいの刻限だろう。

桜の木の陰から、男がお千瀬を睨みつけていた。その後の顚末で気が動転し、肝心のことをないがしろにしていた。あの男のお千瀬への憎しみは本物だった。

だとすると、あの人はただ、お千瀬のために動いていたのではなかろうか？

お千瀬憎さに悪巧みを仕掛けていたのはやはりあの男で、止めさせようと談判をするために、男に会いに行ったのではないか。

屋形船は、密談には最適の場所だ。ふたりでどこかに行ったのではなく、人の耳をはばかる話をするために、舟に乗ったとも考えられる。

ふたりがかねてからの知己であることは確かなところで、そればかりは拭いようがないものの、少なくともこれまで描いていた絵図は、がらりと変わる。

「うん、きっとそうだ。あの人に限って、逢見屋に害をなすはずが……」

独り言が出た拍子に駕籠が揺れ、舌を噛みそうになり慌てて口を閉める。

駕籠はすでに蔵前を過ぎ、道の向こうに浅草寺が見えてきた。兄の乗った前の駕籠は、雷門を抜けて一丁先を東に曲がった。

「お、どうやら着いたようですぜ、旦那」

前棒（さきぼう）を担ぐ男が声をあげ、ほどなく駕籠が止まった。

「この辺が、北馬道町（きたうまみちちょう）かい？」

「へい、さいでやす。浅草寺の東方になりまさ」

駕籠かきに、二挺（ちょう）分の駕籠代を払った。少しばかり色をつけたから、相手も嬉しそうだ。二挺の駕籠が去ると、改めて建物を仰いだ。

「ここが、伊奈月か……」

辺りはとうに宵に包まれているが、佇まいは悪くない。

引き戸は竹の格子で、三日月印の提灯がひとつ。派手さはなく上品だ。飛び石を伝うと、奥にもう一枚、目の細かい格子戸が立てられていた。

逢見屋の造りも、よく似ている。飛び石と二枚の引き戸を挟むことで、街中の喧（けん）噪（そう）や日常の憂さから切り離される。お千瀬からそう説かれたことがある。

奥の引き戸を開けると、若い仲居が出迎えた。

「いらっしゃいまし」

「ふいで寄ってみたんだが、座敷はあるかね？」

「はあ、ございますが……膳の仕度ができるかどうか、板場の者にきいてみません
と」

逢見屋は、ふいの客は決してとらない。うかつにも忘れていた。しかし杉之助は、
慌てていない。

「浅草寺に近い場所柄だけに、その辺りはおおようでね。実はこの前も、席を取ら
ずに来たのだよ」

名所見物に来た客が、立ち寄ることもままあろうと推察を述べる。周辺に商家し
かない逢見屋とは違っているようだ。

ほどなく仲居が戻ってきて、どうぞお上がりくださいましとふたりを促した。

「あの、若旦那さまは、いらっしゃいますか？」

鈴之助が、硬い声で仲居にたずねた。

「本日はあいにくと、出掛けておりまして」

気を張っていただけに、肩透かしを食らった。わかりやすくがっかりする鈴之助に、仲居がやや慌てる。

「若旦那の、お知り合いですか？」

「いや、そうではなく……一度、ご挨拶をと」

もごもごとこたえる。このまま帰るのも何やら悔しく、さりとて他に用もない。

目的を失った弟に代わり、杉之助が機転を利かせる。

「そういえば、おふねさんはいるかい？　この前来た折に、たいそうよくしてもらってね。できればまた、頼みたいんだが」

この前、兄が色々とたずねた仲居が、おふねであろう。

おふねはいま、別の客の相手をしているが、伝えてみると若い仲居はこたえた。

「おまえが直に問えば、より仔細がわかるかもしれない」

こそりと兄が耳打ちし、たしかにとうなずく。

二階の六畳間に通されて、酒と先付が運ばれてきた。

貝の器に盛られた貝柱、串に刺した海老と鶉（うずら）の卵、菜の花和えに蓬麩（よもぎふ）の田楽。

たしかに見た目は華やかで、味も悪くない。ただ、何か物足りない。

言ってみれば、新鮮な感動がないのだ。ひと口含んで、はっと目を見張り、旨い！　と思わず叫ぶ一品が、権三の膳には必ずある。

新鮮とは、必ずしも目新しさに限らない。佃煮とか卵焼きとか、他所でも見かける料理が、むしろ格別なのだ。こんなにも美味しいのかと、この味に出会えた幸せに打ち震える。

井桁屋の一家、牡丹姐さん、もうすぐ祝言を挙げる己三郎とおつうの祖父たち。逢見屋を贔屓にする客たちが、何を求めていたのか、改めて思い知らされた。

白魚(しらうお)豆腐の椀物に次いで、向付(むこうづけ)の刺身が供される。

その折に、遅くなりました、とおふねが顔を出した。

「あら、この前の……またお運びいただいて、ありがとう存じます」

挨拶しながら、抜け目のない視線を送る。どんな思惑があるのか、となりにいるこの男は誰なのかと、値踏みするような目つきだ。

「先日は、あれこれ頼んですまなかったね。あの話の件で、もう少し話をききたいんだ」

「そう言われましても……」と、わざとらしく顔をしかめる。

「私もこちらでお世話になっておりますし、何やら店の内緒事をあからさまにしたようで、後になって気を揉んだのですよ」

「もちろん、無理をさせているのは承知の上だ。せめて礼くらいは、させてもらうよ」

杉之助は、素早く仲居に礼金を握らせた。袖の下というとおり、袖に隠れて額はわからないが、仲居が目を輝かせたところを見ると、十分な金高に違いない。

「で、おききになりたいこととは？」

まさに現金なもので、うってかわって仲居の口が軽くなる。

「これは私の弟でね」

「あら、さようでしたか。どうりでお顔立ちが似てらっしゃいますね」

「弟が、いくつか確かめたいそうだ」

「心得ました」

仲居の側からは、問いは一切かけてこない。この辺りはさすがに玄人(くろうと)だ。事情を知れば、かえって面倒なことになるとわきまえているのだろう。

「まず、竜平さんの怪我について伺いたい」

「怪我、ですか？」

「去年の花見で喧嘩沙汰になり、怪我をしたときいているが」

しばし考えて、仲居は首を横にふる。

「いいえ、そんな話はまったく。長く休んだ覚えもありませんし」

うちの板前が怪我を負わされたと、伊奈月が訴えてきた――お千瀬からはそうきいている。これではまるきり騙りではないか。

「こちらの番頭についても伺いたい。番頭さんはひとりかい？」

「いいえ、ふたりおります。ひとりは先代から務めている一の番頭で、若旦那が差配するようになって、手代をひとり番頭に上げました。こちらが二の番頭です」

逢見屋では置いていないが、番頭や手代を置く料理屋も多い。なるほど、と得心したのは、竜平の怪我を逢見屋に訴えてきたのは、番頭であったからだ。若旦那のおかげで地位を得たのなら、どんな命にも従うはずだ。

若旦那と二の番頭と竜平――。逢見屋への奸計（かんけい）は、おそらくこの三人で謀（はか）られているのだろう。

「すみませんが、そろそろよろしいですか？　他のお席を任されておりまして、長居はできなくて」

これ以上は、関わった三人しか知り得ない。鈴之助は礼を告げ、おふねを下がらせた。

その後も、別の仲居の介添えで料理が進む。

最初にふたりを迎え入れた仲居で、名を問うと、おきしだとこたえた。

焼物、煮物、膾と続くあいだ、世間話のふりで、座敷付きのおきしにたずねた。

「こちらの若旦那は、たいそうな遣手だそうだね。歳はおいくつだい？」

「たしか……二十五歳におなりです。歳よりもお若く見えますが、ご当人はそれが不服なようです」

おきしは二十歳を超えたくらいか、先刻のおふねよりひとまわりは若そうだ。くすくすと笑いながら、仲居仲間との噂を語る。

「見目が良いのだから、それで十分なのにって」

「ほう、若旦那は、男前なのかい」

「ええ、とても。色が白くて細面で、人形みたいに可愛らしいお顔立ちで」

墨堤で見た男の顔と重ねようとしたが、うまくいかなかった。顔立ちは見分けられず、なのにぎらついた眼差しだけが焼きついている。

「女顔であることも、やはり気に入らぬごようすで」

「仲居さんのあいだでは、さぞかし人気が高いのだろうね」

杉之助の軽口に、そりゃあもう、と笑顔で応じる。

「若旦那は、まだ独り身かい？」

「はい、縁談は降るように舞い込むそうですが、すべてお断りしていると。旦那さまが長らく臥せっておいでですし、商いを覚えるのに手一杯だと申されて」

「まあ、商い以外にも、色々とお忙しいのだろうねえ」

三兄が、ちくりと嫌味をこぼす。

やがて、止め椀の汁とご飯、香の物が出た。

ご飯は蛤の飯蒸し、止め椀は蕗と筍の吸物、香の物は蕪と新牛蒡。

「ん！　旨い。糯米が蛤の出しを吸って格別だ」

「ご飯が糯米だけに、味噌椀より吸物が合うね。蕪と牛蒡も、いい漬かり具合だ」

飯蒸しとは、糯米に貝や魚、栗や銀杏を載せて蒸したものだと、後で板場の泰介からきいた。締めのご飯として、あるいは途中のおしのぎとして出されるという。

「こういう料理を出す店なのに、どうしてあんなこすからい真似を……」

空の器に目を落とし、ため息をついた。

桜色の生菓子を運んできた仲居が、鈴之助に告げた。

「お客さま、若旦那にお会いしたいとのことでしたね。ただいま、戻りましたが」

「本当かい？　ぜひ、お目にかかりたいのだが」

「では、座敷に顔を出すようお伝えします」

にわかに緊張を覚え、菓子とともに運ばれた煎茶をぐびりとあおる。とたんに咽せて、盛大に咳き込んだ。

「おいおい、大丈夫かい？」

兄に背中をさすられながら、手振りで障りないと告げる。咳が止まると、鈴之助は兄に向き直った。

「兄さん、できれば……若旦那には、私ひとりで会いたいんだ」

お、と意外そうな顔をされたが、杉之助はすぐに了見した。

「あいよ。私は庭で一服してくるよ」

すいと席を立ち、座敷を出ていく。野暮を言わぬところが三兄らしく、ありがたい。

ひとりきりになると、急に心細くなった。

さっきまで時折、客の笑い声なぞもしていたのに、いまは妙にひっそりしている。

せめて気後れだけはすまいと、膝の上で両手を握りしめ、背筋を伸ばした。

やがて、軽い足音が廊下を近づいてきて、障子の向こうから声がかかった。

「お邪魔いたします。ご挨拶に伺いました」

鈴之助が応じると、襖が外から開いた。

「本日はお越しいただきまして、まことにありがとう存じます」

「こちらこそ、お呼び立てしてすまない」

入るよう促すと、一礼して座敷に上がる。

「伊奈月が倅、鵜三郎（うさぶろう）にございます」

行灯の仄暗（ほのぐら）い灯りが、初めて若主人の顔を捉えた。

それはとても、奇妙な感覚だった。

仲居が言ったとおり、男前ではあるが、色の白いやさしい顔立ちだ。

この顔に、覚えがある。どこかで会ったことがある。たしかにそう思えた。

先日の墨堤ではない。もっとずっと前に、見知ったような気がしてならないのに、それがいつ、どこなのかどうしても思い出せない。

鈴之助が相手を吟味するあいだ、向こうも同じ視線をこちらに注ぐ。無言のにらみ合いに耐えきれず、先に口を開いた。

「私は逢見屋の婿で、鈴之助と申します……おそらく、先刻ご承知でしょうが」

「いいえ、お会いするのは、初めてと存じますが」

「先日、墨堤でお見掛けしました」

「さようですか。あいすみません、気づきませんでした」

鵜三郎の顔は、どこか雛人形に似ている。整い過ぎた目鼻立ちと、つるりと白い肌。何の気持ちも宿っていないような、硬い表情。

あくまで、知らぬ存ぜぬを通すつもりか。これではいくら責めても埒が明かない。

竜平の怪我も魚十への騙りも、いまとなっては証しようがない。

それなら、と鈴之助は初手から切り札の一枚を切った。

「逢見屋の若女将を、ご存知ですか？　千瀬と申しまして、私の妻です」

墨で流麗に描いた線のような眉が、たしかにぴくりと動いた。

「我が妻ながら、まことにできた女房でして。気良し情良し器量良しと、非の打ちどころのない自慢の妻です」

　しっかりと目を合わせ、人形じみた顔に訴えた。

「私はこのとおり、どこをとっても人並みですが、妻を思う気持ちだけは誰にも負けません。妻に横恋慕して、害を為そうとする者があれば、死ぬ気で戦います！」

　まさに刺し違えるような気迫を込めて挑んだが、相手には皮一枚も刺さらなかった。

「横恋慕……」

　一瞬きょとんとし、伊奈月の若主人はたちまち笑い出した。

　笑いは薬になると三兄は言ったが、これは違う。けたけたと笑うさまは、狂気じみたものを感じさせ、声には嘲りや侮蔑が含まれている。

　ひとしきり笑うと、息を収めて鶏三郎は告げた。

「ご心配なく。あんな女に横恋慕など、決していたしませんから」

「私の妻を侮るおつもりか！」

　かっと頭に血が上った。

「どうしてそこまでお千瀬を……いえ、逢見屋を憎むのですか？」

「入婿なぞに、話す筋合いはありません。これは私と逢見屋の戦ですから」

「あなたと、逢見屋……？　伊奈月と逢見屋ではなく？」

しゃべり過ぎたと気づいたのか、相手が小さく舌打ちする。

「鴉三郎さん、あなたご自身が、逢見屋を恨んでいると？　いったい何故に？　どんな理由があって、こんな子供じみた悪戯まがいの嫌がらせを……」

「うるさい！」

その瞬間、人形が初めて人間に変わった。そう思えた。

この前、桜の木の下で見た。憎しみに張り裂けんばかりの眼差しが、間近にあった。

怖気を覚えながら、違う感情もわいた。

これほどの恨みや憎しみを抱えて生きるのは、どんなに辛い生だろうか。

おそらく自分でも、制することができないのだろう。焼いた餅が膨れてはじけるように、不格好にとび出した熱い中身を、闇雲に逢見屋めがけてぶつけている――。

やり口は汚いものの、ある意味、見え透いている。もっと奸計に長けた者なら、相手に気づかれぬよう罠を張って陥れるはずだ。

　これではまるで――。

「なんだ、その顔は！　おまえに、何がわかる！」

　哀れみが、素直に顔に出てしまったのか、相手がますますいきり立った。

「婿ごときが、しゃしゃり出るな！　女将に飼われているような分際で、身の程をわきまえろ！」

　飼われている――。その言葉で、籠の中の目白が浮かんだ。義父が世話をしている、あの目白だ。姿も愛らしく声も美しいのに、狭い籠の中でしか生きられない。

「はっきりと言っておく。私は決して諦めない。逢見屋を潰すまで、完膚なきまで叩きのめすまで、決して手を弛めない。覚悟しておけ！」

「その前に、伊奈月が潰れます！」

　怒り狂っていた若主人が、ふと我に返った。

「わかりませんか？　あなたが何か仕掛けるたびに、傷を負うのは逢見屋ではない。むしろ伊奈月なのですよ！」

「逢見屋は、堅牢に造った砦のようなもの。たとえ石礫を投げられようと鉄砲で撃たれようと、びくともしない。何代もの女将と板長が、長の年月をかけて築いた信用の賜物です」

先日の魚十の一件もしかり。板長への信頼があったからこそ、魚問屋の親方も騙りに気づき、被害は間際で食い止められた。逆に信用を落としたのは伊奈月だ。この話は日本橋魚河岸を通して、いずれ広まろう。「伊奈月には、気をつけろ」と。

相手はじっと考え込んでいる。顔に出さずとも、内心の焦りは伝わってくる。

「もう、こんな真似はおやめなさい。遺恨があるというなら直に……」

直に逢見屋にぶつけてくれと、言いそうになった。慌てて言葉を呑み込む。

お千瀬はもちろん、騒ぎが起これば義妹たちの耳にも入るだろう。

一瞬のうちにその考えが頭をめぐり、鈴之助は改めて声を張った。

「も、文句があるなら直に、この私に言ってください！」

鵜三郎が怪訝な顔を向け、小馬鹿にしたような薄笑いを浮かべた。

「言ったろう？　入婿ごときが首をつっこむなと」

「だったら、どうしてこの前……」

暗い隅田川の岸辺が浮かんだ。人目をはばかるように舟に乗り込む、ふたりの男。

あれは――。思わず、ぎゅっと目をつむる。

「どうして逢見屋の義父と、一緒にいたのですか？」

鵜三郎と連れ立って屋形船の内に消えたのは、安房蔵だった。

「何だ、見ていたのか」

と、相手は動じたようすも見せない。

「どうしてって、あんたと同じ説教を、くどくどと吐いていっただけさね」

やはりそうだったのか――。安堵の息を、大きくついた。

安房蔵もまた、何かの拍子に騒ぎの因が鵜三郎だと気づいて、妻や娘たちのために密かに立ち回っていたに違いない。

ふいに鵜三郎は、思いついたように、ははは、と笑った。

「そうか……あんたもあの旦那と同じか」

「何がおかしい。そのとおりだ、私も義父も逢見屋を案じて……」

「そうじゃない。あの旦那と同じ呪いを、婿のあんたもいずれ被るということさ」

「呪い、だと……？」

「逢見屋には、忌まわしい呪いがかかっている。能天気な入婿も、そのうち気づくだろう」

歪な笑みを浮かべて、呪詛じみた言葉を吐く。

何のことか、わからない。わからないからこそ、怖い。鈴之助の不安げな様子と動揺で、溜飲が下がったようだ。

「ゆめゆめ、お忘れなきよう……」

鶏三郎が出ていった後も、薄ら寒い気配だけは、座敷に長くただよっていた。

伊奈月を出たところで、飛び石につっかかり転びそうになった。とっさに杉之助に支えられ、事なきを得る。

「おいおい、大丈夫か？　ぼーっとしちまって」

「ああ、すまない、兄さん。大事ないよ」

店が呼んでくれた駕籠に乗り、来た道を戻る。声からすると、行きの駕籠かきよりも若かった。行きよりも速いが、揺れも相応だ。

頭の中に、砕けた茶碗のような破片が散らばって、駕籠と一緒に揺さぶられる。

わかったことといえば、ふたつきり。騒ぎの因は伊奈月ではなく、若旦那ひとりの執着であること。そして、安房蔵の濡れ衣が晴れたということ。

安房蔵については殊に気が揉めていただけに大きな収穫といえるが、それ以外は逆に、わからぬ謎が増えてしまった。

しかも破片のように不確かな姿でばらまかれ、さっぱり形をなさない。

辺りは漆黒の闇で、夜が更けて肌寒くなった。駕籠の垂れを下げていたから他にすることもなく、せめて散った破片をせっせとかき集める。

どんな出来事があって、鵜三郎はあれほど逢見屋を憎んでいるのか？

逢見屋の誰が、その出来事に絡んでいるのか？

そして呪いとは、いったい何のことか？

「あれ？　もうひとつ、何か忘れているような……」

駕籠の中で呟いた。謎を解く鍵が、どこかにひとつ落ちていた。その肝心の鍵を、忘れてきたような気がして、にわかに慌てた。

「ええっと……何だ？　何を見落とした？」

しきりに頭を絞っていたが、ふいに駕籠の底から尻が浮いた。

駕籠の天井からは、短い綱が垂れている。両手で持って姿勢を支えるのだが、考えに集中してうっかり忘れていた。

からだが大きく前に弾み、駕籠の木枠でしたたかに頭を打った。

目から火が出るほどの衝撃で、一瞬、頭が真っ白になる。白い空間に大写しになったのは、鵜三郎の顔だった。

あっ！　と思わず叫んだ。

そうだ、あの顔だ。どこかで会ったような気がしてならなかったが、どこで見たのかどうしても思い出せなかった。

それもそのはずだ。だって、あの顔は――。

「すいやせん、旦那！　お怪我ありやせんか？」

駕籠が置かれ、外から垂れがめくられる。

「道の真ん中に穴ぼこがありやして、なにせ暗いもんで気づきやせんで」

前棒の男が言い訳し、相棒と一緒に平謝りする。

「いや、お手柄だよ！」

「へ？」

「頭をぶつけたおかげで、大事なことを思い出した。礼を言わせてもらうよ」

「礼って、旦那……額が腫れてきてやすよ」

「大丈夫ですかい？　頭を打って、どうにかなってやしやせんかい？」

駕籠かきのふたりは、提灯を客の額に掲げて、案じ顔を見合わせる。

少し遅れて、後ろを走っていた兄の駕籠が追いついた。京橋の先までは、同じ道筋だ。杉之助が、駕籠から降りてきた。

「どうしたい？　うわっ！　すごいたんこぶじゃないか、こいつは痛そうだな」

「兄さん、わかったんだ！　あの若旦那と、前に会ったような気がしてならなかったんだが、もしかすると……」

「若旦那が、どうしたって？」

はっとして、口をつぐんだ。兄に促されても、その先が続かない。

もしも鈴之助の見当どおりなら、とんでもない事態になる。事の重大さに、遅まきながら気がついた。

他人の耳目をはばかる話であり、たとえ兄でも容易には明かせない。

「え、と……いや、何でもないよ。うん、何でもない」

「いや、鈴之助、おかしいぞ！　おい、気をしっかりもてよ！」

興奮したり消沈したりと、ただならぬようすが、妙な方向に勘違いされたようだ。

杉之助が慌て出し、駕籠かきは近くにあった夜鳴蕎麦屋に走った。水を借りて手拭いを冷やし、鈴之助の腫れた額に当ててくれた。ひんやりして心地いいが、思い出したようにズキズキと痛み出す。

少し休んでいくか、と兄は気遣ったが、そのまま駕籠を進めさせた。さっきよりもいくぶん遅い歩調で、駕籠が運ばれる。

どうしよう——。どうしたらいいんだろう——。

往きよりも、よほど重い煩悶を、抱えてしまったような気がする。

「旦那、そろそろ山下御門の通りに出やすが」

前棒の男から声がかかる。近づいたら教えてくれと、あらかじめ頼んであった。

通りを右に曲がり、山下御門の方角へ向かうよう頼む。兄の駕籠は、同じ辻を左に曲がるはずだ。駕籠の垂れを上げて、後ろに向かって声を張った。

「兄さん、今日はありがとう！」

「おうよ、鈴！　またそのうち、遊びに行こうや」

右に曲がった駕籠を追いかけるように、杉之助の声がかかった。

兄の駕籠と離れると、妙に寂しさが募った。まるで子供の頃に戻ったようだ。

長兄や次兄とは歳が離れていて、幼い鈴之助の相手をしてくれたのは杉之助だった。三兄の姿が見えぬと、泣きながら探しまわったものだ。

幼い折に感じた心細さが、胸によみがえる。

駕籠は山下御門の一丁手前で曲がり、逢見屋に到着した。

戸口にかかった提灯が、今宵は妙に重たげに見えた。

第八章　落ち椿

「鈴さん、まだ痛むの？」

　お千瀬が気遣わし気に、立ち上がって鈴之助の顔を覗き込む。

　ちょうど眉間のまっすぐ上、額の真ん中が固く盛り上がっているために、たいそう目立つようだ。翌日には痛みは引いたが、元気の出ない言い訳をたんこぶのせいにしていた。

「どうしましょ。腫れも引かないし、いっそお医者さまに……」

「子供ですら、たかがたんこぶで医者なぞ行きやしない。心配いらないよ、お千瀬。たぶん痛みは、気のせいだからね」

　伊奈月に行って、四、五日が過ぎた。

　あの晩はどこに行ったのかと問われて、飯を食いながら、久方ぶりに兄と水入らずで話をしたとこたえた。これもとりあえず、嘘ではない。

　派手なたんこぶのおかげで、それ以上はたずねられず、内心でひそかに感謝したほどだ。

鈴之助が兄と出掛けた翌日から、お桃が楽しみにしていた雛祭りも行われた。

雛祭りは、前日二日の宵節句から始められる。女の子は晴れ着を着て、客を招いたり、あるいは親類縁者や諸芸の師匠、商家なら得意先なぞに白酒や菱餅(ひしもち)を贈る。そして酒や餅とともに贈答として重宝されるのが、重箱詰めの仕出料理である。

おかげで二日・三日は板場もてんてこまいで、雛を祝う客で店も満席。お千瀬も店に詰め切りだったから、夫の隠し事に気づいたようすもない。

それでも桃の節句は、女主人を頂く逢見屋にとっては大事な催しのようだ。

母屋の襖を払って大広間に仕立て、雛人形を飾り、大女将のお喜根自らが、親類やご近所の女客をもてなした。

とはいえ女の子の祝いであるだけに、新旧の婿は蚊帳(かや)の外だ。挨拶のために顔は出したものの、白粉(おしろい)くさい匂いや囀(さえず)る小鳥のようなおしゃべりに閉口し、早々に退散するつもりでいた。

「ちゃんと見て」

お桃だけは雛壇の前に鈴之助を座らせて、長居を促した。

三段の雛人形に、飾られた桃や山吹の花々が、さらに彩りを添える。だが、雛人形と対峙すると、否応なく鶍三郎を思い出す。

鶍三郎に睨まれているような心地がして、人形からは顔を逸らしたが、それでも小さな義妹のようすには心が和んだ。

「お桃ちゃん、楽しいかい？」

ん、と頬を上気させてうなずく。こんなに無口では、友達もできないのではないかと案じていたが、子供の世界では、口の達者はさほど関わりないようだ。

ほっとしたのも束の間、ことさらに華やかな一団が座敷に現れる。

「あら、見慣れないお顔ね……まあ、大きなたんこぶ！」

「ほんと！　どうしなすったの？……まあ、駕籠の枠に。危ないわねえ」

「で、こちらのたんこぶさんはどなたなの？　ひょっとして、お丹ちゃんのいい人？」

「冗談でもやめてほしいわ！　去年縁付いた、姉さんの旦那、つまりは義兄よ」

「お千瀬姉さんの旦那さまなの……それにしては、まあ、月並みね」

雀の住処（すみか）に椋鳥（むくどり）が舞い降りたごとく、何ともやかましい。

お丹のお仲間であったが、遠慮会釈がないのは年頃の娘の通例だろうか。

ぐったりと疲れて、座敷を退散した。

雛祭りが終わっても、店は相変わらず忙しかった。桜が過ぎて、季節は晩春を迎えている。陽気がよくなれば外に出る機会も増えて、仕出しや弁当の注文が多かった。

お千瀬も店にかかりきりで、夫婦水入らずで語らう時間にも恵まれない。

それを言い訳に、ずるずると日にちが経ってしまった。

いっそ自分には関わりないと、切り捨ててしまえばどんなに楽か。入婿なぞがしゃしゃり出るなと、当の鵜三郎も言っていたではないか。現に動こうにも、腰が重くて仕方がない。

しかし見ないふりを続けていても、腰以上に気持ちが重くなる一方だ。あの人形めいた顔が、だんだんと迫ってくるように思えて、ざわざわと落ち着かない。

「よし、今日こそ、はっきりさせよう」

声に出し、母屋の廊下を力を込めて踏みしめた。

せっかくの決意も、廊下の途中でお桃に会うと、たちまちくじけそうになる。

お桃は縁側で、目白と戯れていた。

目白の籠は、細竹の格子で作られている。軒にぶら下げられた籠は、お桃が背伸びをすれば、籠の床にちょうど指が届く。格子の隙間から指先を入れると、虫にでも見えるのだろうか、目白が盛んにつつく。

お桃はいつものはっきりしない笑顔を向けて、鳥に話しかけた。

「ももた、楽しい？」

「……ももた？　それって、目白の名かい？」

お桃が鈴之助をふり返った。

「桃太郎の桃太かな？　お桃ちゃんと、おそろいだね」

違う、とお桃は首を横にふる。

「百」

「百と書いて、百太（ももた）か……」

呟いた名が、雷のように落ちてきて、鈴之助のからだをめぐる。

「お桃ちゃん、その鳥に百太と名付けたのは、もしや……」

あ、とお桃は小さく叫び、失言を繕うように、己の口を押さえる。それからきまり悪そうに、もじもじした。

「内緒」

「お義父さんとの、内緒事かい？」

鈴之助の問いかけに、うん、とうなずく。

義妹との会話に熟練した鈴之助には、それだけで大方が察せられた。

安房蔵は、飼っていた目白に百太という名をつけて、ひそかに呼んでいた。ともに目白の世話をするようになったお桃が、その光景を見ていたのだろう。だが安房蔵は、娘にその名を口にすることを禁じた。

安房蔵にとってその名は、単なる鳥の呼称ではなく、とても大事な名であるに違いない。

「百太……そうか、百太か……」

嚙み締めるように、口の中で呟く。

「お桃ちゃん、お義父さんは？　部屋にいるのかい？」

「木挽橋」と、一言告げる。

家の中ではばかりなく父と話せるようになっても、親子ふたりでの散策をお桃は変わらず楽しみにしている。今日は木挽橋が、待ち合わせ場所のようだ。

「お桃ちゃん、今日だけ私に譲ってくれないか？　お義父さんと、話がしたいんだ」

　訝(いぶか)しげな目が、鈴之助を仰ぐ。子供の目は、案外ごまかせない。

「ほら、互いに唯一の婿仲間でもあるし、ひとつじっくりと婿の心得を教えてもらいたいと思ってね……駄目かな？」

　慌てて言い訳を並べ立てると、お桃は少し考えて承知した。

「代わりに」

「ああ、お土産だね。何がいいかな？」

「内緒」

　一拍おいて、ああ、と得心する。

「目白の名は、内緒だね。誰にも明かさないと約束するよ」

「駒屋(こまや)の甘味噌(あまみそ)煎餅(せんべい)」

「なんだ、結局、土産もかい？　わかったよ、帰りに買ってこよう。そういえば、長命寺の桜餅もまだだったね。ちゃんと覚えているからね」

　土産をねだるのは、お桃のやさしさだということを鈴之助は知っていた。いちばん大事なものを堪えるのは、子供にとって何より難儀であるからだ。父との大事なひと時を譲ってもらったのだ、煎餅なぞ安いものだ。

　お桃に礼を言って、鈴之助は木挽橋へと急いだ。


　木挽橋と二ノ橋を過ぎれば、西本願寺がある。実家への道筋だけに、迷うこともない。

　安房蔵は橋のたもとの茶店で、娘を待っていた。

「おや、鈴之助じゃないか。……お桃は、一緒じゃないのかい？」

「すみません、お桃ちゃんに頼んで、譲ってもらいました」

　折り入って話があると、改めて義父に申し出る。

「まあ、私は構わないが……何か悩み事でもあるのかね？」

「はい、あの……ここではちょっと……人の耳をはばかる事柄でして」

お桃に無理を頼んだのは、家の中では決して話せないからだ。この機を逃しては、安房蔵に告げる決心が、鈍りそうにも思えた。

「何だか怖いね……まさか、お千瀬と離縁したいなぞと、言い出すわけではなかろうね？」

「それだけは、ありません！　お千瀬とは、共白髪になるまで添い遂げます！」

鼻息も荒く宣すると、安房蔵がいかにも嬉しそうに微笑む。

「それをきいて安堵したよ。婿には決して、居心地のいい家ではないからね。このところしょぼくれていたし、嫌気がさしたのかと案じていたんだ」

茶店の床几に銭を置き、腰を上げる。

「『椿屋敷』はどうだい？　椿もそろそろ見納めだからね、足を運ぶつもりでいたんだ。庭が広いから、人にきかれる心配もないしな」

「ああ、あそこですか。実家の吉屋から近いので、よく知っています」

椿屋敷とは、西本願寺の南にある大名の下屋敷だ。名のとおり庭園に椿が多いために、そう呼ばれていた。

安房蔵は先に立って木挽橋を渡り、たもとを南に折れた。鈴之助は舅の後ろについて、堀に沿って築かれた低い土手を歩いた。

「私は椿が好きでね。何といっても、冬に咲くのがいい。雪の中で咲くさまは、実に健気だと思わないか。冬は雪に映える紅、春は白がいいね」

椿は日本古来の花で、万葉集の頃からその美しさが愛でられている。

藪椿（やぶつばき）とも言われ、大方の木は、人の背丈の二、三倍ほど。名のとおり葉がみっしりと枝を覆い、星が散ったようにたくさんの花をつける。

桜と違っていっせいに咲くわけではなく、木や株によって開花が前後する。冬から春にかけて、およそ五月（いつつき）も花が絶えないのはそのためだ。椿は愛好家が多くいて、さまざまな珍種も生まれている。

「私は変わり椿も面白いと思います。縞（しま）とか斑（まだら）とか、花弁の模様だけでなく、とても椿とは思えない珍妙な形の花もあって飽きません」

「その話、裏のじいさまにはしない方がいいぞ。あのじいさまも椿の好事家（こうずか）でね、たっぷり半日は講釈を垂れてくる」

「心します」

神妙な返事に、はは、と安房蔵が笑う。

呑気そうに前を行く舅と、他愛のない話をしていると、決心がぐらつきそうになる。

やはりこのまま、花だけ愛でて帰ろうか。その方が、よほど平和に過ごせるはずだ。

汐留橋（しおどめばし）が見えてきた辺りで、安房蔵は道を東に曲がった。畳の縁（へり）のように堀沿いに連なった町家が途切れると、武家地が広がっていた。

この築地界隈は、西本願寺を囲むようにして武家屋敷が置かれ、海沿いや川沿いにわずかばかりの町家が配されている。実家のある南小田原町もそのひとつだ。

道の両脇は塀に挟まれて、どこまで行っても景色が変わらない。

「いまさらですが、お武家屋敷というものは、だだっ広いものですね。行けども行けども、塀が尽きない」

「屋敷の中が、ひとつの町のようなものだからね」と、安房蔵が応える。

この辺りは、大小の武家屋敷が木目込み（きめこみ）細工のように入り組み、また同じ大名屋敷でも上（かみ）・中（なか）・下屋敷とさまざまだ。

上屋敷はいわば、各藩の政治の中心にあたる。敷地いっぱいに大小の御殿が立ち並び、庭があっても申し訳程度だ。周囲を囲む塀沿いに家臣の長屋が設けられ、この敷地の内で衣食住すべてが賄える。

中屋敷は主に、大名の妻子の住まいとして使われる。小藩であれば中屋敷をもたぬ大名もいて、逆に大大名ともなれば、さらに複数の別邸をもつという。すべて三兄から得た耳学問だが、下屋敷だけは、鈴之助もいくつか入ったためしがある。

長い塀を抜けて、仙台橋（せんだいばし）のたもとに立つと、景色ががらりと変わった。

仙台橋の東、西本願寺の南にあたるこの一角は、下屋敷が多いからだ。

上屋敷と違って、高い塀があるのは建物の周りだけで、敷地のぐるりは風流な竹垣や潮風を防ぐための並木が巡らされている。

下屋敷は、その中心が庭であり、泉水はもちろん、畑や薬草園を有する屋敷もある。各々の大名は、起伏に富んだ地形を築いて、それぞれ趣向を凝らした庭園を造った。

というのも下屋敷の役割は、大名の社交場であるからだ。

大勢の客を招いて、藤や菖蒲（しょうぶ）など季節の花を愛で、茶会などを催す。上・中屋敷にくらべて、江戸城から遠い位置に多いのも、公務を離れた遊山を演出する。

また、下屋敷にはもうひとつ大事な役目がある。火事の多い江戸では、いつ屋敷が類焼してもおかしくない。下屋敷はその折の避難所となり、また面積の割に建物が少ないために火除け地の役割も果たしていた。

庭の見事さは、大名の名声をも高める。

庭園を彩る花の盛りの頃には、こうして町人に開放され、柳沢吉保が造園した六義園や、水戸徳川家の後楽園などは、ことに有名だった。

もっとも昨今は、どこの武家も金繰りが苦しく、庭に凝るほどの余裕があるのは一部の大名に限られる。まったく手入れがされず、敷地の大方が伸び放題の草木に覆われて、森さながらの下屋敷も、郊外には少なくないときく。

ただ、江戸城からそう遠くない、この辺りに下屋敷を構えるのは、身分の高い大名だけだ。椿屋敷と呼称される大名庭園も、そのたぐいだった。

屋敷に通じる表門は固く閉ざされているが、庭に面した裏門は開け放されていた。結構な数の町人が出入りしており、門番は数人いるものの、よほど胡乱な者でない限り止められることもない。

門を抜けると、見事な景観が広がっていた。

大きな池を真ん中にして、大小の築山(つきやま)が複雑な高低をなし、泉水から流れる小川には風流な橋が架かる。大きな庭石や、一目で名木とわかる美しい枝ぶりの木々が池の周囲に配され、緑を背景に色とりどりの花々が艶(えん)を競っていた。

枸橘(からたち)や石楠花(しゃくなげ)、八重桜といった木々の花が目を引き、足許には蓮華草(れんげそう)や桜草が可憐(れん)な桃色の花をつけている。そして何より見事なのは、やはり椿だ。

一重もあれば八重もあり、色も実にさまざまだ。

紅は鮮やかで桃色は愛らしく、白は高貴を感じさせる。木の高さや枝ぶりはもちろん、咲き具合も多様で、たっぷりと花を纏った一株もあれば、すでに花の衣を脱いで、すっきりした緑の姿で立っている木もあった。

いちばんの圧巻は、樹齢三百年と言われる大椿で、『紅泉水(べにせんすい)』の異名をもつ。

「うわ、さすがにこの木の前は、人でいっぱいですね。見えますか、お義父さん?」

「ああ、どうにか。まさに紅(あか)い泉だね。丸い緋毛氈(ひもうせん)を敷き詰めたようだ」

丈は二階屋を凌ぐ高さだろう。葉叢(はむら)は頭上にあって笠のように丸く開き、こぼれんばかりにたくさんの花をつけている。けれど何よりの見どころは、枝から落ちた椿である。

椿は花弁を散らすことをせず、花の根元からそのまま落ちる。幹の周囲は一面、地面が見えないほどに落ちた椿で覆われて、紅い水をたたえた泉を思わせる。

「うんと小さい頃は、血の池みたいで怖いと言って泣いたそうです。私は覚えていませんが」

幼い頃、両親や兄たちとここに来たときの話を、鈴之助が披露する。

「お丹もそうだったよ。家に帰るまで、わんわん泣き通しだった」

「へえ、お丹ちゃんが……ちなみに、お千瀬やお桃ちゃんは？」

「お千瀬はきれいだと、うっとりしていたな。お桃はひどく興がわいたらしく、あの木の前に陣取ってなかなか動こうとしなかった。あのふたりは存外、肝が据わっていてね」

「お義父さん、いまの私の話はどうかきかなかったことに。ことにお千瀬には」

「了見したよ。男には、ささやかな見栄が大事だからね」

人で立て込んだ大椿を離れて、庭園をしばし散策した。園内には茶店もあり、こちらもにぎわっている。ふたりは人気のない場所に据えられた腰掛けに座って、ひと息入れた。茶店とは池の反対側になる、少し小高い場所だった。

「で？　相談事とは、何だい？」

安房蔵が水を向けても、口に出すのをしばし躊躇した。

日が傾いて、少し風が出てきた。背後の林がざわざわと鳴り、驚いたように鳥が飛び立った。

「この前、墨堤で、お義父さんを見掛けました。伊奈月の若旦那と、ご一緒のところを……」

安房蔵が、ひとたびこちらをふり返る。まさか、とその顔に書いてある。

それから諦めたように、ため息をついた。

「そうか……見ていたか」

顔を戻し、ぼんやりと池をながめる。鴨がのんびりと行き交い、石の上では亀が折り重なって甲羅干しをしていた。

「どうして、と伺うつもりでいましたが……わかったような気がします」

「……え？」

ふたたび向けられた義父の表情には、驚きよりも怯えが張りついていた。

数羽の鴨の後ろには、黄色い列が続いていた。今年生まれた子鴨が、列を作って親鴨の後を懸命に追っていた。愛苦しいその姿が、安房蔵にはどう見えているのか。

「数日前、私も伊奈月に行って、若旦那に会いました。前にどこかで会ったような気がしてならなかったのですが、やっとわかりました。会ったのではなく、似ていたのです」

「似ていたって……誰に？」

問いながら、安房蔵の声は震えていた。絞り出すように、鈴之助が告げる。

「お千瀬です。伊奈月の鵜三郎さんは、お千瀬に似ているんです」

最初は、わからなかった。人形めいて表情のない鵜三郎に対し、お千瀬はいつも夫に笑顔を向けていたからだ。だが、駕籠枠に頭をぶつけた拍子に、喉にかかっていた小骨がとび出したように、ふたりの顔が重なった。

目尻が下がりぎみの一重の目と、こぢんまりした口許。さらには卵形の輪郭や、色の白さまで。まるで男女だけを入れ替えたように、鵜三郎の顔立ちは、実によく妻に似ていた。

「それで気がつきました。鵜三郎さんは、お千瀬の兄さんではありませんか？」

安房蔵は何もこたえない。ただ茫然と、見えない何かを見詰めている。

「百太というのは、鶉三郎さんの元の名ですか？」

びくりと、義父の肩がはねる。目白を飼っていたのは、籠鳥を自分に見立ててい
たわけでも、もちろんあてつけでもない。

手放した息子の代わりに、息子の名をつけて世話をしていたのではないか。

お千瀬と鶉三郎には、三歳の歳の開きがある。両親が一緒になった翌年、お千瀬
は生まれたと、婆やのおすがからきいたことがある。

だとすれば、安房蔵が婿入りする前に、儲けた子供となろう。

「鶉三郎さんは、お義父さんの実の息子では……」

安房蔵が、両手で顔を覆った。指の隙間から、悲鳴のような声が漏れる。

「頼む！　やめてくれ！」

「お義父さん……」

「その話は、金輪際するな……何もきくな、誰にも言うな！」

安房蔵のうろたえようは、度を越していた。

暴いたものの大きさに、後悔の念がわいた。

安房蔵にとって、鶏三郎の存在はこれほどまでに大きいのか。

「頼む、親兄弟であろうと、決して明かすな。この場で忘れると、約束してくれ！」

「約束します、お義父さん。神仏にかけて守ります。決して誰にも……いえ、金輪際、口にはしません。たとえ、お千瀬にも……」

「お千瀬……」

娘の名を呟いて、安房蔵は我に返った。

顔を覆ったままの義父から、すすり泣きが漏れる。

「すまない……すべて私が悪いんだ」

「いいえ、決してお義父さんを責めるつもりなぞ……」

「いいや、伊奈月との諍いは私のせいだ。私があの子に、会いに行ったりしなければ……」

その一言で、呑み込めた。あの子とは、鶏三郎のことだろう。

親が子を思う気持ちは、留めようがない。手放した我が子に、一目だけでも会いたいと望み、堪えようがなかったのだろう。

そこには安房蔵の不遇が裏打ちされている。

家の中では姑や妻の陰で息をひそめ、次女にもきつく当たられ、人目を忍んで末娘と外で会うことだけが唯一の楽しみだった。

『お丹も昔は、よく懐いていたんだがね。十を過ぎた頃からか、私を遠ざけるようになった』

義父のぼやきが、耳によみがえった。お桃もまた十を過ぎ、いつ同じ顚末を辿るかわからない。どのみちあと数年で、お丹もお桃も嫁に行く。

歪で不自由な暮らしを、二十年以上も続けてきたのだ。もうひとりの我が子に会いたいと願うのは、当然の成り行きだ。丸まった背中を撫でながら、鈴之助は告げた。

「お義父さん、私もあなたの息子ですよ」

身悶えするような嗚咽が途切れ、安房蔵がおそるおそる顔を上げた。

「これからずうっと、お義父さんのお傍にいる息子です。『年を経て頼るは子より婿と嫁』ですからね」

三兄の捻った川柳に、安房蔵の口許がかすかにほころぶ。

「帰りましょう、お父さん」

気持ちの中で義理を取り、心を込めてそう呼んだ。

第九章　悲喜交々

三月も下旬にさしかかり、晩春を迎えた。

陽射しはすでに夏の眩しさを感じさせ、空に優美な線を描く燕の姿を見かけるようになった。

椿屋敷の顚末から、半月が過ぎている。

鈴之助は義父との約束を守って、伊奈月にも鵜三郎にも二度と関わるまいと、忘れたふりを通していた。安房蔵はあれから数日は元気がなく、鈴之助も気を揉んだが、お桃のおかげでどうにか事なきを得た。

父の異変を敏感に察しながら、よけいな口を利かない娘だけに、理由をたずねる真似もしない。安房蔵には、何より有り難い存在であったろう。前にも増してふたりで連れ立って出掛けるようになり、そのたびに少しずつ元の穏やかさをとり戻していった。

しかしそれとは逆に、鈴之助には別の気掛かりができた。

妻のお千瀬である。加減が思わしくないようで、鈴之助は医者に行くよう勧めたが、疲れだと言い張って休もうとしない。この半月で目方すらみるみる落ちて、傍にいる鈴之助は気が気ではなかった。

「仕方がない……おばあさまやお義母さんに申し上げて、おふたりから促してもらうか」

今晩にでも相談するつもりでいたが、それどころではなくなった。

その日の午後、母屋の内がにわかに騒がしくなった。

「すいやせん！　どなたかお願いしやす！」

若い男の声が、戸口の方から響いてくる。

「あの声は……幸さん」

腰を上げて行ってみると、見当どおり板場の幸吉がひどく慌てたようすで立っていた。

「どうしたんだい、幸さん。何かあったのかい？」

「あ、若旦那！　大変なんでさ、大女将が……」

幸吉が言うより前に、真後ろからさえぎられた。

「騒ぐなと言ったはずだよ。おまえは地声が大きいんだから」

　そのとき初めて、幸吉の背中にある荷物に気がついた。広い肩の陰に、ちんまりと収まっているのはお喜根である。

「おばあさま！　どうなさったんですか！」

「たいしたことはないよ」と、お喜根はむっつりと返した。「出先で、ちょいと捻っちまってね」

　今日は大きな法事の席への仕出しがあって、脇板を筆頭に板場の衆が三人出張り、大女将自ら客先に出向いたという。

「その帰り道、大女将が転んじまって」

　逢見屋までは駕籠に乗せてきたが、部屋まで粗相なく運ぶよう、脇板から仰せつかったと幸吉が説く。

「いや、見たところ、つまずきそうな物はなかったんですがね。あんな真っ平（たいら）な道で、どうしてああも派手に転んだのか合点がいかなくて……」

「よけいなことはいいから、さっさと降ろしとくれ」

　ばつが悪いのか、若い板衆の口を早々に封じる。

「いや、大女将、ちゃんと部屋までお届けしろと言われてやすし。医者に行くよう勧めたんですがね、どうしてもきかなくて」

「おばあさま、診てもらった方がいいですよ。お歳を召した方が足を痛めると、長くかかるそうですから」

年寄りあつかいが気に障ったのか、お喜根はすっかりおかんむりだ。有り難いことに、そこにばあやのおすがが来た。

「ひとまず部屋までお連れして……いえ、床を伸べるほどでもございませんでしょ。見たところ、さほどの腫れもないようですし」

てきぱきと指図して、後のことは引き受けてくれた。母屋においては女中頭の立場にあるだけに、まことに頼もしい。

「うどん粉を酢で練って、膏薬を作っておくれ。きれいな晒も忘れぬように。二、三日はそれでようすを見て、痛みが引かないなら先生をお呼びいたしましょう。よろしいですか、大女将？」

若い女中には湿布薬を作るよう命じ、お喜根をも難なく説き伏せる。見事な手際には、すこぶる感心した。役立たずは退散することにして、幸吉に礼を言って店に帰した。

その折に、おすがが座敷から出てきて、小声で鈴之助に告げる。

「気丈な方ですから口にはなさいませんが……しばらくのあいだは、店には出られないと思います」

「しばらくって、どれくらいだい？」

「できればひと月ほどは、養生すべきかと。足をくじいたときは、治りぎわが肝心ですから」

「あの大女将が、ひと月もおとなしくしているとは思えないが」

「そこは私が、うまく説き伏せます。きちんと治さないと、筋が不格好なまま固まってしまうとか、足を庇いながらでは歩きようが年寄りくさいとか」

「説くというより、脅しだね」

苦笑いした鈴之助に、少し寂しそうに言った。

「大女将にものが言えるのは、いまでは私だけになりましたからねえ」

「そういえば、おすがは大女将より、ひとつ年上だったね」

「歳のことは、よござんすよ」と、鬱陶しそうに顔をしかめる。

十六で逢見屋に奉公に上がり、下女から数年で、お喜根の世話役に抜擢されたと以前きいたことがある。ここの板前と一緒になって娘が生まれてからは、お寿佐の乳母を仰せつかり、実の娘を育てながらお寿佐の母親役も務めた。

表を差配するお喜根に対し、おすがは母屋の一切を預かる、陰のおばあさまとも言える存在だった。そのおすがが、しわを眉間に集めて心配を伝える。

「大女将が動けぬとあらば、その穴は女将と若女将が埋めることになります。どうか若女将のことを、これまで以上に気遣ってあげてくださいまし。ただでさえ、だいぶお疲れのごようすですから」

「私もこのところ、気にはなっていたんだ。顔色もよくないし、食もあまり進まぬようすだし」

大方の商家や職人は、月に三日ほど店や仕事を休みとして、さらに五節句や藪入りが加わる。少ないようにも思えるが、これにはからくりがある。誰も日がな一日、目の色を変えて働くわけではないからだ。いわゆる休日は少ない代わりに、一日の時の流れはゆるく実働は案外短い。

客がいても構わずおしゃべりに精を出し、頻繁に一服し、店番と称して終日、碁を打つ店主もよく見かける。使用人に対しても、馬車馬のように働かせたり、細かな制約を押しつけると、かえって主人の側が人でなしと謗られかねない。

料理屋などは、他所が休むときがむしろ稼ぎ時となり、藪入りだけは世間に合わせるものの、五節句はやはり忙しい。このため逢見屋では、世間とはずらして月に三日、また五節句の後にも休みを設けていた。

明日はちょうど、逢見屋の休日にあたる。

皆で花見もいいが、ここしばらく夫婦の語らいもろくにしていない。

久方ぶりにふたりで出掛けないかと、昨晩、妻を誘ってみたのだが、色よい返事を得られなかった。

「ごめんなさい、鈴さん。疲れが溜まっているようで、できればゆっくり休みたいの」

青白い顔で、申し訳なさそうに告げられては、無理強いもできない。

たった半月ほどで、お千瀬は目に見えて痩せてきた。医者に行くよう勧めたが、大丈夫だと言い張ってきこうとしない。素直で屈託のないお千瀬にしてはめずらしく、かえって心配が募った。

「引きずってでも医者に行かせるべきか。それともお義母さんに相談して、女将としてお千瀬に達してもらった方がよかろうか」

昨晩の顚末をおすがに語り、助言を乞うた。古参女中は、しばし鈴之助の顔をながめてから、おもむろに口を開いた。

「いまのお嬢さまに要り用なのは、医者でもお母さまでもなく、ご亭主たる鈴之助さまです」

「私が……？　お千瀬に、何をしてやれると？」

「ただお傍に、ついてさし上げてくださいまし。それだけで、ようございます」

「……わかったよ、おすが」

そう応えたものの、ばあやの意図はまったくわからない。

ただ、必死ともとれる眼差しに打たれて、鈴之助はうなずいた。

夫婦の座敷に戻ると、お千瀬はこちらに背を向けて横になっていた。

息遣いからすると、眠っているようだ。

「かわいそうに……疲れているんだな」

妻の背中の側に座り、肩に手をかけた。起こすつもりはなく、さりとてすることもない。自ずとその歌が、口からこぼれ出た。

ねんねんころりよ　おころりよ
ぼうやはよいこだ　ねんねしな
ぼうやのお守りは　どこへいった
あの山こえて　里へいった
里のみやげに　何もろうた
でんでん太鼓に　笙(しょう)の笛

江戸子守歌は、江戸で生まれて地方にも広まった。物心つく前は、母がよく唄ってくれたそうだが、鈴之助は覚えておらず、代わりに兄の杉之助の声で耳に馴染んでいる。

小さい頃は怖がりで、寝つきも悪かった。

風で外の木々がごうとざわめいたり、みしりと家鳴りの音がするたびに目が冴えて、となりに眠る兄を揺さぶっては怖いと訴えた。

「風も家鳴りも、悪さなぞしねえよ。仕方ねえな、鈴が眠るまでついててやるから」

眠い目をこすりながら、子守歌を唄ってくれた。杉之助はいたって寝つきがいいだけに、たいていは唄いながら弟より先に寝てしまうのだが、それでも安心できた。鈴之助の胸に手を置いて拍子をとるのが常で、載ったままの兄の手は温かかった。温もりを思い出しながら、妻の肩に置いた手で静かに拍子をとり、子守歌を唄い続けた。

何度くり返したろうか。ふいに、しゃっくりのように妻の喉が鳴った。

「すまん、起こしてしまったか？」

こたえはなかったが、手の下にある妻の肩は震えていた。

「お千瀬……泣いているのか？　どうした？　何か辛いことでも……」

「鈴さん！　鈴さん！」

身を起こしたお千瀬が、夫にしがみつく。身を揉むようにはげしく泣きじゃくる妻にうろたえながら、ただ抱きしめてやることしかできない。

ひとしきり泣いて静かになると、背を撫でながら妻にたずねた。

「お千瀬、何かあったのだね？　私に話してくれないか」

小さな嗚咽だけが、鈴之助の胸元からきこえる。

「何があっても、私はお千瀬の味方だ。それだけは約束する。だから、打ち明けてくれまいか」

少し間があいて、か細い声が返った。

「鈴さん、私……たぶん……」

「たぶん、何だい？」

「……ややが、できました」

意味を察するまでに、我ながら呆れるほど長い間を要した。口から出たのは、さらに間抜けな問いだった。

「ややとは、赤ん坊のことか？」

こくりとお千瀬がうなずく。

「そんな目出度(めでた)いことを、どうしてもっと早く言わないんだ！　そうか、赤ん坊か……」

もとより子供好きで、自分の子となればなおさらだ。興奮が収まらず、喜びが舌の上でころがるようだ。

「産み月はいつなんだ？　腹は目立たぬようだから、まだしばらくはかかるだろうが……来年のいま頃は、この手に抱いているのかと思うと、いまから待ちきれないな。おばあさまや両親も、さぞお喜びになろう」

はしゃぐ夫の前で、お千瀬はうつむいたまま顔すら上げない。

妻の妙なようすに、改めて気づいた。

「お千瀬、どうしたというんだ？　何故喜ばない？　もしや、よほどからだに障りがあるのか？」

ここしばらく調子がすぐれなかったのは、おそらくは悪阻だろう。よほど悪阻がきついのだろうか。あるいは出産が、不安なのだろうか。出産でからだを壊したり、悪くすると死に至る場合もある。遅まきながら思い至り、にわかに妻の身が案じられてくる。

「違うの、鈴さん……私が心配しているのは、生まれてくる子供のことなの」

と、お千瀬は顔を上げた。白い肌に目のまわりだけが赤らんで、それもまた舞台化粧でも施したように美しい。ただ、表情はあまりにも悲しげだった。

「どうしたんだ、お千瀬。何がそんなに辛いんだ？」

「鈴さんは、男の子と女の子、どちらがいい？」

「え？　そうだな……男の子もいいが、女の子も可愛いだろうな」

期待に満ちた明るい夢想だけがむくむくとふくらんで、止めようがない。

「お千瀬に似たら、きっと美人になるぞ。いや待て、男は母親に似て、女は父に似ると、実家の裏にいた産婆が言ってたな。娘が私に似たら、さぞかし恨まれるだろうな」

自分に似た女の子のふくれっ面が浮かび、それもまた幸せな妄想だ。

「もし、男の子が生まれたら？」

「もちろん、男でもいいぞ。父親のようにひ弱でなしに、腕白でもいい、たくましく育ってほしいな。お千瀬に似たら、役者のような二枚目になるかもしれな……」

ふと、忘れようと努めていた顔が、頭に浮かんだ。伊奈月で会った、お千瀬によく似たあの顔だ。寒気がして、口をつぐんだ。

何だろう？　何か別の、大事なことを忘れている。逢見屋の柱は、女将たちだ。

それはつまり……。

『逢見屋には、忌まわしい呪いがかかっている』

呪詛めいてきこえたあの言葉が、妙に物悲しく響く。

『同じ呪いを、婿のあんたもいずれ被るということさ』

鵜三郎の顔が大写しになって、呪詛を呟き続ける。

お千瀬の声が、鈴之助を現実に引き戻した。

「もし男の子なら……この子はどうなるの？　この家に、この子の居場所はあるの？」

常におっとりとしたお千瀬とはまるで違う。必死の形相は、すでに母親のものだった。

生まれたての子を抱いて、ようやく父としての心構えが萌す男と違って、女は十月も前から母になる。お千瀬はすでに母として、お腹の子の行末を切ないまでに案じている。

「そんなに思い詰めては、からだにさわる。生まれてみなければ、男か女かわからないじゃないか」

いまは気休めくらいしか、かける言葉がない。

「女の子であれば、何の憂いもない。逢見屋の跡取りとして、きっと大事にされる。ちょうどお千瀬のようにな」

「男の子なら、大事にされないの？」

「いや、そんなことは……」

たちまちこたえに窮した。これでは堂々巡りである。

「でも、そうよね……長男なのに家を継げず、妹の影として生きるしかない。そんなの、この子があまりに可哀相よ！」

妻の叫びが、天上から雷のように落ちてきた。暗がりを一瞬、眩しいほどに照らし、これまでの一切が、輪のごとく繋がった。

『逢見屋の跡取りとして、きっと大事にされる。ちょうどお千瀬のように』

『長男なのに家を継げず、妹の影として生きるしかない』

自分と妻の声が交互に明滅し、伊奈月の若い仲居の声が小さくかぶる。

『歳よりもお若く見えますが、ご当人はそれが不服なようです』

義父が名をつけて目白を可愛がるさまを、義母のお寿佐はなじった。

『その目白は、私へのあてつけですか』

らしくないほど取り乱した義父のようすが、改めて胸に迫る。

『その話は、金輪際するな……何もきくな、誰にも言うな！』

繋がった輪をともに見てでもいるように、お千瀬が震える声で気持ちを吐露した。

「本当は、ずっと前からわかっていたの。もし男の子が生まれたらって……何べんも考えて、小さい頃はおばあさまに問うたこともあった。でも、そのたびに言われたの。逢見屋には女の子しか生まれないと。祖母や母と同じに、私にもきっと女の子が授かると」

初代や二代の女将についてはわからないが、少なくとも三代目たるお喜根の母親からは、連綿と女系が続いていた。

その他愛ない嘘を、幼いお千瀬は信じ、大人になってもなお信じようとした。鈴之助と夫婦になってさえも、楽観という方法で見ないふりをしてきた。

「でも、この子がお腹に宿ってからは、ごまかしようがなくなった！　おばあさまやお母さんが娘しか授からなかったのは、たまたまよ！」

違う――。たまたまとは、偶然だ。

偶然が二度はあっても、三度はあり得ない。そう見えるよう、計らったのだ。

鶉三郎は、安房蔵が婿入り前に儲けた隠し子なぞではない。

産みの母親は、おそらくお寿佐だ。

鶉三郎が歳より若く見えるのも、こうもお千瀬に似ているのも、安房蔵の取り乱しようも、そう考えれば説明がつく。

お千瀬より先に生まれた兄か、いや、ひょっとしたら――双子ではなかろうか。

この時代、双子や三つ子は歓迎されない。

概ね小さく生まれ、丈夫に育ちづらいことも理由のひとつだが、偏見の方が強かった。武家では例外なく片方が養子に出され、下々ではもっと酷いことも行われる。

「私も三つ子はとり上げたためしがないが、双子ってのは案外多くてね」

実家の裏手にいた、老いた産婆の話を思い出した。

腰を痛めて、当時すでに産婆は廃業し、娘夫婦の世話になっていたが、求められれば産前産後の養生などを説いていた。酒が好きな婆で、鈴之助の祖母が呑み仲間だったが、ある晩、厠に起きた鈴之助は、ふたりの婆の話を耳にした。

産婆は口の固さが身上だから、昔の苦労話なぞまずしない。その晩はめずらしく酒が過ぎたのかもしれない。江戸から遠く離れた寒村の生まれだと、己の出自を語った。

「若い頃は、故郷で産婆をしていたんだがね、その当時は、何人殺めたかわかりゃしない。早産で小さく生まれたり、難産で弱く生まれた子は、どうせ育たない。貧しい村じゃそんな子に手をかける、金も暇もないからね。私ら産婆がその場で息を塞いで、外には死産と言い張るんだ」

鈴之助がまだ七つの頃だ。どんな怪談噺より、怖くてならなかった。

「七歳までは、神の子というからね。あんたが気に病むことはないさ」

祖母の慰め口調すら、自らの歳に重ねて、恐ろしい呪文のようにきこえた。

神の子とは、人ではないという意味だ。

子供が七つまで育たぬことがままあったために、大人の気休めとして使われたが、一方で、子殺しや子捨て、虐待への言い訳ともなった。ことに寒村では、当然のように行われる。そうしなければ、一家どころか村がまとめて共倒れになりかねないからだ。

そして子の始末を押しつけられるのは、お産に立ち会った産婆であった。

「ある日ふと、嫌になっちまってねえ。というより怖くなった。慣れってのは恐ろしいね。いまやお侍ですら人斬りなぞしないってのに、誰より殺めているのが私ら産婆だなんて、あまりに皮肉じゃないか」

宿業から逃れるように、誰にも何も告げず村をとび出したと、産婆は語った。

「江戸に来て、少しはましになったかい？」と、祖母がたずねる。

「そうだね、まあ、殺生の数ばかりはだいぶ減ったがね、逆に里子の世話は増えちまった。手数としちゃ、かえって厄介なんだがね、それでも……ああ、そっちの方がよっぽどましさね」

互いに酒を酌み交わしているのか、少しのあいだ話がやんだ。

「めずらしいじゃないか、あんたが昔語りをするなんて」

「ほら、同じ町内に、双子の女の子がいるだろ？」

「ああ、あの搗米屋の。あまりに顔がそっくりで、私なんざ未だに見分けがつかないよ」

「あの子たちは、私が最後にとり上げた赤子でね」

「へえ、そうだったのかい」

「腹が妙に大きいからさ、もしかしたらと思っちゃいたけど、双子かもしれないなんて言えないし、親は生まれるそのときまでわからないじゃないか」

子の誕生に喜び、しかしもうひとりいると知らされたとき、誰もが顔色を変えて慌て出す。江戸という都会ですら、偏見は根強く居座っている。片方を密かに養子に出すのが常道だが、搗米屋の夫婦はそれを望まなかった。

「どちらも可愛い我が子だから、手放すつもりはないと言ってね。たまにはいるんだよ、そういう殊勝な親がね。私ゃ内心で嬉しくってねえ。ああ、これで思い残すことはないって、産婆を仕舞うことにしたんだよ」

「あの子たちが、あんたのとり上げた最後の子供だったんだね」

しんみりと相槌を打つ、祖母の声がきこえた。

「今日、道であの子たちに会ってね。七五三の晴れ着を着ていた。ああ、七歳になったんだ、もう神の子じゃなく人の子なんだと思ったら、つい泣けそうになってね」

「らしくない昔語りは、そのためかい」

「ああ、まったくらしくない。私も歳をとったもんさ」

「お互い老い先が短いからね。さ、今夜はとことん飲もうじゃないか」

祖母の音頭で調子が変わり、その後は明るい宴になったが、鈴之助は涙が止まらなかった。搗米屋の双子を、知っていたからだ。

搗米屋の双子とは、鈴之助は歳も手習所も同じだった。

実を言えば、双子はよく近所の悪ガキから「搗米屋の狐憑き」と苛められていた。

狐は人に化けるというから、どちらかが狐に違いないというのだ。

男の子にやたらと絡まれるのは、ふたりの顔立ちがとても可愛かったこともあろう。引っ込み思案な鈴之助は、ちょっかいをかける勇気すらなかったが、産婆の話をきいて以来、困った始末に陥るようになった。

「鈴ちゃん、どうして？」

「どうして私たちの顔を見るたびに、泣き出すの？」

「わかんない。わかんないけど……ふたり一緒でよかったなあって」

子殺しの話があまりに怖かったこともある。だがそれ以上に、いまこうして姉妹がそろっていることが、手を合わせたくなるほど有り難いことのように思えて、水を張った桶の箍が外れたように涙があふれて仕方がなかった。

当のふたりには甚だ不評で、『変なの』と、声をそろえてそっぽを向かれた。

それぞれが嫁ぐまでは、どこへ行くにも一緒だったあの姉妹は、達者でいるだろうか。すでに他界した祖母と産婆は、あの世でも酒を手に昔話に花を咲かせているのだろうか。

鈴之助にとっては懐かしい思い出に過ぎなかったが、産婆の語ったさまざまが、いまになって酷い現実としてつきつけられる。

泣きじゃくるお千瀬の背を撫でながら、鈴之助はただ途方に暮れていた。


いっそのこと、お千瀬にすべてを話して、夫婦で乗り越えていくべきだろうか。

何度もその考えが頭をよぎったが、既のところで思い留まった。

「お腹の子は、三月に至ったようです。悪阻も重いようだし、五月までは流れることもままあります。大事をとって、しばらく店の仕事は休ませます。婿どのは、よくよく気をつけてあげるように」

お寿佐からそのように、達しを受けたからだ。妻によけいな負担をかけては、お腹の子供にさわりかねない。五月を過ぎた戌(いぬ)の日には、腹帯を巻き帯祝いを行う。少なくとも帯祝いを済ませるまでは静観することにした。

「お千瀬のことは、お任せください。ですが、店の方は大丈夫ですか？　お義母さんおひとりでは、手が足りないのでは？」

大女将に次いで、若女将まで店を休んでは、お寿佐の負担があまりに大きい。

「帳面付けなどの座り仕事は、母が引き受けてくれますし、大事ありません」

婿がよけいな心配をするなと、いつものごとく一蹴されたが、意外な声が鈴之助の援護にまわった。

「お母さん、たとえ猫の手でも、ないよりはましです。義兄さんはたしかに、頼りないし役立たずだし無駄飯食いだし……」

「お丹ちゃん、その辺で勘弁してくれよ」

たまらず鈴之助が、悲鳴をあげる。ちらと義兄を一瞥(いちべつ)し、お丹は母に真顔を据えた。

「義兄さんと同じに、私も半人前ですが……半分を合わせれば、一人分にはなります。それでも姉さんには及ばないけれど、精一杯務めます。どうか私と義兄さんに、手伝わせてください！」

お丹が母の前で頭を下げ、鈴之助も慌てて倣う。お寿佐はしばし躊躇していたが、さらに小さな援軍が加わった。その場には、安房蔵とお桃もいた。

「私も」と、お桃が呟く。

「お桃まで、店を手伝うと？」

母に問われ、お桃は首を横にふる。

「おばあさまと、お千瀬姉さん……」

「そうか、お桃がふたりの世話をしようというのだね？」

安房蔵が察して、ん、とお桃はうなずいた。

「どうだい、お寿佐、やらせてみては。無理をして、おまえにまで倒れられてはそれこそ一大事だ」

「私は……丈夫なたちですから」

夫の労わりは慮外だったのか、お寿佐がめずらしく戸惑い顔をする。

「お丹と鈴之助なら、きっとおまえの助けになる。私はそう思うよ」

安房蔵が、優しい視線を向ける。ふたりには、何よりの励ましになった。

「まあ、駄目でもともと、うまくいけば儲けものですね。よろしい、今日から手伝ってもらいましょう」

中途半端に上げた頭を、お丹とともにもう一度深々と下げた。


「いい？　私が若女将名代（みょうだい）で、義兄さんはあくまでお供ですからね」

「何べんも念を押さなくとも、わかっているよ、お丹ちゃん」

若女将代理として、お丹はすこぶる張りきっている。そういうところはまことに素直で、実際、利かん気の強い桃太郎の後ろを歩く、犬の気分だ。

朝餉の折に話が決まり、その日の午後、さっそく一件の仕出し先を任された。

板前ひとり、裏方ふたりとともに、還暦の祝いの席に赴く。裏方のひとりは馴染んだ泰介で、それだけでも心強い。

「それにしても、どうしていまごろ？　歳の祝いは、正月にするものだろう？」

数え歳は、誕生時に一歳とされ、正月のたびに歳が増える。一歳から始まるのは、零の観念がないからだ。

正月に皆が一斉に歳をとるために、やりとりされる金品をお年玉という。

お年玉は、古くは餅を与える風習であったが、やがて餅以外の品やお金も贈られるようになった。受けとるのは子供だけではなく、歳暮のように大人同士でもやりとりされた。

「ご隠居さまが、去年の暮れから床に就いていたのですって。幸いにも床上げに至って、だから快気祝いも兼ねていなさるのよ」

「ああ、そういうことか。それは二重におめでたいね」

お丹の説明に、にっこりする。まだ病み上がりということで大勢は招かず、身内だけのささやかな席故に次女と婿に任せたのだろう。心配事を抱えているだけに、鈴之助としても祝儀の席の方が有り難い。

「姉さんだって、おめでたでしょうに。なのに、あまり喜んでいないのね」

「いや、もちろん嬉しいよ！　あたりまえじゃないか」

精一杯、笑顔を作ったが、うまくいかなかった。

「無理しなくていいわよ。どうせ男の子が生まれたらって、気を揉んでいるのでしよ」

何も言わないのがお桃の思いやりなら、包み隠さずはっきりと告げるのもまた、お丹なりの気遣いだ。その明瞭さに、ふっと気持ちが軽くなった。

「もし男の子が生まれたら、いっそ跡取りに据えてはどう？」

思いがけないことを、お丹はさらりと言った。

「お丹ちゃんがそれを言うのかい？　逢見屋のしきたりを、何より大事にしてきたじゃないか」

「それはそうだけど……もしも先に長男が生まれて、私がその子だったら、とてもたまらないわ。お千瀬姉さんが先に生まれたから、私が妹だからこそ、どうにか堪えられた。世間とは逆に、男子や長子がないがしろにされては、立つ瀬がないでしょう？」

「世間とは、逆……」

頭を射抜かれでもしたような気がした。

悩みでぱんぱんだった頭に穴があき、急に風通しがよくなった心地がする。

「……ああ、そうか。いま、わかったよ」

「何がわかったというの？」

「おばあさまやお義母さんが抗っているのは、世間のあたりまえなんだ」

お喜根やお寿佐が対峙しているのは、家は男子が継ぐものとする、この世の常識なのだ。

女が家を継ぐなぞ、武家では決してあり得ず、力仕事を旨とするお百姓や大工なぞも総じて同じだろう。居職の職人や商人なら辛うじて見かけるが、やはりめずらしい。

それでも料理屋は、多少は分が良いかもしれない。番付に名を連ねる料理屋の中にも、女将を頂く店が散見される。とはいえ、百のうち二、三と言ったところか。

お喜根の母親から四代にわたって、頑ななまでに女主人を貫き通すのは、並大抵のことではあるまい。非情ともとれる取捨選択は、その枠からはみ出た生きづらさが裏打ちされている。

あたりまえこそが、もっとも恐ろしい敵となり得る。

外れたとたん、白い眼を向けられ、容赦なく石をぶつけられる。丸く描かれた円から、尖った切っ先が突き出したり、円からとび出せば、はぐれ者の烙印を押される。

世間の識から逸脱し、それでも後ろ指をさされまいとするなら、己を厳しく律し、後々の不安の芽は、すべて摘み取らなくてはならない。

鵜三郎はやはり、お千瀬の双子の兄弟に違いない。改めてそう思えた。

あの産婆が言っていたように、双子の片方が里子に出されることは、むしろあたりまえであり、逢見屋を守るためには最善の策と言える。

男女の双子は似ないというが、似ていたとしても不思議はない。

世間体を重んじて、百太として生まれた鵜三郎を、密かに里子に出した。

ただ、伊奈月の名には、お喜根もお寿佐も心当たりはなく、決して芝居ではなさそうだった。おそらくは、里子に出した先をあえてきかなかったか、あるいは養い親の都合でふたたび手放され、伊奈月に養子に入ったか、どちらかだろう。

後者であれば、何度も親に捨てられたと、鵜三郎には思えたかもしれない。

顔はお千瀬に似ているが、時折見せる鋭く激しい気性は、むしろお丹を思わせる。

お丹に置きかえてみれば、鵜三郎の胸中も少しは量りやすい。

あの子供っぽい嫌がらせは、甘えの裏返しだ。自分の存在に気づいてほしくて、実の親に構ってほしくて、地団太を踏んで泣きわめく子供と変わらない。

そしてもうひとり、息子の処遇に納得のいかない者がいた——安房蔵だ。

立場の弱さ故に、この家の法である大女将に従うよりなかったが、手放した息子への思いを抱え続けてきた。その証しが、百太と名付けたあの目白だ。鳥はいわば、息子の形代(かたしろ)だった。

それをあてつけだとなじったお寿佐もまた、罪の意識を抱えているのだろう。身籠(みごも)って間もないお千瀬ですら、すでに母の性を宿しているのだ。十月(とつき)以上も我が身の中で大事に育てた子を、忘れられるはずもない。素振りには出さないが、物思いはむしろ、安房蔵よりも深いのかもしれない。

『逢見屋には、忌まわしい呪いがかかっている』

あのときは、呪詛めいてきこえた言葉が、妙に物悲しく響く。同時に、それまで逢見屋に仇(あだ)なす敵としか見えなかった鵜三郎が、たまらなく不憫に思えた。

ただ男であるというだけで、厄介者のように他家に押しつけられた。

これが女であれば、こうも遺恨を残さなかったろう。男社会という世間の通念は、仕方がないという諦観を後押しするからだ。

「あたりまえとは、実に厄介なものだね。そんなものに縛られなければ、よほど楽に生きられるのに」

誰より縛られているのは鶴三郎に思えた。

鈴之助の胸中は、むろんお丹には量りようがない。現実の心配事に、鈴之助を引き戻す。

「で、どうするの、義兄さん。もしも長男が生まれたら」

「生まれてから、考えるよ」

「男はすぐそれなんだから。家の面倒事は女に押しつけて、知らぬふりを通すつもり？」

「先々のことはともかく……私は何があっても、お千瀬の味方に立つよ」

「まあ、それなら、許してあげるわ」

義妹に辛うじて及第をもらったところで、ちょうど客先の商家に着いた。

「このたびは、ご隠居さまが還暦を迎えられたよし、まことにおめでとうございます。私ども逢見屋一同、心よりお慶び申し上げます」

お丹の挨拶や立ち居振る舞いは、今日が名代始めとは思えぬほどに堂に入っていた。

「いや、ありがとう。臥せっていた折は、いよいよ駄目かと諦めてもいたのだがね。こうしてまた、逢見屋さんの料理をいただけるとは……」

病を乗り越えただけに、感無量であるのだろう。赤い頭巾とちゃんちゃんこ姿の隠居が、にわかに涙ぐむ。

還暦は文字どおり、「暦が還る」という意味だ。十干十二支の組み合わせは六十通りあり、数え年で六十一になると、生まれた年の干支に還る。

また赤い装束は、赤子に還る意味もある。赤ん坊には魔よけのために赤い衣を着せる。同じ赤色を身につけて、新たに出直す意味が込められていた。

「今日は楽しみにしておりますよ」

「はい、精一杯務めさせていただきます。ひと足早い初夏の献立を、お愉しみください」

料理も着物と同じ、季節を先取りするものだ。

晩春のいまは、初夏を思わせる膳が仕立てられる。この時期は魚も豊富で、鰹には少し早いが、鯵、鱚、白魚、海老、小鰻などが旬を迎える。

鰻が好物だという隠居のために、山葵を載せた小鰻の白焼きと、蒲焼を卵で巻いた鰻巻きが先付に添えられて、椀は結び鱚のすまし。小魚の鱚を一匹ずつていねいに、鱗をとり腸を除き、身を結びにするという大変手間のかかる一椀で、茗荷の新芽である茗荷竹で香りづけする。

刺身は旬のしま鯵と鯛。祝儀だけに、お頭つきの焼き鯛も銘々に供する。膾は白魚の酢の物。煮物は海老と葉芋と新牛蒡、青豆の炊き合わせ。海の老いと書く海老や、長く育つ牛蒡は、長寿の祝いには欠かせない。

飯は扇に形取った赤飯と、やはり隠居の注文だという干瓢巻きが並べられた。

「そういえば若旦那、知ってやすかい？　上方者には干瓢巻きは甚だ不評でしてね」

鈴之助も、干瓢巻きは好物だ。旨そうだなと眺めていると、泰介がそんな話をした。

「派手を好む上方では具の多い太巻きが、すっきりした粋が値打ちの江戸では、かっぱや干瓢なぞの細巻きが、受けがいいんでさ」

　いつぞや上方に本店のある商家で細巻きを出したところ、えらく文句を言われたと苦笑する。

「巻き寿司ひとつにも、東西の違いが出るとはねえ」

「東西どころじゃなく、同じ江戸の水で育っても、それぞれに家の味ってもんがありやすからね。こちらさんの巻き物も、干瓢をうんと甘く煮ていやす」

　どちらかといえば、鈴之助は砂糖より醤油の利いた味を好むが、ひとつつまんで味見をしたい衝動にかられた。

「舌ってのは、頑固でしてね。結局、子供の頃から馴染んだ味が、何より旨いんでさ。客の好みに合わせつつ、新味も出していくのが仕出屋の身上でしてね……すいやせん、親方の受け売りですが」

　権三の言葉だと、泰介は種を明かす。

「私も、仕出屋に関わることができて幸せだよ。あんなに嬉しそうな顔を、いくつも見られるからね」

「食うってことは、それだけで幸せな心地になりやすからね。旨いもんならなおさらです」

たとえ不祝儀の席であっても、飲み食いするあいだは存外にぎやかなものだ。死と別れに際しても、人は食うことを止められない。悲しいときこそ、食という日常は、残された者に生きる希望を与える。

「あ、若旦那、そっちはまだ盛り付けが終わってやせんぜ」

「おっと、これはすまない」

「義兄さんたら、しっかりしてちょうだいな」

「お嬢さん、器の向きが逆ですよ」

「えっ、そうなの？　ごめんなさい」

新米ふたりは小さな粗相をいくつかやらかしたが、慣れた板前たちのおかげで事なきを得た。還暦祝いは滞りなく終わり、五人そろって帰途に就く。

「はああ、さすがに疲れたよ。仕出しに出向くのは、初午以来だからね」

「だらしないわね。とはいえ、私もまだまだと身にしみたわ」

「おふたりとも、ご立派でしたよ。お客さまが満足していなすった。あの顔が何よりの証しでさ」

泰介の労いは、世辞だとわかっていてもやはり嬉しい。ことにお丹は、素直に顔に出る。誇らしそうに頰が紅潮した。

「逆に、お客さまのおかげかもしれない。和やかで気どりのない、とてもいいご一家だったからね」

「たしかに、それもまことでさ、若旦那」

泰介がうなずく。仕出しの良し悪しは、客にも大きく左右される。作り手と食べる側、双方の息が合わないと、どんな馳走も無駄に終わる。

「お丹ちゃんも、ああいう家に嫁げるといいね」

「とっとと嫁に行けというわけ？　そんなに私を追い出したいの？」

「いや、そうじゃなく、ほら、前に言ったじゃないか。逢見屋よりも、身代の大きな商家に嫁ぎたいって」

「へえ、そうなんですかい。初耳でさ」と、泰介も目を見張る。

「義兄さんはまったく、よけいなことをぺらぺらと」

「ごめんごめん。でも、ああいう家なら、申し分ないだろ？　構えは大きいが、ご主人一家は朗らかで仲が良さそうだった」

「物持ちに限って、存外嫁さんにはきつい家もありやすからね」

「そうね……たしかに申し分はなかったけれど……」

お丹の顔が、ふっと陰る。

「もしかしたら、逆なのかもしれない。ああいう大きな商家に嫁いでも、私が本当にしたいことはさせてもらえない」

「したいこと……って？」

「私はね、商い事に関わりたいの。旦那さんや番頭とあれこれ相談して、一緒に店を回していきたいの。だけど、どこの商家も表と裏ははっきりと分かれていて、女は決して表の商いには口を挟めない」

他所に嫁げば、お丹もまた、いまの鈴之助と同じ立場になる。

嫁には内儀としての務めがあり、内儀とは奥向きや勝手向きを意味する。名のとおり内儀は、ちょうどおすがのように母屋の一切を目配りし、表を含めた奉公人の衣食住を整え、客への贈答品を任されたりと責任は相応に大きいのだが、商いだけは決して踏み込めない領分だ。

ずっと三女将を見てきて、憧れも大きい。家内だけに縛られる内儀という立場は、お丹が望むものとはかけ離れているのだろう。

「前から、わかってはいたの。仕出し先や、お茶や踊りのお仲間の家に行くたびに思ったの。どこの家も、職人も商家も、仕事の表舞台には男しかいなくて、女は裏方ばかり。なのに、誰も不満そうな顔はしない。私にはそれが、とても不思議に思えたの」

世間のあたりまえは、お丹の前にも壁として立ちはだかっている。逢見屋で培われた当然は、一歩外に出ただけで阻まれる。

「世の中はこんなに窮屈なのかって、唖然としたわ」

「お丹ちゃん……」

「いっそ小店にでも嫁いで、やりくりに汲々しながら亭主の尻を引っぱたく方が、性に合っているのかも」

お丹にがみがみやられているひ弱な亭主が即座に浮かび、口許がにやついた。

「それなら、お嬢さん、どちらかに嫁ぐより、いっそお嬢さんが店を興してみてはいかがです？」

「店を……興す？」

泰介の案に、お丹は目を見張った。

「あっしら兄弟も、ゆくゆくはふたりで店を開くのが夢なんでさ」

「そういえば、幸さんから前にきいたよ」と、鈴之助も思い出す。

「まあ、あっしらじゃ小さな飯屋がせいぜいですが、最初はそれくらいがちょうどいいかと。手前(てめえ)らでちっとずつ、手を加えていく楽しみもありやすから」

「己の手で、少しずつ……」

「いいじゃないか、お丹ちゃん！　きっとそっちの方が、お丹ちゃんに向いてるよ」

鈴之助も諸手(もろて)を挙げて賛成する。新規なことには失敗がつきものだが、負けん気の強いお丹なら挫(くじ)けはしまい。

「でも、店って何を？」

「何でもいいさ。団子屋でも小間物屋でも、お丹ちゃんのやりたい店にすればいい」

「あたしは……やっぱり仕出屋をやりたいわ」

「ならば決まりだ」

仕出屋といっても、大小さまざまだ。貸座敷を持たず、板前ひとりと裏方ふたりほどで、料理と出前をこなす店もある。それすらいまのお丹では手に余ろう。

「まずは大女将に、相談してはどうだい？　お丹ちゃんが本気だとわかれば、無下にはしないはずだよ。仕度金も出してくれるかもしれない」

「いいえ、そこまで甘えられないわ。いっときは借りるとしても、きちんと返す算段をしなければ。その前に、おばあさまを納得させるには、店の絵図をしっかりと描かなくてはならないわね。ああ、帳面付けとか板前の差配とか、覚えることも山ほどあるわ。一年や二年で済むかしら……いいえ、たとえ三年かかっても構やしないわ」

　実にわかりやすく、お丹のやる気に火がついた。半ば気圧されて、泰介とひそひそ話を交わす。

「これは当分、祝言どころではなさそうだ。もしかしたら、行かず後家になるかもしれない」

「よけいなことを、言っちまいやしたかね？」

「大丈夫さ。己自身で先を切り拓いていく方が、お丹ちゃんには似合いだからね」

夏めいた陽光よりも輝いて見える。お丹の眩しさに目を細め、ふと頭に閃いた。

「そうか……その手があったか」

「何ですか、若旦那？」

「いや、お丹ちゃんと泰さんのおかげで、良い思案を思いついた。ふたりとも、ありがとう、ありがとう！」

何のことやらと、お丹と泰介は怪訝な顔を見合わせた。


「具合はどうだい、お千瀬？」

店を手伝い始めて、十日ほどが過ぎた。母屋に戻ると、飯よりも前に、まず妻のようすを窺うのが日課となった。

「おかげさまで……久しぶりに白いご飯が食べられて、少しは力が出たわ」

「それはよかった！」

「内緒だけど、お桃のおかげなの。こっそり梅干を添えてくれて」

「どうしてそれが内緒なんだい？」

「おすがの話では、身重の折に梅干は良くないそうなの。でも、どうしても食べたくて」

何食わぬ顔で、食事の給仕をおすがと代わり、お桃は隠していた梅干の小皿を黙って膳に載せた。実にお桃らしい気遣いだと、鈴之助も笑顔になる。

「ややができると酸っぱいものが欲しくなるとはきいたが、本当なのだね」

「おかげで毎日、お酢を使った膾しか食べられなくて」

「私の母は、ちょっと変わり種でね。兄弟それぞれで、食べたいものが変わったそうなんだ」

長兄がお腹にいたときは、ふだんはさほど好まない天ぷらが無性に食べたくなり、次兄のときは揚げ物なぞ見たくもなく、人並みに酸っぱいものを欲しがった。三兄の杉之助になると、夏場だったこともあり西瓜ばかり食べていたという。

「鈴さんのときは何を？」

「あんこだそうだ。饅頭や大福をもりもり食べていたと」

「何だか、鈴さんらしい」と、お千瀬が楽しげに笑う。

「食べたいものを食べればいいと、産婆にも言われたそうだ。食べなければ、からだが参ってしまうからね」

吉屋の四兄弟をとり上げたのも、やはり実家の裏手に住んでいた産婆である。

「鈴さんみたいな子になるなら、私もあやかろうかしら。いまはお饅頭は無理だけど……そうね、甘いものなら生姜餅が食べたいわ」

「明日、さっそく買ってくるよ」

勇んで妻に約束した。お千瀬の明るい表情は久方ぶりだ。ここしばらく胸に抱えた思いを、打ち明けることにした。

「お丹ちゃんと、仕出しをこなした初日のことなんだが」

自分の店を持ちたいと、お丹が望んでいることをまずは語った。

「まあ、お丹がそんなことを……でも、あの子らしい」

ふっと、憂いを含んだ微笑を浮かべた。

「気性はきついけれど、お丹の強さが私にはうらやましかった。あの子の方が、よほど女将に向いているもの。逆に生まれていればって、何度も思ったわ」

「お互い、ないものねだりだね」

「本当ね。でも、お丹がどんな店を始めるのか、私も見てみたい」

と、お千瀬は晴れやかな顔を向けた。

「お丹ちゃんの話から、思いついたのだがね。お腹の子がもし男の子なら、同じようにしてやれまいか？」

「……え？」

「逢見屋とは別に、店を持たせてあげたいんだ。最初は小さくとも、才気があれば大きくもできよう。大事なのは、この子がないものねだりに囚われないことだ」

他人をうらやむ気持ちは、誰の心にも存在する。そこに執着すれば自分が見えなくなり、まわりに当たりちらすことになる。以前のお丹もそうだった。

それでもお丹は、自分の進むべき道を見つけた。足を痛めて以来、ちょうど母屋にいる大女将の許に通い、勘定やら帳面付けやらを貪欲に学んでいた。

「まったく、誰に似たのやら。相手をするこっちの身にもなってほしいよ」

と、お喜根がぼやくほどだが、祖母としても、内心では孫の熱心が嬉しいのだろう。びしびしと鍛えあげていた。

「店をまわす知恵は、お千瀬も授かっているだろう？　それを子供に伝えてほしい。女でも男でも、逢見屋を継ごうと跡取りでなかろうと、きっと後々の役に立つ。子供にそれを、信じさせてやりたいんだ」

「でも……その子が仕出屋をやりたいと望まなかったら？」

「商い物は何でもいいさ。商人が嫌なら、職人でも板前でもいい。この子が好きに決めればいいんだ」

「好きに、決める……」

お千瀬の呟きには、憧れが籠もっていた。

「男なら、家を背負わない代わりに、好きに生きられる。女なら、大事な家業を任せてもらえる。どっちにも利はあるんだ。大事なのは、当人がそれをよしと得心することだ」

「得心、してもらえるかしら？　もし、男の次に女が生まれて、上の子が逢見屋を望んで、妹が女将に立つことを望まなかったら？」

「そのときは、子供たちの好きにさせてやればいい。私たちの代で、逢見屋の慣いをお仕舞いにするんだ。たとえおばあさまやお義母さんに責められたとしても、できない話じゃない」

こくりと、お千瀬が唾を呑む。

長年続いた慣わしを、途切れさせることには勇気が要る。

それでも子供のためなら、非難は自分が受けとめよう——そう決心したのだろう。顔を上げて、うなずいた。妻の緊張をほぐすように、笑みを向ける。

「とはいえ、逢見屋の慣いは、世間ではめずらしい。絶やしてしまうのも、もったいなく思えてね」

「珍こそ宝なり」とは、杉之助の教えだ。

婿入りしたときは、頭の上にただ重苦しく被さっていた女系のしきたりも、いまとなっては何やら愛おしい。お喜根もお寿佐も、そして安房蔵も、心を鬼にしてでも必死に守ろうとしてきた。良し悪しは別として、その思いだけは無下にしたくはなかった。

「もしかしたら私のように、男ばかりの兄弟かもしれないしな」

「あら、そうなったらどうしましょ」

「そのときは、嫁を女将にするしかなかろうな。いずれにせよ、店を継げるのはひとりだけ。だから他の道がたくさんあることを示した上で、その子が自らの足で歩いていけるように計らいたいんだ」

「お丹のようにということね？」

「いや、お千瀬やお桃ちゃんも同じだよ。見かけは優しくて大人しそうだが、芯は頑固だ」

「まあっ！」

子供っぽいむくれ顔に、鈴之助が笑い出す。

「男でも女でも、私たちの大事な初子(はつご)だ。生まれてくるのが楽しみでならないな」

まだふくらんでいない妻の腹に、手を当てた。お千瀬の白い手が、夫の手に重ねられる。

「私も……早くこの子に会いたくてたまらない」

久方ぶりに見る妻の穏やかな顔は、観音様のようだった。


身重のからだにとって、精神(こころ)の平安はこれほどまでに良薬となり得るのか。

鈴之助が目を見張るほどに、その日から、お千瀬はみるみる回復した。

「今日は店もお休みだし、お天気も申し分ないし、鈴さん、ふたりで出掛けましょうよ」

　数日後には、お千瀬の側から言い出すまでになった。もちろん鈴之助に否やはない。

「どこに行きたい？　芝居でも縁日でも、何でもいいぞ」

「そうね……いまは広い景色が見たいから、海はどう？」

「それなら、芝浦（しばうら）に行こうか。ちょうど潮干狩りもできるしな。いや、足を冷やすといけないから、お千瀬はやめておいた方がいいか」

　芝浦・品川・深川洲崎（すさき）などでは、三月から四月にかけて潮干狩りができる。満干（みちひ）の差が大きいときは二十余町もの干潟になり、子供はもちろん老いも若きも男も女も、着物の裾を絡（から）げて蛤や浅蜊（あさり）を拾う。

　四月も十日ほどが過ぎて、湿気こそないが日は射るほどに眩しい。夫婦はともに日傘をさして出掛けた。江戸では男女を問わず、日傘を差す。

　暦の上では、四月から夏に入る。夏に入って日傘の数も増えたが、幸い道はさほど混んではいない。新橋を渡り、増上寺を囲む寺町を過ぎて金杉橋（かなすぎばし）に至る。橋から四、五丁南に行った海側が、芝浦だった。

町家が尽きて視界が開けると、お千瀬は歓声をあげた。

「やっぱり海はいいわね、鈴さん。潮風が心地いい」

月のいま頃は小潮にあたるためか、思ったより人も少ない。遠くに潮干狩りをする親子連れなどの姿もあるが、楽しそうな子供の声は耳に快く響いた。

日傘の下にある、妻の横顔をながめるだけで安堵がわく。

「食が戻って、本当によかった」

「梅干のおかげで、ご飯が進むようになったから。おすがはやっぱりよくないと言って、わざわざ塩抜きをするのよ」

不満そうに口を尖らせる。そんな表情も、娘の頃に戻ったような錯覚を覚える。

それでもふとしたことで、たちまち母の顔になる。

「この子が歩けるようになったら、あんなふうに潮干狩りをしたいわね」

「お千瀬も尻っ端折り（しりっぱしょり）で、貝を拾うのかい？」

「もちろん、しますとも。母親はたくましいものですからね」

「私はたくましい父にはなれないが……ひとまず小遣いの半分を貯（た）めることにしたよ」

「子供のために、ですか？」

「うん、いつか別店をもつなら、要り用になるだろう？」

「まあ、気の早い」

「甲斐性なしの父親だからこそ、ここぞというときには甲斐性を見せたいじゃないか」

半ば冗談のつもりであったが、お千瀬は笑わなかった。

「鈴さんは、甲斐性なしなぞではありません。私が見込んだとおりの、いいえ、それ以上の立派な旦那さまです」

「お千瀬だけだよ、そんなことを言ってくれるのは。まあ、世辞でも嬉しいがね」

「世辞ではないわ。男の人は甲斐性というと、すぐに稼ぎに結びつけるけれど……私は違うと思うの。妻や子の笑顔を、何より大事にしてくれる。鈴さんこそ、甲斐性のある旦那さまです」

甲斐性とは、物事をやり遂げる力のことで、そちらばかりが取り沙汰されがちだが、本来は、かいがいしく健気な性質をさす。妻子のためと言いながら、馬車馬のように働いて家を顧みない夫より、多少頼りなくとも家族に向き合う夫の方が、よほど値(あたい)がある。お千瀬の言い分は、ひとつの真理でもあった。

暖かな南風が、絶え間なく小波(さざなみ)を岸にはこび、海を映した空をちぎれ雲が横切る。

「私、鈴さんとふたりで見たこの景色を、きっと忘れないわ」

「ひとり忘れているよ。三人で見た景色だ」

「あら、そうね。赤さんにも見えるかしら」

己の腹を両手で包み、お千瀬は慈しむように微笑んだ。

潮風は心配や憂いを払い、波とともに沖の向こうに運んでくれた。

幸せな心地で家路に就いたが、店の前でいきなり途切れた。

逢見屋の前に、ひとりの男が立っている。認めるなり、緊張が走った。

「どうして、ここに……」

「鈴さん、お見知りの方?」

妻には言えない。お千瀬には告げたくない。

佇んでいるのは、伊奈月の鵜三郎だった。

第十章　因果応報

「鈴さんの、お知り合い？」

お千瀬の声すら、ろくに耳に入らない。一刻も早く逢見屋から引き離し、妻の目に触れないようにしなくては。それだけで頭がいっぱいだった。

「知り合いってほどでもないが、何か話があるのかもしれない。あの男と、少し出掛けてくるよ。お千瀬は心配せずに、家に入りなさい」

裏返りそうな声を押さえつけながら、妻を家へと追い立てる。

「でも、あの方の顔、何だか……」

どっと冷や汗がふき出し、目が回りそうだ。もしやお千瀬は、気づいたのか——。

「あの方、具合が悪いのではないかしら？」

「本当に、ここに立たれては具合が悪くて……え？」

初めてしっかりと、鶉三郎の横顔を捉えた。

動顛して気づかなかったが、たしかにようすがおかしい。

頰はこけ、頰骨や鼻筋が妙に尖っている。悪阻で加減の悪かったお千瀬の比ではない。げっそりと憔悴して、まるで半病人だ。剝き出しにしていた憎悪はおろか、落ち着き払った若主人の佇まいすら、いまは見る影もない。

「ちょっと、ようすを見てこよう」

妻を母屋の方に歩かせて、そろそろと近づいた。この前会った折は、まさに野犬さながらだった。いまにも嚙みつかんばかりに吠え立てられ威嚇された。

「若旦那……鶍三郎さん？」

小さな声で呼んだが、何も応じない。相手を間近で捉え、鈴之助は息を吞んだ。目の下に青黒い隈が穿たれて、その目は何も見ていない。怒りに満ちた強い眼差しはなく、ただぼんやりと見開かれていた。

「どうしなすった？　病ですか、気鬱ですか？　ともかく、ここでは落ち着かない。話をききますから、場所を変えましょう」

二の腕に手をかけて向きを変えようとすると、色の悪い唇から、ぼそりと煙のような声が出た。

「親父が、死んだんだ……」

一瞬、浮かんだ安房蔵の姿を、急いでふり払う。鵜三郎が親父と呼ぶのは、別の人物だ。

「もしや、伊奈月のご主人ですか？」

病を得て床に就いていたことを、思い出した。病床に臥していた伊奈月の主人は、おそらくは鵜三郎の養父にあたる。

その死が、これほど応えたのだろうか。月並みな悔やみの言葉すらはばかられた。

「あんたの言ったことが、本当になったよ」

「……え？」

「伊奈月が潰れると、そう言ったろう」

あの晩、鈴之助は、若主人の鵜三郎に言い放った。

『あなたが何か仕掛けるたびに、傷を負うのは逢見屋ではない。むしろ伊奈月なのですよ！』

自身の声が、耳によみがえる。ごくりと、唾を呑んだ。

「まさか……潰れたのですか？　伊奈月が？」

「潰れたも同然だ。魚河岸からは相手にされなくなり、仕入れにも事欠くありさまだ。遂には板長にも見放され、板衆や仲居も大方が辞めていった」

　自身の放った憎まれ口が、現実になることほど恐ろしいものはない。渇いた声で語られた哀れな顚末は、針のように鈴之助をも傷つけた。

「そんな最中に、親父は逝ったよ……あれほど力を注いだ店が、惨めに落ちぶれていくさまを眺めながら、親父は死んだんだ」

　主人が亡くなったのは、半月ほど前だという。半月のあいだずっと、昏い闇の中を彷徨っていたのか。憔悴するのもうなずける。死者への後悔ほど、酷いものはない。どうあってもとり返しがつかないからだ。ただ自責の念だけが、積もっていく。

「親父は最後に、私に言ったんだ……『この始末は、主人のおまえがつけろ』と」

　鶉三郎の肩が震えた。泣いているのではない、笑っているのだ。

「ふふ、おかしいだろ？　始末がきいてあきれる。私が継いだのは、あばら家みたいにぼろぼろになった店だ。借財だって嵩んでいる。これが不肖の息子への、親父の仇討ちというわけだ……」

　含み笑いは、哄笑になった。不気味な高笑いが、通りに響きわたる。

「鶉三郎さん、どうか落ち着いて、鶉三郎さん！」

「これこそ、因果応報だ……」

呟くなり、笑いが止んだ。鵜三郎は、その場に倒れた。

「大変……ひとまず母屋に運びましょう」

「お千瀬……」

鵜三郎が倒れると同時に、駆けつけたのはお千瀬であった。心配し、陰からようすを窺っていたようだ。

今日は逢見屋の休日で、板場の衆も出払っている。幸い往来に面した店々から、次々と人が出てくる。ご近所衆の助けを借りて、どうにか母屋へと運び込んだ。

「おすが、客間に床を。それと、誰かお医者さまを呼びに行って」

おろおろする鈴之助の代わりに、お千瀬はてきぱきと女中たちに指示を出す。

「いったい、何の騒ぎだね？」

「お義父さん……」

奥から出てきた安房蔵の前を、男三人掛かりで鵜三郎が運ばれる。仰向けでぐったりとした姿を認めるなり、安房蔵が色を失う。

「百太……百太！　どうしたんだ、こんなにやつれて……何の病を拾ったのだ？

ああ、ああ、百太、可哀相に……」

「お義父さん、どうか声を落として……お千瀬にきかれてしまいます」

安房蔵がはっとして、己の口を手で覆う。だが、遅かった。安房蔵の背後にいたのは、大女将のお喜根だった。

「いま、何と？　安房蔵……もういっぺん言っておくれ」

逡巡（しゅんじゅん）したものの、婿はすぐに観念した。

「百太です、お義母さん……私たちの息子の、百太です」

このときのお喜根の顔は、たぶん一生忘れない。

驚きはわずかで、代わりに顔いっぱいに安堵のしわを広げた。

「そうかい……あの子が帰ってきたのかい」

泣き笑いの表情は、実に嬉しそうだった。


病人の世話は、お千瀬と女中たちに任せて、三人はお喜根の座敷に集まった。

「じゃあやっぱり、お千瀬と鵜三郎さんは、双子の兄妹でしたか」

お喜根と安房蔵から改めてきかされると、相応に重みがあった。

赤ん坊のときに手放したきり、初めて孫に会ったお喜根は、少々興奮しているようだ。

「男女の双子は似ないときいたがねえ。もう少しふっくらさせたら、びっくりするほどお千瀬に似ているじゃないか」

「お千瀬は、気づいちゃいないのかい？」

「おそらくは……鶉三郎さんとのやりとりも、きかれてはいないはずです」

「あんなに、己の顔に似ているのにかい？」

「まあ、傍目には似た兄妹でも、当人同士は違うと言い張るものですし」

お喜根に向かって、鈴之助が苦笑いする。

「それにしても、伊奈月の若主人が、まさか手放した孫だったとは……長生きは、してみるもんだねえ」

「すみません、お義母さん。すべては私の至らなさが招いたことです」

「私も……黙っていて、すみませんでした」

婿のふたりが、大女将に頭を下げる。並んだふたつの髷に、お喜根のため息がふってきた。

「まあ、もとを糺せば、私と、三代目の母が決めたことだ。いわば、因果応報さね」

奇しくも鵜三郎と同じ台詞を、お喜根は吐いた。

「お千瀬が生まれたとき、三代目の女将はまだ達者でいらしたのですか」

「だいぶ弱ってはいたがね。その翌年に身罷ったんだ」

双子を産んだお寿佐は、奥で休んでいた。子供の行く末は、ふたりの女将と、そして父親のあいだで相談された。

「安房蔵は、最後まで承知しなかったがね……何事にも逆らわなかった娘婿が、子を手放すことだけは頑なに拒んでね」

お千瀬を姉に据え、百太を弟としても構わない。双子とわからぬよう歳を違えて育てればいいと言い張った。けれど使用人が多いだけに、隠し通すには無理がある。長じた折に事実を知れば、傷つくのは当の長男だ。

「実はね、この家に双子が生まれたのは、初めてじゃないんだよ」

「まことですか！」

「ほら、前に話したろ。私のろくでなしの父親のことを。あの父が、双子の弟だった」

双子が授かりやすい家系というものがあるのだろうか。男ふたりの双子であったという。

このときも兄だけが家に残されて、弟は里子に出された。しかし兄弟が十二歳になったとき、兄が病で死に、弟が家に戻された。それまで何も知らなかった弟にとっては、書割の世間がくるりと返ったようなものだ。

お喜根の父親は、世を拗ね、親を恨み、家業を顧みず放蕩にふけった。挙句の果てに家を捨て、若い女と駆落ちした顛末は鈴之助もきいていた。

「そういう事情がありましたか……どこにも持って行き場のなかった鬱憤も、わかるような気がします」

「私の母もそう言ったがね。娘にしてみりゃ、いい歳をした大人がいつまで拗ねているのかと、ひたすら呆れたよ」

「おばあさま、手厳しい……」

「だって、そうじゃないか。我慢なら、誰だってしているさ」

わずかながら、屈託を浮かべた。

「己一人が不幸を背負っているような顔をして、ただ周りに当たり散らすだけなんて、あまりに不甲斐ない。店と使用人を抱える大店の主人なら、なおさらだよ」

当時は、仕出屋を含めて四軒を擁する大店だった。いきなり据えられた主人の座が重過ぎたからこそ、逃げ腰になったのかもしれない。あるいは、二代目の放蕩癖を、三代目も継いでいたのか。

逃げた父親にとっては、それより他に生き抜く術がなかったのかもしれない。

一方でお喜根は、娘らしい恋をあきらめて、母親とともに残った身代を担ごうとした。その健気には、父親への反発が張りついていたに違いない。

孫の男子に、父と同じ轍を踏ませてはならないと、お喜根は決心した。

「では、養子の先は、まったく知らなかったのですね？」

「ああ、あえてきかなかった」

信用のおける者に託して、せめて暮らしに不自由をさせぬようにと、礼金替わりの持参金をたっぷりとつけて赤ん坊を送り出した。

「ならば、お義父さんは、どうやって伊奈月に辿り着いたのですか？」

「養子先を世話した家に、文を書いたんだ。何べんも何べんも、相手が音をあげるまでね。百太に会えずとも、せめて無事で暮らしていることを確かめたくて……」

「まさか向こうさんが、あっさりと教えちまうなんて夢にも思わなかったよ。口止め料も、たんと弾んだってのに」

里子先を世話した家は、相模国小田原城下に本店をもつ大きな油問屋であった。誼があったのは、お喜根の母、三代目女将である。小田原に嫁に行った内儀が、幼馴染みであったという。同じ江戸の内ではなく、小田原で養子先を探してもらったのも、お喜根の計らいだった。

「あちらさんも、すでに代替わりしておりましたし。ですがいまのご主人も、実のあるお方です。なかなか教えてはくださらなくて……終いには、私の親心に負けたそうです。あちらさまに非はありません。どうか責めないであげてください」

不満げなお喜根に向かって、安房蔵が弁解する。

「では、ご長男は小田原にいたのですか？　それがどうして、江戸の伊奈月に？」

「百太が預けられた家は、加納屋という小田原の蒲鉾問屋だった」

構えも相応、主人夫婦の人柄も良く、跡取りを欲しがっている。養子先としては申し分ないと、世話をした油問屋は判断した。見通しが狂ったのは、三年後だ。

「百太を引きとって三年後に、諦めていた実子を授かったそうだ。しかも男の子でね」

なるほど、と聞き手のふたりがため息をつく。ある意味よくある話なのだが、こうなると養子の立場は甚だ微妙になる。

養父母はふたりの息子を隔てなく可愛がったが、かえってそれが子供の傷を深める結果を招いた。十歳になり、弟が七歳を迎えたとき、百太は真実を知らされた。両親からではなく、親戚筋からだ。両親にはまだ迷いがあったが、身代は血縁に継がせるべきだと強硬に主張する者もいて、跡継ぎは弟だと十歳の子供に因果を含めた。

「それはひどい！　お桃ちゃんと同じ年頃の子に、なんて酷い真似を」

「以来、ひどく荒れて、手をつけられない有り様になったそうだ」

長男らしく、いたって行儀のよい子供だったのに、人が変わったように始終不機嫌になり、たびたび癇癪を起こすようになった。誰よりも矛先を向けられたのは、弟だ。

「弟に怪我まで負わせてね……とうとう百太は、家を出されることになった」

「じゃあ、そのときに江戸に？」

「いや、二年ほどは小田原にいた。親戚なぞに預けられて、悶着を起こしてはまた別の家に移されたそうだ」

「それじゃあ、ひねくれちまうのも無理はないねえ」

孫の辛い生い立ちに、お喜根は顔を曇らせた。語り手の安房蔵は、さらに辛そうだ。我が子の不幸を知って、身を刻まれる思いであったろう。養子を世話した油問屋が、打ち明けるまでに手間どったのもうなずける。

「では、どのような経緯で伊奈月に？」

「加納屋では、江戸の伊奈月にも、蒲鉾を卸していたのだそうだ」

亡くなった伊奈月の主人は、年に一度ほど商談のために小田原に出向いた。その折に取引先の加納屋から、すっかり荒んで方々で持て余されている長男の話を耳にした。そして驚いたことに、子供を引き取りたいと申し出た。

伊奈月の主人は、やはり子宝に恵まれず、店の跡取りとして迎えたいと言った。長年のつき合いもあり、互いの人柄も知れている。加納屋夫婦にとっても有り難い話だった。その場で話が決まり、主人は十二歳になった百太を江戸に連れていった。

「私の父親と同じ年で、江戸に戻る羽目になるとは……これもやっぱり因果かねえ」

忘れていた親不知が疼くかのように、お喜根は片頬を押さえた。

「で？　安房蔵、我が子会いたさが昂じた挙句に、その先も追ったのかい？」

「会いたさばかりではありません……私は、疑ってしまったんだ。どうしてわざわざ、手のかかる悪童を養子にしたのかと。伊奈月の旦那の心中を量りかねた」

「それで、おまえさん自ら伊奈月に？」

「すみません……客として月に一、二度、店に通いました」

達者で暮らしているか、大事にされているか、新たな養父母とはうまくいっているのか――ただ、息子の無事を確かめたい一心だった。

鵜三郎と名を変えた息子は、若主人として座敷に挨拶に訪れた。

「最初に会ったときは、驚きました。あまりにお千瀬にそっくりで。いや、それ以上に、すっかり立派になって……荒れていたという昔の話すら、嘘みたいで」

安房蔵は、声を詰まらせた。もうすぐ親になる鈴之助にも、思いは察せられる。

しかしお喜根は、辛辣にさえぎった。

「何度も足を運んだ挙句に情がわいて、実の親だと打ち明けちまったのかい」

「お義母さん、違います……いや、責められても仕方のない、無様な真似をしたことは確かです。私はただ、あの子を助けたかっただけなんです！」

「助ける、とは？　お義父さん」

「店に通い始めてふた月くらいか……だんだんと沈んだ気配を見せるようになってね。わけをきくと、伊奈月のご主人が、病を得て床に就いたと明かしてくれた」

鵜三郎の顔には、不安が色濃く漂っていた。主人の名代を務めるには、まだまだ若い。精一杯務めてはいるが、上のぐらつきは下にも伝わるものだ。板場で喧嘩が起きたり仲居が急に辞めたり、客との揉め事が増えたりと悶着が続き、売り上げにも響いていた。

「だから、つい言ってしまったんだ。もしものときには、逢見屋を頼ってほしいと。金の仕度でも人集めでも仕入れでも、何だって力になると……」

そういうことかと、大女将と鈴之助にも合点がいったが、安房蔵の声は止まらなかった。

「だって、そうじゃないか！　これまで何ひとつ、親らしいことをしてやれなかった。我が子が辛い目に遭っていることすら、知らなかった……困っているのなら、せめて助けてやりたいじゃないか！」

たとえ逢見屋を丸ごと渡してでも、贖（あがな）いたい。安房蔵の罪の意識は、それほどに深い。

しかし鶍三郎にとっては、縁もゆかりもない赤の他人だ。しかも同業の仕出屋だときいて、疑問は不審に変わった。

「ゆくゆくは伊奈月を奪い取るつもりかと疑われて……たまらず真実（まこと）を明かしました」

せっかく繋がった息子との縁を、切るには忍びなかった。しかし安房蔵の思惑とは逆に、鶍三郎の拒絶は激しかった。涙ながらの親子の対面なぞ望むべくもなく、地割れのような鋭い溝をふたりのあいだに穿ったただけだった。

『実の親の顔なぞ、見たくもない！　この身に同じ血が通うことすら疎ましい！』

二度と会いたくない、伊奈月にも来ないでくれと、安房蔵を追い払った。それが去年の正月だった。

「まさかそれから、逢見屋に嫌がらせを仕掛けてこようとは夢にも……すべては私の不徳故です。詫びのしようもありません」

安房蔵はふたたび、身を投げ出すようにして、お喜根の前にひれ伏した。

「まあ、下手は打ったが、安房蔵、おまえだけが責めを負うことはない。里子に出すと決めたのは私と母で、お寿佐も結局は承知した。私らはいわば、一蓮托生だよ」

頭を上げるよう促す。女将の名が出て、鈴之助が遅まきながらたずねた。

「お義母さんは、今日はどちらに？」

「遠縁の家に出掛けていてね、戻りは夕刻になろうね」と、お喜根がこたえる。

「そうですか……」

「それよりも、あの子のようすは、どうなんだい？」

「だいぶ参っているようです。先代と店を一遍に失ったようなものですから、無理もありませんが」

そこへ、医者が挨拶に来た。患者の診立ては、すでに終えたという。安房蔵が心配そうに医者にたずねた。

「先生、いかがですか？　何か悪い病でしょうか？」

「いやいや、あれはどうも気鬱の病からくるものですな。この半月、飯もろくに喉を通らず、満足に眠ることもできなんだと。からだが参るのも道理です」

滋養のある食事を摂り、四、五日のあいだゆっくり休めば回復しようが、後は当人の気力しだいだと、医者は説いた。

「気持ちが晴れぬままでは、からだも治りようがない。まあ、気鬱に効くという薬もありますが、効き目も当人しだい。とにかくいまは、労っておやりなさい」

後で薬をとりにくるようにと言いおいて、医者は帰っていった。

医者を外まで見送ると、鈴之助は客間にいる病人のようすを覗きにいった。

日は西に傾き始めていたが、夕刻にはまだ間がある。客間の東側には、小体だが手の込んだ庭がしつらえられて、涼やかな風が鳴らす葉擦れの音はさらさらと心地良い。

病人にも庭が見えるようにとの配慮か、客間の戸は一枚だけ開いていて、覗くより前に、部屋からお千瀬が出てきた。

「なんだ、お千瀬がつきそっていたのか。面倒を増やして、すまなかったね」

お千瀬は応えず、じっと夫と目を合わせる。

声が中にきこえぬようにとの配慮か、廊下の端まで鈴之助を押し戻し、お千瀬は言った。

「鈴さんは、ご存じだったんですか？」

「え……何をだい？」

「あの人は、伊奈月の若主人だそうですね」

「あ、ああ、そうなんだ。ええっと、たまたま？　そう、たまたま知り合って、会ったのはその一度きりで……」

嘘がとことん下手なことは自覚している。嘘の継ぎ目から、中途半端に事実がだらしなくこぼれるようでは、すでに嘘の甲斐はない。

「いつ、お会いになったんですか？」

笑っていないお千瀬の顔が怖い。感情の一切が表情から削がれていて、まるでお寿佐と対峙しているかのようだ。

「会ったのは、ええと、ひと月と少し前で」

「もしや、杉之助兄さまと出掛けた折ですか？」

的の中心を見事に射抜かれて、ぐうの音も出ない。はい、と首をすくめてうなずいた。

「では、ひと月以上も、私に隠し事をしていたのですね？」

「いや、言おうと思ったんだ！　だけど色々なことが重なって、雁字搦めになっちまって、それにお千瀬も悪阻で辛そうだったし、よけいな心労はお腹の子に障るかと……」

「色々なこととは？　雁字搦めとは？　はっきり言ってくださいまし」

「ごめん！　お千瀬、そればかりは言えないんだ。ある人と約束して……それだけは違えるわけにはいかない」

「約束事のために、妻に嘘を？」

「黙っていたのは悪かった！　だが、これ以上は私からは何も言えない。お千瀬にとっても大事な人との、男と男の約束なんだ！」

く、とお千瀬の喉が鳴った。笑いながら、肩を震わせる。

「駄目ねえ、鈴さん。それじゃあ、相手を明かしているのと同じことよ。約束事の相手は、お父さんでしょ？」

あっ、と叫んだが後の祭りだ。

「お父さんから口止めされたことって……もしかして、私と鶫三郎さんが兄妹ということ？」

「お千瀬……知っていたのか？」

妻がまた、笑みをこぼす。いつもの穏やかな笑顔だった。

「お千瀬は、いつ？　いつから知っていたんだ？」

「つい、いましがた……おすががすっかり話してくれました」

婆（ばあ）やが気づいたのは顔ではない。黒子（ほくろ）だった。

生まれたての双子の世話をしたのは、他ならぬおすがだ。産湯を使わせ、おくるみに包んで、からだの隅々まで検めた。男の子の左肘の下に、三つの黒子が三角の形に並んでいたことを、おすがは覚えていた。

鶫三郎の腕にも、同じ場所に同じ黒子があった。亀の甲羅のように動じない婆やが、それを目にしたとたん、明らかに動揺した。

「もしかして、おすが、この人を知っているの？」

お千瀬がたずねたときには、抱えていた桶の水を盛大にぶちまけた。その手の粗相を、おすがはまずしない。

「この人に、心当たりがあるのね？　どなたなの？」

問い詰めても、おすがは頑迷に口を閉ざして、決して告げようとはしなかった。奉公人たるおすがが、主家の内緒事を明かすわけにはいかない。お千瀬はやり方を変えた。

「おすが、いまのおまえの主人は、大女将でも女将でもなく私です。主人としていま一度問います。こたえなさい、おすが」

婆やは応える代わりに、床に横たわった鶏三郎に向き直った。畳に三つ指をついて、深々と頭を下げる。

「よく、お戻りくださいました……お帰りなさいまし、坊ちゃま」

おすがは涙をこぼしながら、二十一年前の仔細を語った。その後は片時も枕辺から離れようとせず、病人の世話をしているという。

おすがの献身には、鈴之助の胸にも熱いものがこみ上げる。しかしいまは、妻のない。

方が気がかりだった。真実を知らされて、誰よりも衝撃を受けたのはお千瀬に相違

「いままで黙っていてすまなかった。さぞ、驚いたろう」

「ええ、驚いたわ。そのはずなのだけど……」

お千瀬は少し、考える顔をした。

「私ね、よく夢を見たの。同じ年頃の誰かと手を繋いで、走っている夢……それが誰なのか、男か女かすらわからなくて。でもね、不思議と私がひとつ歳をとれば、その子も一緒に大きくなるの」

大人になってからは、あまり見なくなったが、お桃の歳くらいまでは頻繁にお千瀬は、同じ夢を見た。

「夢の終わりはいつも同じで……手が離れて、その子は先に行ってしまう。それがとても、悲しくて……」

お千瀬は初めて、涙をこぼした。白い頰をころがって、襟を濡らす。

「だからね、頭では驚いていても、ここではとても安堵したの」

胸の上に、両手を当てた。

「ああ、この子だったんだ。ようやく見つけたんだって、思えて……」

泣き笑いのお千瀬を、そっと抱き寄せた。


医者の達しもあって、鵜三郎はそれから四日のあいだ逢見屋に留まった。

三日目からは食も進むようになり、客間からは賑やかな声もきこえてくる。お丹とお桃が、入り浸っているためだ。

ふたりには何も告げぬつもりでいたが、あっさりとばれてしまった。顔色が戻ると、鵜三郎はあまりに長姉に似ていたからだ。もっとも当人たちには、異論があるようだ。

「よく見ろ、どこもかしこも違っているじゃないか」

こればかりは、お千瀬ですらも譲らない。やはりちっとも似ていないと、言い張った。

「まったく、素直じゃないわね、うさ兄さんは」

鈴之助が客間に向かうと、お丹の声がした。どちらもよく通る声だけに、中のやりとりが丸ぎこえだ。

「おまえにだけは言われたくない。それと、その呼び方はやめろ。首筋がかゆくなる」

「仕方ないでしょ、兄さんがふたりいるのだから。ねえ、お桃？」

うらうらと暖かな、初夏の昼下がり。白躑躅が、庭先を涼やかに彩る。

途中から足音を忍ばせて、鈴之助はそろりと中を窺ってみた。

床に半身を起こした鵜三郎の傍らに、お丹とお桃が膝をそろえている。

ふいに現れた兄という存在は、姉婿とはやはり違って、興味が抑えきれないようだ。頻々と客間を訪れては、何やかやと構い立てする。

「残念ね、お桃。せっかくお桃が呼び名を考えたのに、うさ兄さんは気に入らないのですって」

「え、いや、決してそういうわけでは……まあ、お桃がつけてくれたのなら、それで……」

お丹には遠慮会釈なく食ってかかるが、お桃には弱い。おろおろする鵜三郎のようすは、何やら人らしさが増したようで安堵がわいた。妹たちのおかげだろうか、からだばかりでなく、気持ちも少しずつ快復していくようだ。

おすが以外の使用人には、遠縁の者だと言ってあるから、兄さんと呼んでも無理はない。

「お桃ちゃんはともかく、お丹ちゃんがこうもあっさり受け入れるとは」

昨晩、そんな話をすると、すかさず切り返された。

「見目のいい兄さんなら、自慢できるもの。月並みな義理の兄さんとは違ってね」

気性で言えば、鵜三郎と似ているのはやはりお丹であろう。気の強い者同士、出会い方を間違えればひと悶着起きていたろうが、片方が弱っていたのが幸いしたのか。案外、相性は悪くない。互いにずけずけとものを言い合える間柄は、気楽な一面があるのだろう。その一方で、必要以上に気を遣い、寄り付かない者もいる。

「鈴之助、これを客間に差し入れてくれないかい。目黒不動尊の粟餅だ。美味しいと評判だからね」

「お義父さん、このために、わざわざ目黒まで行かれたのですか？　せっかくですから、手ずから鵜三郎さんに渡した方が……」

「いや、私らは合わす顔がないからね。おばあさまも控えておられるし、それに何より、お寿佐がね……」

その名を出されると、鈴之助も何も言えない。

鵜三郎が運び込まれた日、外出から帰ったお寿佐は、母と夫から仔細をきいた。いまにも倒れそうになるほど青ざめたものの、「そうですか」と言ったきり、その日は奥に籠もり、夕食にも顔を見せなかった。

翌日からは何もなかったように、女将の仕事をこなしているが、客間にだけは決して足を向けず、息子にも会おうとはしなかった。

「きっとお寿佐は、私や大女将以上に、罪の念に苛まれていたのだろう。気づいてやれなくて、すまないことをした」

「お義母さんは、何も顔に出しませんからね」

「それなのに私は、お寿佐にあてつけるような真似をして……」

「あの、目白ですか?」

「そうだ……あれの気持ちを、少しもわかっていなかった」

いまさらながら我が身が情けないと、安房蔵は肩を落とした。

夫婦でも親子でも、気持ちの掛け違いは、実に容易く起こり得る。誰よりも近くにいて、共に暮らすからこそ、諍いの種は、無尽蔵にそこら中に落ちていて尽きることがない。それを毎日、丹念に拾っていくのが、家族を続けていくための秘訣かもしれない。

不精を通せば草ぼうぼうの荒れた景色となり、安寧の場所とはなり得ない。あるいは表向きばかりをとり繕って、見て見ぬふりを続けるうちにすこぶる風通しが悪くなり、床下が腐り落ちてしまうこともままあろう。

安房蔵とお寿佐は、どちらも自分の気持ちを、相手にぶつけることができない性分だ。挙句に長年のあいだ、互いが互いの殻に閉じ籠もってしまった。

ふたりの姿は、藤の幹を思わせる。真っ直ぐ育つことはなく、ぐねぐねとよじれながら蔓を伸ばす。いまは支えすらない有り様だが、少し手を加えれば、見事な藤棚となろう。

「きっと大丈夫ですよ。離縁をせずに、これまで夫婦を続けてきたのですから」

「離縁、か……言われてみれば、それだけは考えたことがなかった」

ふと気づいたように、安房蔵は顔を上げた。

「あの子を手放して、八つ当たりできる相手は、お寿佐より他にいなかったからね……やはり、ひどい亭主だね、私は」

それでも、いや、だからこそ、お寿佐の気持ちに寄り添えるのは安房蔵しかいない。

「お義父さん、お義母さんを説き伏せてください、鶍三郎さんに会うようにと。それができるのは、お義父さんしかおりません」

お願いします、と頭を下げた。

「代わりに、鶍三郎さんの仕度は、私が整えますから」

しばし婿と目を合わせ、安房蔵はうなずいた。

その日の晩、鈴之助はひとりで客間をたずねた。

「迷惑をかけたな。明日にも出ていくから案ずるな」

鈴之助の来訪を別の意味にとったのか、鶍三郎は床に起き上がり、ぶっきらぼうに告げた。鈴之助が、おもむろに話を切り出す。

「鶍三郎よ、ひとつ、ききたいことがある」

「……急に偉そうだな」

「立場で言えば、私は義理の兄になるからね」

「馬鹿者が。私がお千瀬の兄なのだから、おまえは義理の弟だろうが」

「ええ？　でも歳は私の方が……しかし立場はそうなるか」

実にあっけなく立場が逆転する。

「で、ききたいこととは？」

「亡くなった伊奈月のご主人、鵜右衛門(うえもん)さんのことです」

屈託が、わかりやすく眉間の真ん中に刻まれた。

「ご主人は、どうして鵜三郎さんを養子になさったのか。鵜三郎さんも、どうして養子になろうと決めたのか」

「何故(なぜ)、そんなことをきく？」

「鵜三郎さんにとって、伊奈月のお父さんが、誰よりも大事な方だからです」

「……そのとおりだ」

鵜三郎の根幹には、この養父が根差している。当人も素直に認めた。

「私も、同じことを父にたずねた。こんな鼻つまみ者を、どうして養子にするのか、となと」

最初は信用できず、よほどの持参金を受けとったのか、あるいは江戸で人買いに売るつもりかと、散々憎まれ口をたたいた。

『そのひねくれ根性は、昔の私にうりふたつだな』

鵜右衛門は、笑いもせずにそう言ったという。愛敬も素っ気もなく、口数も決して多くはない。商人というより、職人に近い風情があった。

「親父は三男坊だったが、実の親や兄弟とは折り合いが悪かった。十代の頃はひどく荒れて、厄介者だったそうだ。たぶん昔の己に、重ねていたのだろうな」

「鵜三郎さんは、お父さんのどこを気に入って？」

「商人らしくないところ、かな。商家は誰も口が上手いが、嘘ばかりつく」

最初に引き取られた加納屋も、たらい回しにされた親戚の家も、ほとんどが商家ばかりだったと苦そうに吐き出した。

大人の狡さ卑小さを、散々見せられてきた十二の子供にとって、鵜右衛門は、初めて会った本当の意味での大人だったと、鵜三郎は語った。

「若い頃の親父は、商人というより山師でな。火事の後に材木をとり寄せたり、蝦夷の珍しい産物を運んだりして、一財を築いたそうだ」

　それを元手に、伊奈月を開いたという。

「ああ見えて、食い物屋をやるのが夢だったと……仕出屋の主人なんて、柄じゃないのにな」

「そうでしたか、あの伊奈月を一代で……たいしたものですね」

「なのに、その親父の夢を、潰してしまった……」

　うつむいて、涙を堪えているのだろう。喉がひくひくと上下する。

「せめて親父の遺言どおり、始末をつけるのが私の役目だ」

「その言葉が、ずっと引っかかっていたのです。たしか、鶉右衛門さんはこう言ったのですよね？　『この始末は、主人のおまえがつけろ』、と」

　そのとおりだと、鶉三郎がうなずく。

「始末とは、店仕舞いのことではなく、鶉三郎さんがあれこれ思案していた、新しい試みの方ではありませんか？」

「……何だと？」

「鶉右衛門さんは、止めなかったのですよね？　料理の献立を変えたり、目新しさを求めたりすることを。いくら病の床にいても、仮にも主人が気づかないはずがありません。たぶんすべて察した上で、息子のあなたに任せていたのだと思います」

「親父が、私に……？」

「始末をつけろとは、今度こそ主人として、自らのやり方を貫いてみせろと――いわば励ましにきこえます」

見えない父の影を追うように、ぼんやりと視線がさまよう。

「だが私は、どれもこれもしくじった。新味を出さねば生き残れないと、気負ったもののうまくいかず……そんなときに、実の親だと名乗る人が現れた」

養父の恩に報いたかった。息子としての気概であったが、父が築いた仕出屋を、もっと大きくして江戸中に名を広めたかった。息子としての気概であったが、ひとつも実を結ばず、自分に嫌気がさしていた頃に、安房蔵から実父だと告げられた。

「まるで十年前に、ひと息に引き戻されたような気がした。腐りきっていたあの頃に、余計者だった惨めな餓鬼に戻ったようで、たまらなかった」

養父が床に就き、不安も昂じていた。結果、すべての鬱憤を、逢見屋に向かってぶちまけたのだ。

「悪かったと、思っている。大人げない真似をした。明日にでも、大女将に詫びを……」

「あなたが詫びるのは、逢見屋ではありません！　悪事の矢面に立たせた、竜平さんです」

鶉三郎がはっとして、大きく両目を開く。こればかりは、鈴之助も容赦しなかった。

「何の関わりもないのに、あなたの恨み事に巻き込まれて、面目を失い信用を落とした。この一件でもっとも損を被ったのは、竜平さんです。違いますか？」

去年の花見で、泰介と幸吉の兄弟にいちゃもんをつけたのも、今年の花見に魚問屋で騙りを働いたのも、伊奈月の板前であった竜平だ。金と昇進を得んと、若主人の駒となった最低の男だが、自らは表に出ず陰で動かしていた鶉三郎は、もっと最低だ。

「弱く愚かな者はいる。それより他に生き抜く術がないからだ。しかし私たちは、仮にも若旦那と呼ばれる立場にいる。上にいる者が、下の者に無理や無慈悲を働かせるなど、それこそこの上なく情けない行いです」

「返す言葉もない……そのとおりだ」

鶏三郎が、悄然とうなだれる。

「竜平と、二の番頭には、本当にすまないことをした……いまさらだが、ふたりには心から詫びを言いたい」

二の番頭とは、逢見屋に苦情を言い立てにきたという、若い番頭のことだろう。常に勝気な男だけに、どんよりされると哀れが先に立つ。鈴之助は決して、やり込めたかったわけではない。きっかけが欲しかっただけだった。

「だったら、詫びに行きましょう」

「……え？」

「ふたりは、いまどちらに？」

「わからない……どちらも板長に続いて、店を去った」

最初は、板長だった。暇乞いに来て店を辞め、板場の衆も次々と板長に従った。

仲居たちも同様で、竜平と若い番頭もこれに倣った。

鶏右衛門が世を去ったのは、それからわずか数日後だった。

すべては自身が蒔いた種だ。後悔ではとても追いつかない。喉元を過ぎたはずの苦汁が胃の腑から戻ったように、鵜三郎が歯を食いしばる。

「ですが、探しようはありますよね？　奉公人なら、実家（さと）なり江戸での頼り先なり、控えがありましょう」

「それなら……たぶん一の番頭か、あるいは母なら、わかるかもしれない」

残った使用人は、長年務めた一の番頭と、下男夫婦だけだという。

「お母さま、ですか……どのようなお方ですか？」

「穏やかで優しい人だ。店の奥向きは母が引き受けて、奉公人の面倒なぞもよく見ていた」

鵜右衛門の妻で、鵜三郎には養母にあたる。十二歳で養子になり、思いの外早く江戸の水や伊奈月に馴染んだのは、この母のおかげだと鵜三郎は語った。

「そういうお内儀の言葉なら、辞めた板長や奉公人たちも、耳を貸してくれるかもしれませんね」

「いったい、何の話だ？」

「詫びを告げたい、と仰いましたよね？　竜平さんと二の番頭だけでなく、新たな主人として、すべての奉公人のところにお詫び行脚（あんぎゃ）をするのです。己の不徳だった、すまなかった、どうか戻ってきてほしいと、頭を下げるのです。お内儀がご一緒なら、少なくとも追い払われることはありますまい」

「とんでもない！　母にそのような真似をさせられるものか！」

「鵜三郎さん、まだおわかりではないようですね。いまのあなたは、江戸に出たての十二の子供と同じなのですよ」

頬を張られたように、鵜三郎が愕然とする。頼りなかった頃の自分に、返ったように思えたのか。江戸まで導いてくれた温かく力強い手も、大きな背中も、いまはもうない。

「それでもあなたには、お母さんがいる。息子のためなら、どんなことも厭わない優しい人が傍にいてくれる。見栄や体裁を捨てて、母に報いることが唯一無二の孝行のはずです」

「孝行、か……親父には、何もできなかったからな」

「これから、できますよ。亡くなってから、できる孝行もあります。親の情というものは、大き過ぎて存外見えないものですから」

「失ってみて、初めてわかる、か……たしかに、そうかもしれない」

故人を忘れぬ限り、思いは生きる者に継がれてゆく。それこそが鵜三郎と父を繋ぐ、血よりも濃い縁だった。

「親父の思いを継ぐのも、親孝行か……また負け戦かもしれないが、それでも値はあるか」

「勝ち目は、あると思いますよ」

先代の葬儀には、奉公人たちはひとりも欠けずに駆けつけたときいていた。むろん、先代の人徳故だが、己の暇乞いが死期を早めたのではないかと、板長なぞはひどく悔やんでいたという。心を込めて詫びれば、若主人を無下にはしまい。板長が戻れば板衆も倣うだろうし、板場が安泰なら先行きも明るい。

「あとは……そうだな、うちの板長に頼んでみるか」

亡き父を悼むように、じっと感慨にふける鵜三郎を残して、鈴之助は板場に向かった。

「さすがは板長、見事な出来栄えですね」

権三は目だけで笑い、黄と緑が鮮やかな蒲鉾を、ていねいに紙でくるむ。

頼んだのは、若竹蒸しだった。花見弁当には必ず入れる、逢見屋の看板料理だ。

『たった一品で構わない』と、兄の杉之助は言っていた。

あれもこれもと手を出し過ぎるきらいはあったものの、鶫三郎が新味を求める姿勢は、あながち間違ってはいない。伊奈月が新たな看板料理を思案するための、きっかけになればと、若竹蒸しを土産にもたせることにした。

包んだ土産を手に、足取りも軽く、板場の裏口から庭を抜けて母屋へと戻った。

今朝、床上げに至った鶫三郎は、そろそろ帰り仕度を始めているはずだ。しかし客間に向かう途中で、引き止められた。

「鈴さん、いまは駄目。ひとまず、こちらに」

「お千瀬、そんなところで何をしている？」

「しいっ！　声を落として、気づかれちまうじゃないか」

「おばあさままで……もしや、盗み聞きですか？」

お喜根とお千瀬は、並んで襖に耳を当てている。襖の向こうは、客間である。仮にも女将の所業にしては、あまりにはしたないが、相応の理由があるとふたりが訴える。

「お寿佐がね、中にいるんだよ」

「お義母さんが？」

「何だかもう、心配でならなくて」

　お千瀬が案じるのも無理はない。お寿佐と鵜三郎、この親子が顔を合わせるのは初めてなのだ。つい鈴之助も、妻のとなりに腰を落とし聞き耳を立てる。最初にきこえてきたのは、鵜三郎の声だった。

「では、こちらの大女将と板長が、魚河岸に？」

「はい、互いの行き違いがほどけて丸く収まったと、魚十をはじめ主だった魚問屋にはそのように。前のとおりに伊奈月の仕入れにも応じると、請け合ってくださいました」

「それは助かりました、ありがとう存じます。後ほど改めて、私からも詫びに伺います」

　鵜三郎が、素直に謝辞を述べる。実の親子とは思えぬほどに他人行儀ながら、いまのところ悶着はなさそうだ。

「それと……こちらをお納めください」

「……金子ですか？」

「五十両、あります」

紛れもない大金だ。額の大きさにぎょっとして、若夫婦が目でお喜根に問う。

お喜根は与り知らぬというように、しかめ面で首を横にふった。

後できいたが、この五十両は、安房蔵とお寿佐が親戚などから借り受けて、仕度した金だった。ずっとすれ違ってきた夫婦が、息子のために初めて力を合わせたのだ。

「当座の商いにお使いください。仕入れなり奉公人の給金なり、すぐにも入り用になりましょう」

「お貸しいただけると？」

「いいえ、お納めくださいと申し上げました。返すにはおよびません」

わずかな沈黙の後、皮肉な声で鵜三郎が応じた。

「詫び料、ですか？　それとも、手切れ金ですか？」

襖のこちら側では、にわかに緊張が高まったが、お寿佐の冷静な声が応じる。

「いいえ、礼金です」

「礼金？」

「このお金をさし上げるのは、鶍三郎さんではありません。十年のあいだ育ててくださった、お母さまへの、私どもの気持ちです」

鶍三郎のはっとした表情が、見えるようだ。

「鶍三郎さん、私は詫びは申しません。いまさら許してくれなぞと、あまりに虫のいい話ですから。私のことは、生涯恨み続けても構いません。子を手放すなぞ、鬼に等しい所業です」

淡々としたその声が、揺らぎのない語りようが、かえって哀しみを感じさせた。他人が見れば、冷たいと評するだろうか。情に生硬な、強い女だというだろうか。泣いて詫びることをせず、悲哀の一切を内に呑み込んだお寿佐の姿は、痛々しくてならない。

「そのかわり、いまのお母さまを大切になさってください。亡くなられたご先代とお母さまは、私にとっても恩人なのです」

ふと見ると、となりのお千瀬も、そしてお喜根ですらも、目に涙を浮かべている。

お寿佐の思いは、鵜三郎にも伝わったろうか。しばしの沈黙の後、平坦な声が返った。

「わかりました、このお金はありがたく……必ず母に渡します」

鵜三郎は礼を述べ、お寿佐が立ち上がる気配がした。

「どうぞ、おからだをお大事に……お母さん……」

終いのところは、呟くような声だった。お寿佐にはきこえなかったのか、そのまま座敷を出てゆく。お寿佐の影が障子に映り、三人が潜むとなりの間を過ぎた。

障子戸を開けて、女将の後ろ姿を三人は目で追った。庭の木々越しに、お寿佐の姿が見え隠れする。向かったのは、夫の居間だった。中から安房蔵が出てきて、そのとたん、背筋の伸びた凜とした姿が、ふいにくずおれた。

「お母さん……」と、お千瀬が呟く。

廊下にぺったりと座り込み、お寿佐は泣いていた。口許を両手できつく覆い、声を立てぬようにしながらも、肩が激しく震えている。どれほどの慟哭を、あのか細い身に溜め込んでいたのか。

「すまないことをした……結局はお寿佐に、みいんな背負わせちまった……」

お喜根が声を震わせ、お千瀬も泣いていた。

「大丈夫ですよ、おばあさま。あのおふたりは、夫婦なのですから」

安房蔵が小声でなだめ、妻の背中を撫でる。夫が妻を支えながら、ふたりの姿は部屋の内に消えた。

因果応報は、往々にして悪い行いに対する報いととられがちだが、決してそうではない。

悪が苦を生む悪因苦果も、善が楽を生む善因楽果も、ともに同じ因果である。そもそも起きた事々には、善も悪もない。どんな幸運も悲劇も無色であり、色をつけ意味をもたせるのは人間だけだ。

「きっとこれからは、良い因果がめぐりましょう」

雲の切れ間から日がさして、夏の庭が明るくなった。

幸先の良い兆しのように鈴之助には感じられた。

「目白が、いなくなった？」

ええ、とお千瀬が、困り顔を夫に向ける。

「お桃がたいそうがっかりして……飼い鳥は、外では生きられぬと言いますから」

「そうか……」

「籠の戸は、たしかに閉めたとお桃は言い張っていて。籠にも穴や壊れはなかったのに……どうやって逃げたのか不思議で」

「逃げたのではなく、逃がしたのかもしれないよ、誰かがね」

お喜根か、お寿佐か、あるいは安房蔵自身か。いずれにせよ、安房蔵はもう、新たな目白を飼うことはあるまい。

「お桃もやっぱり、他の鳥はいらないというの」

「では、別の生き物を飼うのはどうだい？」

「仕出屋ですから、猫や鼠のたぐいは飼えなくて。せいぜい金魚くらいしか」

そちらはおいおいお桃に相談するとして、鈴之助は別の案を講じた。

「ずいぶんと日延べしてしまったが、お花見はどうだい？　梅雨に入る前に、皆で出掛けないか？」

「いいわね。いま時分なら、杜若（かきつばた）に菖蒲、牡丹や芍薬（しゃくやく）もちょうど見頃ね」

杜若なら浄光寺や根津権現、牡丹なら谷中や深川永代寺。向島にある寺嶋村の百花園なら、見頃の花がすべて咲いている。

「夏のお花見弁当を、板長に頼んで作ってもらいましょ」

「どうせなら板場や店の者たちも誘って、皆でくり出そうか」

楽しい相談は、尽きることがない。

黄味がかった緑色の羽の小鳥が、夏空に惹かれるように庭を飛び立った。

解説

柳亭小痴楽

私が小説に望むモノ……フィクションの物語であれば、作家さんの頭の中で創られた世界観。こういった世の中であれば良いな、という夢というのか……そんな希望を見させてもらっている。あるいは、史実に基づいた小説であれば、その作品の中に確かにある研究や調査、作者の知識や考察から導かれる、その時代や人物の新たな解釈や発見である。

なんてカッコつけた物言いをしているが、ただ単に私の日々のストレス発散方法が、創作や歴史モノの物語に没頭して現実や嫌な毎日から離れる、ということだけなのだ。

時代小説の中には、よくお花や食べ物、お料理が出てくる。きっとそういったものので旬を表し、時には登場人物の心情、物語の雰囲気の温度をも感じさせてくれているのだろう。本作では舞台が仕出し屋ということもあり、特に食べ物に関して味わい深い知識も教わり楽しませてもらえた。現代は、いつでもどこでも食べたい物が食べられてしまう便利な時代。その便利さを優先するあまりに、今を楽しんだり、のんびりしたりするという、とても大事なものが失われてしまっているように私は思う。わざわざ笑うために、お金を払って時間を使って……なんて、私の稼業さえいつの間にか殊勝な趣味になってしまうんではないかと、一抹の恐れを抱いている。

高校を一年で中途退学し、落語界へ入った私は、小学生の頃から授業を碌に受けず、いい加減な遊び生活を送っていた。そんな子供の頃から肌身離さず持っていたのが本だった。登校しても授業のチャイムが鳴るとフラッと外へ出て、学校の近所にあった吉祥寺の井の頭公園や喫茶店で放課後の部活まで読書に耽っていた。

初めて私が時代小説を読むようになったのは落語界へ入り、前座修業（入門してから四年ほどある落語家の修業期間。これを終えると二つ目という身分に上がり、晴れて噺家と言えるようになる）を終え、プライベートの時間もできて、以前のように趣味の読書ができるようになってからである。私のような本とは無縁に見える男に声をかけてくれた先輩、六代目古今亭今輔師匠の「見かけによらず、本が好きなんだな。時代小説は読んだことがないの？　幕末の物語は浪漫に溢れていて楽しいよ〜！」という言葉がきっかけだった。他の先輩にも、お奉行様や侍の武士言葉の勉強になるよ、という助言をもらった。二十歳を過ぎてちょっとした頃だった。

それまで、先に書いた通り、いい加減な学生生活を送っていた私は、社会科の授業なんてほとんど受けたことがなかった。なので、今となってはとても恥ずかしいが、織田信長、徳川家康、坂本龍馬……誰がどの時代の人物かも分からないくらいだった。

初めて読んだ時代小説は戦国モノだった。その後、幕末へと幅を広げていき、しばらくの間は時代小説というと〝武将モノ〟を読み耽っていた。そんな折、数年前から時代小説の書評というお仕事をやらせていただくようになった。そこから、江戸時代の庶民を描いた物語、いわゆる〝市井モノ〟へと興味の幅が広がっていった。

過去を知れば知るほど現在を知ることができる。考え方や文化でも何が昔のままで何が変わっていったのか。何が大事なことで何がそうでないのか。知ってと知らずとでは自分の考えや気持ちが大きく違う。人でも物でも表面だけでなくもっともっと深い根源、バックボーンを知ることが如何(いか)に大切か。それは私が師匠につけていただく落語のお稽古も同じ。単に一席の噺を教えてもらうだけなら、今の時代、ユーチューブやDVDなんかで事足りる。大事なのは、その噺に対しての師匠の考え方や捉え方、思い入れを学ぶことなのだ。

私は以前、落語界の大先輩である大御所、柳家小満ん師匠にお稽古をつけていただいた。稽古を終えたその際に「私たち古典落語家は、古典落語に出てくる江戸っ子にしか触れていないと、江戸っ子に対する料簡が狭くなってしまうから、本の中で生きている現代の江戸っ子にも出会って、江戸っ子とは？　という命題を常に意識していく。より多くの江戸っ子に出会うことが大事なんだよ」というような薫陶を受けた。

そんな私が『婿どの相逢席』の解説を……という大変光栄な話をいただいた。で、恥ずかしながら稚拙な文章を重ねてみようと決意したのだが、ここから先はネタバレ要素もふんだんに入ってしまうので、もしネタバレ厳禁！　という方は、まずは本編をお読みいただいてから、私の解説にお付き合いを願いたい。

本作の主人公・鈴之助は楊枝屋の四男坊。まだ日本が女性だけでなく男の子にも身分の違いがあった江戸時代、四男坊というだけで穀潰しと言われてしまうような現代人には考えもつかないようなおっかない時代に、鈴之助は、大店の仕出し屋「逢見屋」の跡取り娘である長女・お千瀬と恋仲になり、晴れて婿入りをすることになった。だが、なんとこの逢見屋に代々続いているしきたりは、女が家を継ぎ、女将として店を差配する、つまりお婿さんはただの飾り物という女の城のような男性蔑視だった。

女性蔑視が当たり前の時代に世間の当たり前とは、あべこべの逢見屋。そんな恐ろしいしきたりを、祝言を挙げた翌日に大女将から通達された鈴之助。今で言う逆玉の輿！　と思いきや突如、隠居のような生活を強いられ意気消沈してしまう。

そんな物語の始まりに自分が鈴之助のような立場になってしまったらどうしよう……お気楽で自堕落な私は正直に言うと、もしかしたら天国のような悠々自適な生活じゃないか！　と考えてもみてしまったが、揺るぎない女天下の逢見屋の女将連中が私のような男はいわんや、鈴之助を許すわけがない。

子供の頃から父や代々の男たちに苦労をかけられていた大女将のお喜根。そんな母の姿を見続け、家を守り続けているお千瀬の母である女将のお寿佐。居場所のない隠居生活に長いこと身を置いている義父の安房蔵。そんな父に、人一倍負けん気の強いお千瀬の妹、十七歳の次女・お丹は哀れみを越して情けなさと怒りを感じて向き合おうとしない。十一歳になる三女・お桃は素直な性格だが、自分の気持ちは決して口に出さないタイプ。家内の雑事を任されている婆やのおすがも気難しいときている。とにかく逢見屋の女性陣は曲者揃いなのだ。家族の関係は、長い月日をかけて解くことが難しいほど複雑にこんがらがってしまった糸のようなのだ。

そんな家の中で鈴之助の味方はお千瀬たった一人だけだった。お千瀬だけはそんな逢見屋を変えていきたいと願っている。そして鈴之助ならそれを助けてくれると信じているのだが、いやいやいや！　どんな器用な男でもこんな複雑に絡まった糸は解けないだろう……ましてや鈴之助。とてもそんな無理難題に立ち向かっていけるような強い男には見受けられない……ところがどっこい、そんな不安が一章ごとに物の見事に解消されていくのが、なんとも不思議！

鈴之助は、第一章では三女・お桃と心を通わせ、第二章では板場の若い衆との仲を深め、第三章では井桁屋の遺産騒動で絶妙の差配を見せる。それは名奉行と謳われた大岡越前守の政談モノを彷彿とさせる名裁きだった。そして次女・お丹の心の内にある怒りをお丹自身に気づかせ、鈴之助だけでなく義父・安房蔵とお丹の関係までスラリと解いてみせる。さらには、元芸者のおわくと硯師の亀井文吾とその息子・清太を通して女将お寿佐の普段は見せない本来の優しさを表に引き出した。五章では大女将・お喜根の若かりし時分の慕情……逢見屋を支えた母を思い身を引いたお喜根の過去を知るのだった。

各章で巻き起こる問題を通して一人一人逢見屋の人物たちとの関係が深まり、複雑な糸が心地よく解けていくその様に、読み手のこちらには嬉しさや安堵感が生まれてくる。そこには毎回、絡まった糸を強引に解くのではなく、糸自らが解いていくような温かさで物事に向き合う鈴之助の姿があった。

一方で、最初からどうにも根深いところに薄らと存在し続けていた逢見屋の闇……。逢見屋と因縁のある伊奈月の若旦那・鵜三郎との対面から安房蔵の抱える苦悩と長年両店が争い続けていた理由も明らかになる。

そして第九章、最終章で大きな問題が提示される。鈴之助とお千瀬が子を授かるのだ。こんなにめでたいことなのに、子供の将来を案じてしまい心の底から喜べない二人。世間の当たり前と家内の当たり前、この違いに違和感を覚えている自分たちの気持ちにどう整理をつけるのか……この問題に明るい答えを見出してくれたのが、お千瀬とは実は双子の生き別れた兄・鵜三郎の存在だった。お千瀬とお丹、鈴之助そして鵜三郎という若者たちが、当時の世の常識、お家の当たり前と正面から向き合い戦い続け、どうにか新しい形をつくろうと奮闘し、その先に見つけた明るい答えに私は心を打たれた。

この逢見屋の若い世代からは、まさに私も含めて現代人に不足しているように感じる、とことん〝考える〟ということの大事さを学ばせてもらった。落語界にも変えていかなくてはならない文化や慣習がある。もちろん、そこには絶対に変えてはならないモノもあるのだが、若輩者ながら常々考えていることのある私は、大いに感銘を受けた。

婿入りした後、どこを向いたら良いのか分からなかったであろう鈴之助は、それでも諦めずに物事に向き合い、考え、行動し、新しい命を迎えることになって、新たな生きがいを見つけた。皆が揃って前を向くという素晴らしいまとまりを見せた逢見屋の将来はきっと安泰だろう！

今まで私は「因果応報」ということの言葉を良い意味として捉えることができなかった。しかし、作中の〝悪因苦果もあれば善因楽果もある〟というくだりに、物事は捉え方ひとつで価値観が変わるという大事な考え方を教わった。

ちなみに、私がこの作品でとても好感をもった人物は鈴之助の三兄・杉之助だ。小さいことは気にしない、人生に遊び心を持った粋人。ツラい物事も笑って過ごせるような空気を自然とつくってしまう、私好みの人物だった。落語好きというのも、とても嬉しい！

主人公の鈴之助からは、落語に出てくるような粋な江戸っ子とは違う、おっとりとした柔らかな温かみで人を包み込み、人の心持ちをなだらかにしてしまう、まったく新たな江戸っ子像を感じさせてもらった。私にとって、未だかつてない時代小説との出合いだった。

――落語家

この作品は二〇二一年六月小社より刊行されたものです。

婿どの相逢席

西條奈加

令和6年6月10日　初版発行
令和6年7月20日　5版発行

発行人――石原正康
編集人――高部真人
発行所――株式会社幻冬舎
〒151-0051東京都渋谷区千駄ケ谷4-9-7
電話　03(5411)6222(営業)
　　　03(5411)6211(編集)
公式HP　https://www.gentosha.co.jp/
印刷・製本―TOPPANクロレ株式会社
装丁者――高橋雅之

幻冬舎時代小説文庫

ISBN978-4-344-43390-8　C0193　さ-40-2

この本に関するご意見・ご感想は、下記アンケートフォームからお寄せください。
https://www.gentosha.co.jp/e/